Le choix d'une héritière

HELEN DICKSON

Le choix d'une héritière

LES HISTORIQUES

éditions Harlequin

Titre original : FROM GOVERNESS TO SOCIETY BRIDE

Traduction française de MARIE-JOSE LAMORLETTE

Photos de couverture

Sceau : © ROYALTY FREE / FOTOLIA
Couple & enfants : © VITTORIO DE ANGELICO / T. SCHLUCK

Réalisation graphique couverture : G. CHILOSI

83/85 boulevard Vincent-Auriol 75646 PARIS CEDEX 13.
Service Lectrices — Tél. : 01 45 82 47 47
www.harlequin.fr

ISBN 978-2-2808-1467-6 —ISSN 1159-5981

1

Londres, 1820

La jeune femme s'arrêta pour regarder autour d'elle. Il était tôt et la majorité des gens étaient encore couchés. On n'entendait pas un bruit dans ce grand parc de Londres où flottait le genre de brouillard épais dont cette ville est coutumière. Elle avait l'impression d'être seule au monde. C'était le moment de la journée qu'elle préférait.

Mais soudain, quelque part dans le lointain, elle perçut un grondement de sabots. Un cheval. Elle sentait presque le sol trembler sous ses pieds. Elle fut ennuyée par ce bruit et le fait que quelqu'un trouble sa solitude. Pivotant sur elle-même, elle scruta la distance, écoutant le vacarme qui s'approchait de plus en plus, quand tout à coup un cri sonore déchira l'air. L'énorme masse d'un cheval et de son cavalier fondit sur elle.

Elle cria à son tour pour qu'il s'arrête et se jeta sur le côté, atterrissant dans l'herbe. Le cavalier tira sur sa bride et l'animal se cabra, ses sabots cinglant l'air tel du vif-argent, sa robe luisant sur des muscles qui jouaient puissamment. Ses naseaux frémissants et ses yeux furieux lui donnaient l'air d'un démon. Il l'avait manquée de quelques pouces !

Puis elle eut la sensation de voir l'homme comme au bout d'un long tunnel. Un petit cri s'échappa de sa gorge : la noire apparition du cavalier se jeta au bas de sa monture en un bond rapide et souple. Avec sa cape volant derrière lui, il ressemblait à une chauve-souris géante descendant sur elle. Encore saisie de terreur, elle se remit sur pied, brossa machinalement sa jupe tout en le fusillant du regard, le cœur battant à en éclater.

— Maudite sotte ! tonna l'homme. Par tous les diables, que faites-vous sur la piste ? J'aurais pu vous tuer.

— Je vous demande pardon ? rétorqua-t-elle d'un ton vif, en redressant son bonnet qui avait glissé sur le côté et en essayant de réprimer le mélange de frayeur et de colère qui s'était emparé d'elle.

Il était si grand qu'elle était obligée de lever la tête vers lui. Il avait des yeux pâles et durs, observa-t-elle. Des cheveux noirs accentuaient les pommettes hautes et la mâchoire résolue de son visage. Il l'affrontait du regard, la bouche comprimée en une ligne sévère et arrogante.

— Si vous aviez été un peu plus près, vous auriez pu être piétinée à mort. N'y a-t-il pas de place dans votre tête sans cervelle pour du bon sens ?

— Comment osez-vous ? rétorqua-t-elle, offusquée, le visage rose d'indignation. Et, de grâce, veuillez cesser de brandir votre cravache comme si vous vouliez me frapper.

L'inconnu rabaissa l'arme offensante, sans détacher les yeux des siens.

— J'en suis cruellement tenté. Ne savez-vous pas qu'il ne faut pas marcher sur la piste ? Elle est faite pour les chevaux, et non pour des dames en promenade.

Elle haussa le menton d'un air belliqueux.

— Je le sais, mais je ne pensais pas que quelqu'un serait assez inconscient pour chevaucher par ce brouillard. Et je suivais juste la piste pour ne pas me perdre.

— Ce qui est périlleux dans le meilleur des cas.

Brusquement, son expression se radoucit, comme si une idée venait de lui traverser l'esprit :

— Etes-vous blessée ? demanda-t-il avec une pointe de sollicitude dans la voix.

Elle lui décocha un regard accusateur, le visage toujours crispé.

— Non — mais ce n'est pas grâce à vous. Si vous aviez chevauché avec plus de prudence, cela ne serait jamais arrivé. A moins que votre cheval n'ait pris le dessus sur vous, parce que vous ne lui avez pas appris qui est le maître.

— Je vous assure qu'il le sait.

En la regardant avec plus d'attention, il nota comme la jeune femme était extraordinairement séduisante avec son air farouche et ce besoin affiché de lui montrer qu'elle n'avait peur de personne, et surtout pas de lui. Même si elle ne s'était pas jetée sur le côté comme elle l'avait fait, il ne l'aurait pas renversée. Il était trop bon cavalier pour cela, mais ils avaient frôlé l'accident de près. Il sourit nonchalamment devant sa mine courroucée.

— Vous me semblez bien bravache pour quelqu'un qui vient de frôler la mort. Etes-vous certaine d'avoir trébuché, et de ne pas plutôt vous être évanouie à la vue de mon cheval ?

Il émit un petit rire sourd et moqueur, et se rapprocha d'elle, conscient que cette proximité pouvait être intimidante pour elle. Une rougeur coléreuse gagna les bords délicats des oreilles de la jeune femme et un feu glacé couva dans ses yeux bleu foncé.

— Espèce de goujat prétentieux ! lâcha-t-elle. Vous êtes bien arrogant si vous croyez que je pourrais me pâmer à vos pieds. Grâce au ciel, je ne suis pas affligée d'une telle faiblesse.

Puis, elle s'écarta de lui, avant d'ajouter :

— Bonne journée, sir.

N'étant pas encore prêt à la quitter, il la retint par le bras.

— Laissez-moi au moins vous escorter chez vous.

Elle lui fit face avec un froid mépris et chassa sa main d'une tape.

— Ne me touchez pas, ordonna-t-elle sèchement. Je suis parfaitement capable de rentrer chez moi toute seule. Allez-vous-en et emmenez cette méchante bête avec vous.

Elle jeta un coup d'œil courroucé au grand étalon noir qui s'était mis à renâcler et à piaffer avec impatience, signe de son tempérament emporté.

— Ne prenez-vous pas un risque ? Vous pourriez être attaquée par des voleurs, ou pire. N'importe quoi pourrait arriver à une jeune femme marchant seule à cette heure.

— Il vient justement de m'arriver quelque chose, et je suis d'avis que je cours moins de danger de la part de voleurs que de la vôtre. Eux au moins pourraient avoir de meilleures manières.

Elle lui tourna le dos et commença à s'éloigner, la tête haute. Décidément, cette attitude fière l'amusait beaucoup.

Il soupira, affectant la déception, et secoua lentement la tête.

— Quelle ingratitude !

Comme il l'avait escompté, elle pivota vivement vers lui.

— De l'ingratitude ? s'exclama-t-elle, furieuse. *Vous* me traitez d'ingrate ? Vous avez failli me piétiner à mort et je suis censée être reconnaissante ?

— Comme vous voudrez, murmura-t-il, faussement désinvolte.

Il enfonça son haut chapeau sur sa tête et se remit en selle.

— Bonne journée à vous, lança-t-il avant de talonner sa monture et de partir au galop dans un grand éclat de rire.

Restée seule, la jeune femme jeta un regard noir à la silhouette qui disparaissait déjà au loin, marmonnant à mi-voix toutes sortes de menaces. Mais pour qui se prenait-il ? Non content d'avoir failli la tuer, voilà qu'il la raillait à présent. Elle n'avait jamais rencontré un homme qui l'irritait autant que lui et elle était terriblement agacée de constater qu'il y était si bien parvenu.

C'était une très belle journée de printemps. Le soleil avait émergé d'une brume opalescente et des traînées de nuages blancs flottaient dans le ciel comme de la gaze. Des frênes et des sycomores, des cerisiers et des lilas étaient en pleines fleurs, et des jonquilles et des primevères emplissaient les massifs et les bordures. L'air était un peu frais, car une brise venant de la rivière soufflait sur Hyde Park. Le parc était silencieux, à part une alouette qui chantait dans un arbre et quelques personnes qui faisaient une promenade matinale, dont une jeune femme qui marchait sans but le long des allées, suivie de deux petites filles.

Assise sur un banc, Eve surveillait sa fille de cinq ans, Estelle, qui courait joyeusement entre les massifs, poursuivie par Jasper, un chiot labrador récemment arrivé chez les Seagrove. Elle soupira et baissa les yeux sur ses mains, sagement posées sur ses genoux. Pourquoi se sentait-elle si déprimée ? Qu'avait-elle donc ? Pourquoi sa vie lui semblait-elle si limitée ? Elle jouissait d'une bonne santé. Elle avait une amie fidèle en Beth Seagrove. Elle n'était pas dénuée de charme et, grâce à son cher père défunt, elle aurait bientôt de l'argent à ne savoir qu'en faire. Elle était assez intelligente et avait de nombreux centres d'intérêt. Tout le monde lui disait combien elle était fortunée d'avoir Estelle, qu'elle adorait. Cela aurait vraiment dû suffire à n'importe qui — mais ce n'était pas le cas. Elle voulait faire autre chose de sa vie, quelque chose qui occupe son temps et son énergie.

Ce soir-là, elle devait assister à une soirée privée chez lady Ellesmere, dans Curzon Street. Ces soirées où la plupart des visages sont familiers étaient plus à son goût que les festivités plus formelles, et elle aimait vraiment y aller avec Beth et son mari. Néanmoins, Eve était déterminée à trouver une occupation pour gagner sa vie jusqu'à ce qu'elle perçoive l'héritage de son père et puisse chercher une maison.

Tournant la tête, elle regarda la jeune femme avec les deux enfants. Elle devait avoir dix-huit ou dix-neuf ans. Ses vêtements étaient de bonne qualité, mais ils étaient gris et sans ornements — la tenue d'une nourrice. Son visage était pâle et des cernes soulignaient ses yeux, elle ne semblait vraiment pas bien. Elle s'était assise sur le banc voisin de celui d'Eve et baissait la tête sur sa poitrine. Ses épaules tremblantes indiquaient qu'elle pleurait doucement.

Les deux petites filles dont elle avait la charge se tenaient devant elle et la fixaient. Leur visage exprimait la confusion, elles paraissaient anxieuses et effrayées. La plus jeune imita sa nourrice et se mit à pleurer, puis se pressa contre sa sœur.

— Ne pleurez pas, Sarah, dit celle-ci à la jeune femme. Tout ira bien.

Ses paroles semblèrent calmer la dénommée Sarah, sans doute moins parce qu'elle les croyait qu'à cause de la gentillesse de l'enfant. Elle releva la tête et sourit à la petite fille, mais ses épaules restèrent affaissées.

Eve se leva. Sortant un mouchoir de sa poche, elle alla vers le trio affligé.

— Puis-je vous aider ? demanda-t-elle, posant la question à la jeune femme tout en se penchant en souriant vers la petite fille qui pleurait. Allons, laisse-moi essuyer ton visage.

Elle tamponna doucement les larmes de l'enfant, qui la regardait avec des yeux bleu clair solennels lui rappelant ceux d'un petit chien blessé.

— Comment vous appelez-vous ? s'enquit-elle.

— Je suis Sophie, répondit poliment l'aînée, et c'est ma sœur Abigail. Abigail a trois ans, bientôt quatre, et j'en ai cinq.

— Vraiment ? Eh bien, je suis heureuse de faire votre connaissance, déclara Eve, songeant quelles jolies petites filles elles étaient.

Toutes deux avaient un visage en forme de cœur, des boucles châtain foncé très brillantes et portaient des robes bleues assorties. Elle tourna les yeux vers Estelle qui s'amusait et lui fit signe.

— Estelle, pendant que je parle à…

Elle jeta un coup d'œil interrogateur à la jeune femme.

— Sarah, Sarah Lacy, répondit posément celle-ci.

— Pendant que je parle à Mlle Lacy, pourquoi ne jouerais-tu pas avec Sophie, Abigail et Jasper ? Cela vous plairait-il ? demanda-t-elle aux deux sœurs.

Elles hochèrent la tête timidement, mais ne bougèrent pas, attendant visiblement d'avoir la permission de leur nourrice.

— D'accord, les enfants. Vous pouvez y aller. Mais pas trop loin, que je puisse vous voir d'ici.

Fidèle à elle-même, Estelle, qui était habituée à jouer avec les deux garçons turbulents de Beth, vint prendre les petites filles par la main. Toutes trois s'élancèrent en courant dans l'herbe derrière un Jasper vacillant, qui s'arrêta brusquement et s'assit maladroitement dans l'herbe.

En souriant, Eve s'assit à côté de la nourrice. La pauvre fille était toujours aussi pâle et ses doux yeux gris avaient quelque chose de désespéré.

— J'espère que vous ne m'en voulez pas d'avoir suggéré que vos protégées jouent avec ma fille. Le chiot est inoffensif.

La jeune femme secoua la tête.

— Mon nom est Eve Brody, au fait.

— Non, cela ne m'ennuie pas. Je suis leur nourrice. C'est bon pour elles d'être avec d'autres enfants. Cela leur arrive si rarement, les pauvres petites.

Baissant la tête, Sarah réprima un sanglot.

— Je suis désolée…, commença-t-elle avant de s'interrompre misérablement.

— Ne vous en faites pas, Sarah, dit Eve en se rapprochant d'elle. Etes-vous souffrante ?

Incapable de croiser les yeux de l'aimable inconnue, Sarah regarda ses doigts qui trituraient son mouchoir sur ses genoux.

— J'ai juste une migraine, c'est tout, répondit-elle timidement.

— Avez-vous vu un docteur ? Il peut peut-être vous donner un remède qui vous aidera à vous sentir mieux.

Sarah secoua la tête et renifla.

— Ça va aller. Je me sens déjà mieux.

— Alors, pourquoi pleurez-vous ainsi ? Vous semblez bouleversée.

— Pour vous dire la vérité, madame, je suis dans tous mes états depuis quelques semaines. Je ne sais pas comment je vais faire. Vraiment pas.

— Pourquoi donc ?

— Mark, mon fiancé, travaille comme chef palefrenier dans une grande maison du Surrey. Il m'a demandé de l'épouser, mais cela m'obligerait à quitter mon travail — et les enfants.

— Qu'y a-t-il de si terrible là-dedans ? Il y a sûrement quelqu'un d'autre pour s'occuper d'elles — leur mère ?

— Elles n'ont pas de mère. Mon maître, lord Stainton, le père des enfants, est en train de fermer sa maison de ville. C'est pourquoi je suis dehors de si bonne heure avec elles. Il y a des ouvriers partout et monsieur le comte n'est pas de la meilleure humeur. A part moi-même et la gouvernante, la plupart des domestiques ont été congédiés et nous allons partir très bientôt pour la propriété à la campagne de lord Stainton, dans l'Oxfordshire. Je ne l'ai pas encore dit à Mark et je le redoute. Voyez-vous, il ne comprend pas le lien qui m'attache aux enfants.

— Si votre position a tant d'importance pour vous, pourquoi votre fiancé ne vient-il pas vous rejoindre ?

— Lord Stainton ne peut se permettre d'engager du personnel. Sa situation financière est très mauvaise, c'est pour cela qu'il doit vendre sa maison de Londres.

— Même ainsi, son problème n'est pas le vôtre, Sarah. Lord Stainton doit trouver quelqu'un d'autre pour s'occuper de ses enfants. Ce ne devrait pas être très difficile. Je suis sûre qu'il y a de nombreuses jeunes femmes dotées des bonnes recommandations qui sauteraient sur cette chance.

— Je sais, mais les petites ont connu déjà tant de chagrin durant leur jeune vie que je déteste l'idée de les abandonner. Elles sont à ma charge depuis qu'Abigail avait un an. Je ne peux pas supporter de les quitter. Cela me brisera le cœur — et le leur — et pourtant je sais que je le dois.

— Votre souci est louable, Sarah, mais vous devez penser à vous.

A cet instant, le rire d'Estelle leur parvint depuis l'autre bout de la pelouse. Eve se détourna et vit sa fille qui roulait dans l'herbe, Jasper sur elle, lui léchant le visage. Sophie et Abigail regardaient, réticentes à se joindre à eux, mais souriantes. Ramenant son attention sur Sarah, Eve la considéra un moment.

— Vous avez vraiment l'air mal en point. Vous devriez peut-être rentrer et vous allonger un moment, suggéra-t-elle.

Sarah secoua la tête.

— C'est impossible, même si je devrais rentrer, en effet.

Elle se leva, portant une main à sa tête et s'agrippant de l'autre au dossier du banc, tandis qu'elle vacillait légèrement.

— Oh, mon Dieu ! Je me sens étourdie.

Eve se leva à son tour et lui prit le bras.

— Venez, je vais vous raccompagner. Je ne peux vous laisser rentrer toute seule.

— Oh, non ! Vous êtes très aimable, mais je me suis imposée à vous assez longtemps.

— J'insiste. En outre, je n'ai rien de mieux à faire. Où habitez-vous ?

— Pas très loin, juste de l'autre côté du parc, dans Upper Brook Street.

— Alors, ce n'est pas loin de Berkeley Street, où je vis. Venez, les enfants ! appela-t-elle. Estelle, il faut que tu portes Jasper.

Elle sourit en regardant sa fille se baisser, attraper un Jasper remuant et le coincer sous son bras.

La résidence Stainton était effectivement en proie au remue-ménage. Des ouvriers s'activaient partout et les meubles étaient couverts de draps ou chargés dans des chariots dans la rue. Tenant les enfants par la main, Eve et Sarah entrèrent. La taille de la maison surprit Eve et l'impressionna. Avec son décor blanc et doré, elle pouvait imaginer combien elle devait être élégante avant que toute cette main-d'œuvre la dépouille.

Eve allait prendre congé de Sarah et des enfants quand Jasper échappa à Estelle et se retrouva par terre. Excité par ce nouvel environnement et par le bruit, le petit chien bondit en jappant dans le large escalier tournant qui s'élevait gracieusement au milieu du vestibule.

— Ne vous inquiétez pas, dit Sarah, qui s'était un peu remise de son malaise. Je vais l'attraper.

Les trois enfants s'assirent à mi-hauteur de l'escalier, observant les ouvriers avec des expressions captivées. Eve s'écarta pour laisser passer deux hommes portant un canapé à rayures vertes et dorées dans la rue, puis elle pivota quand une voix d'homme tonna :

— Bon sang, mon brave, faites attention ! Ce portrait vaut une petite fortune. S'il est abîmé, l'acheteur n'en voudra pas.

Eve se dirigea vers l'irascible personnage — un homme sans redingote, sombre et imposant, avec des culottes grises moulant ses jambes musclées, une chemise blanche ouverte sur sa gorge hâlée et des cheveux aussi noirs que le pelage d'une panthère de Java.

— Est-il vraiment nécessaire de jurer devant des enfants ? demanda-t-elle d'un ton hautain.

Elle vit les épaules de l'homme se raidir au son de sa voix. Il se tourna vers elle et la transperça du regard. Eve retint son souffle. Elle pouvait presque sentir l'effort qu'il fournissait pour dominer sa fureur. Elle s'efforça de soutenir son regard sans défaillir, scrutant son visage — aussi dur et menaçant qu'un masque taillé dans du granit. Il la considérait comme si elle était une démente.

— Je jurerai quand il me plaira sous mon toit…

Eve le fixait toujours. Ses traits lui étaient étonnamment familiers… Elle était certaine de l'avoir déjà renc… Oh, non ! Pas lui ! Le goujat prétentieux de la veille… Au même instant elle sut qu'il la reconnaissait lui aussi car il se figea et ses yeux s'élargirent de stupeur.

— Bonté divine, c'est vous !

— Malheureusement, oui. Et êtes-vous obligé de crier ? Je ne suis pas sourde, et vous effrayez les enfants.

— Ne soyez pas ridicule. Je suis leur père.

— Précisément, et pour cette seule raison vous devriez contrôler davantage votre humeur, lança Eve d'un ton coupant.

Lord Stainton tourna son regard aiguisé comme une dague vers les domestiques terrifiés qui, s'étant arrêtés dans leurs tâches, restaient figés sur place, les yeux écarquillés.

— Qui diable a laissé entrer chez moi cette enquiquineuse sans me consulter ?

— Je ne suis pas une enquiquineuse et, ainsi que je vous l'ai déjà dit, je ne suis pas sourde, aussi veuillez baisser le ton.

Tournant les talons, Eve alla à l'escalier pour rejoindre Estelle.

— Et que signifie ceci ? rugit-il, s'élançant derrière elle avec la démarche prédatrice d'un loup.

Il s'arrêta net quand il vit trois petits visages pleins d'appréhension le regarder du haut des marches, à la place des deux habituels. Les poings sur les hanches, il fit aller son regard noir de la fillette inconnue à Eve.

— Mademoiselle Lacy ! appela-t-il.

Pas de réponse. Il jura à mi-voix.

— D'où vient cette enfant, demanda-t-il, pointant un long doigt mince sur Estelle, et que diable fait-elle chez moi, aujourd'hui en particulier ?

— Il s'agit de ma fille, articula Eve aussi calmement qu'elle le pouvait.

N'eût été Sarah, elle aurait déjà quitté cette maison de fous, mais elle voulait d'abord savoir si la jeune gouvernante allait mieux.

— Alors, cela vous ennuie-t-il de la faire sortir de chez moi, et vous avec ? Je ne suis pas en mesure de recevoir des invités maintenant — d'ailleurs vous n'êtes pas mes invitées. Ainsi que vous pouvez le voir…

— Je sais… Vous êtes en plein déménagement, coupa Eve sans ciller.

Impossible de ne pas remarquer la beauté de ce lord Stainton : la peau hâlée, les sourcils noirs au-dessus de saisissants yeux bleu clair, le nez droit, la bouche ferme et sensuelle, le menton carré et arrogant… Il devait avoir trente-deux ans au plus, et sa grande taille lui donnait une allure superbe. Dommage qu'un homme aussi magnifique soit aussi détestable, conclua-t-elle pour elle-même, amère.

— Avez-vous l'habitude de proférer des évidences, mademoiselle…

— Mme Brody, et oui, c'est mon habitude, riposta Eve, les yeux étincelants de rage.

Une fureur froide faisait pâlir son visage et donnait un ton tranchant à sa voix. Il soutint fermement son regard, l'examinant comme si elle était quelque étrange créature qu'il venait de découvrir sous son toit. Il avait déjà noté son léger accent américain ; son nom écossais était un autre détail qui l'intriguait. Il y eut un moment de silence pendant lequel il essaya de se calmer, tout en détaillant la jeune femme qui se tenait devant lui sur les dalles de marbre noires et blanches de son vestibule.

— M'avez-vous suffisamment regardée, lord Stainton ? fit-elle réprobatrice. Je suppose que c'est votre nom ?

— Vous supposez bien, madame Brody.

— Vous êtes l'homme le plus mal élevé, le plus arrogant et le plus dénué d'égards que j'aie jamais rencontré, poursuivit-elle froidement.

Il plissa les paupières et pinça les lèvres.

— Je dirai que je suis tout ce dont vous m'accusez. Cela va avec mon titre.

— Alors, avec vous pour exemple, je peux seulement espérer que vous êtes le dernier Anglais titré que je rencontrerai. Hier, j'ai prié avec ferveur de ne plus jamais avoir la malchance de reposer les yeux sur vous. Rien n'a changé. Une telle explosion de rage est considérée comme un signe de mauvaise éducation, dans le pays d'où je viens.

Plantant les poings sur sa taille, il se pencha en avant et la fixa avec fureur.

— Vraiment ! Vous êtes réellement la femme la plus exaspérante et la plus outrecuidante que j'aie jamais rencontrée. Comment osez-vous venir chez moi et me faire la leçon sur des choses dont vous ne savez rien !

— Oh, mais vous méritez une bonne leçon, vous, un homme qui effraie ses enfants et terrifie ses domestiques au point qu'ils rampent devant lui ! D'ailleurs, il est surprenant que vous ayez encore des serviteurs à commander. A voir votre expression, je gagerais que j'ai touché une corde sensible. Je vous en prie, ne me décevez pas en réprimant votre colère. Il me déplairait de vous voir exploser sous l'effort.

— Croyez-moi, madame Brody, vous n'aimeriez pas me voir exploser. J'ai mauvais caractère, je l'admets, et même un tempérament violent quand on m'y pousse. Mais la façon dont j'élève mes enfants et choisis de vivre ne regarde que moi.

Eve avait dit ce qu'elle avait à dire avec un calme

glacial. Lord Stainton était si déconcerté par son éclat et son franc-parler que sa supériorité s'évapora. Il contempla la séduisante jeune femme dont la fureur faisait virer les yeux bleu foncé au violet, sous de gracieux sourcils bruns. Encadré par une lourde masse de cheveux auburn bien arrangés sous son bonnet, son visage était d'une beauté saisissante, avec une peau crémeuse et éclatante, des pommettes hautes et un petit menton rond fendu d'une troublante fossette. Son nez était droit, sa bouche douce et généreuse. Il parcourut son corps mince du regard avec une familiarité qui la fit rougir.

Il lui donnait à peine plus de vingt ans, et pourtant, elle se mouvait avec une grâce naturelle et un maintien que ne possédaient pas la plupart des femmes expérimentées qu'il connaissait. Bien qu'elle fût mariée, il émanait d'elle une douce innocence qu'il trouvait attirante et sous laquelle il devinait un esprit aventureux, à la fois volontaire et obstiné.

Saisi de trouver le temps de scruter une parfaite inconnue qui était entrée chez lui sans y être invitée et l'avait tancé si vertement, alors que tout autour de lui régnait le plus parfait chaos, il se détourna d'elle dans un accès de frustration.

— J'en ai assez de cette farce, madame Brody. J'ai mieux à faire. Personne ne vous a conviée ici. Voici la porte. Prenez-la.

Eve se sentit rougir devant tant de grossièreté. Aussitôt, le choc d'un instant se changea en bouffée de colère.

— Vous avez raison, on ne m'a pas invitée, reconnut-elle alors qu'il tournait les talons et s'éloignait. Je suis venue pour m'assurer que la nourrice de vos enfants rentre sans encombre. Elle s'est sentie mal au parc et j'ai considéré comme un geste d'humanité de la raccompagner. Maintenant que c'est fait, j'aurai grand plaisir à quitter votre maison avec ma fille — quand j'aurai retrouvé mon chien dans ce tohu-bohu, bien entendu.

A ces mots, il s'arrêta brusquement et pirouetta de nouveau pour lui faire face. Eve eut comme la sensation d'une dure façade qui se fendille.

— Un chien ? Quel chien ? releva-t-il d'une voix soudain blanche.

Il y avait plus que de l'irritation dans sa question — elle exprimait une stupeur sans bornes.

— Celui qui a disparu dans votre escalier quand nous sommes entrées.

— Me dites-vous qu'il y a un animal en liberté dans ma maison ?

— C'est exactement ce que je dis, mais ne vous inquiétez pas, répondit-elle d'un ton sarcastique. Il ne mord pas. Ah, le voilà ! ajouta-t-elle, heureuse de voir Sarah descendre les marches avec Jasper dans les bras.

Allant à sa rencontre, elle lui prit le chiot et saisit la main d'Estelle, impatiente de sortir de la maison le plus vite possible.

— Je vois que lord Stainton est encore irrité, murmura Sarah en regardant Eve avec inquiétude. Allez-vous bien ?

Elle jeta un coup d'œil par-dessus son épaule.

— Prenez garde. Monsieur le comte n'est pas homme à écouter ou à se laisser raisonner quand il est de mauvaise humeur.

Tournant le dos à lord Stainton, Eve sourit à la jeune femme.

— Oh, je crois que je peux venir à bout du comte, Sarah.

— Malheureusement, son caractère domine sa raison. Il se calmera bientôt.

— Moi aussi, sans nul doute — quand je serai hors d'ici. Maintenant, prenez soin de vous, et épousez votre jeune homme sans trop attendre.

Affrontant lord Stainton pour la dernière fois au bas de l'escalier, Eve haussa le menton, pas du tout intimidée.

— Voyant que vous êtes en proie à un accès de rage qui vous détruit, lord Stainton, je vais me retirer. Je regrette simplement d'avoir fait subir à ma fille les éclats d'un noble très mal élevé.

— Vous m'avez surpris lors d'un mauvais jour, madame Brody.

— Considérant que je vous ai rencontré par deux fois, lord Stainton, et compte tenu de votre conduite en chacune de ces occasions, il semble que la plupart des jours soient mauvais pour vous.

— Pas du tout, madame Brody. Si votre fille a été choquée par mes « éclats », elle a une petite part de ma sympathie — le reste allant à votre patient époux.

Eve le regarda bien en face.

— Je suis veuve, lord Stainton, et la patience de mon mari a été de courte durée. Il a été tué par une balle anglaise à La Nouvelle-Orléans. Maintenant, dit-elle en serrant la main de sa fille et en tenant Jasper contre sa poitrine, je ne veux pas vous retenir plus longtemps. Bonne journée à vous.

Elle quitta la maison tel un galion aux voiles gonflées, trop furieuse pour dire un mot de plus.

Interdit, lord Stainton fixa la porte par laquelle elle venait de disparaître, avec l'impression qu'un ouragan s'était éloigné. Il se sentait déconcerté et très en colère contre lui-même, tel un parfait idiot. Il éprouvait du désarroi et des remords à s'être comporté comme un rustre envers cette Mme Brody. Surtout après la révélation que venait de faire la jeune femme avant de s'en aller. Très tôt, ses parents et précepteurs lui avaient appris à montrer un certain vernis de civilisation, quoi qu'il éprouve, surtout quand il était hors de lui. Et il avait lamentablement échoué.

— Mademoiselle Lacy ! appela-t-il, arrêtant la nourrice qui montait l'escalier pour ramener Sophie et Abigail dans leur chambre. Cette Mme Brody… qui est-elle et où habite-t-elle ?

— Hormis son nom, je… je ne sais pas qui elle est, lord Stainton. Elle ne l'a pas dit. Elle a simplement indiqué qu'elle habite dans Berkeley Street.

— Je vois.

Il allait se retourner, lorsqu'il se rappela quelque chose que Mme Brody avait dite.

— Mademoiselle Lacy.

— Oui, sir.

— Mme Brody a mentionné que vous ne vous sentiez pas bien, dit-il d'une voix plus amène. Avez-vous besoin de voir un docteur ?

— Non, sir. Je me sens beaucoup mieux.

Sarah fit une petite courbette.

— Merci d'avoir demandé.

— Bon.

Avec le talent qu'il avait perfectionné quand sa femme l'avait quitté, lord Stainton pivota pour s'éloigner et chassa froidement Mme Brody de ses pensées.

Troublée et contrariée par sa rencontre avec l'insupportable lord Stainton, et sentant une migraine la gagner, Eve se laissa choir avec un soupir morose sur le canapé du salon de l'élégante demeure des Seagrove, dans Berkeley Street. Elle ne parvenait pas à croire que cette furieuse altercation ait eu lieu. Sa colère s'était quelque peu dissipée lors du trajet de retour, mais elle en était encore ébranlée. L'abattement qui avait remplacé sa fureur ne lui ressemblait pas du tout.

Avec les enfants montés à la nurserie et William, son époux dévoué, parti travailler au ministère des Affaires étrangères, Beth, heureuse qu'elles aient un moment à elles, servit le thé et s'adossa à son fauteuil. Elle jeta un regard acéré aux traits ravissants de son amie.

— Qu'est-ce qui vous rend si lugubre, Eve ?

— J'ai rencontré quelqu'un, aujourd'hui.

— Vraiment ? Cela n'a rien de si inhabituel. Est-ce quelqu'un que je connais ?

— Je suppose. Il s'agit de lord Stainton, l'homme le plus grossier et prétentieux que j'aie rencontré de ma vie.

Beth rit.

— Voilà qui explique tout. Que s'est-il passé ?

Rapidement, Eve lui raconta tout ce qui était arrivé, depuis sa rencontre avec Sarah Lacy au parc jusqu'au moment où elle avait été éjectée de Stainton House comme une criminelle. Elle ne parla pas de sa précédente rencontre avec le comte, car Beth la fustigeait toujours de sortir seule si tôt. Lorsqu'elle eut terminé, son amie était abasourdie.

— Juste ciel ! A ce qu'il semble, vous avez fâché ce célèbre lord.

Eve fit une grimace.

— Je n'en avais pas l'intention — même si je suppose que je me suis montrée assez outrecuidante, et sous son toit, de surcroît. Le connaissez-vous, Beth ?

— Ma chère Eve, tout Londres connaît lord Lucas Stainton.

— Que savez-vous de lui ?

— Eh bien, il est terriblement beau, pour commencer, vous devez l'admettre.

Evoquant l'image du grand, mince et superbement bâti lord Stainton, Eve ne put nier qu'en dépit de sa bouche sévère, de l'autorité arrogante de sa mâchoire et du cynisme qui brillait dans ses froids yeux bleu clair, il était incroyablement séduisant.

— Oui, je suppose, concéda-t-elle du bout des lèvres.

Beth poussa un soupir rêveur.

— J'aime tant les beaux hommes.

— Je sais. C'est pourquoi vous avez épousé William, commenta malicieusement Eve.

— Oh, non, fit Beth avec un petit rire.

Elle but une gorgée de thé.

— William est raisonnable, consciencieux et solide, mais il est également sensible, doux et idéaliste. Voilà pourquoi je l'ai épousé.

— Je suis d'accord, il est tout cela. William est un homme modèle, et non un cynique endurci comme lord Stainton. Que savez-vous d'autre de lui ?

— Eh bien, physiquement et intellectuellement, il n'y a pas mieux que lui. Il a hérité du titre de son frère, qui est mort il y a quelques mois. Il vit tranquillement et ne se montre guère en société, bien que je l'aie aperçu à l'occasion dans des soirées intimes. Il est l'objet de ragots depuis son divorce avec son épouse Maxine il y a un an environ. Elle est la fille du comte de Clevedon, lord Irvine. A l'époque, ce divorce a provoqué un vif scandale dans le grand monde.

Eve fixa son amie, choquée et surprise.

— Un divorce ? Il a divorcé de sa femme, la mère de ces deux adorables petites filles ? Pourquoi, au nom du ciel ?

— Je ne connais pas tous les détails, mais je sais que son épouse a causé des complications du jour où ils se sont mariés. Parmi ses nombreux défauts, apparemment, se trouvait le fait qu'elle était très belle, élégante et intelligente, et qu'elle plaisait aux hommes. Quelqu'un du caractère de lord Stainton ne pouvait tolérer l'infidélité.

— Elle a eu une liaison ?

— Plusieurs, je crois. Après la naissance de sa deuxième fille, on a dit qu'elle s'adonnait à une affaire de cœur après l'autre, la plus intense étant avec le propre frère de lord Stainton. Sa conduite a vraiment été scandaleuse. De fait, elle a quitté son mari pour vivre avec son beau-frère à la campagne.

— Elle a abandonné ses enfants ? s'exclama Eve, horrifiée qu'une femme puisse faire une chose pareille.

— Oui. A ce qu'il semble, le divorce a été très coûteux, il a pratiquement ruiné Lucas. Et son frère, un joueur invétéré, n'a pas arrangé la situation. Les coffres des Stainton étaient vides bien avant qu'il meure.

— Alors, lord Stainton va avoir la tâche peu enviable de les remplir.

— En effet.

— Le tient-on à l'écart à cause de son divorce ?

— Au contraire. Cela ajoute à son mystère et à son charme. La haute société le flatte et personne n'oserait le bannir. Bien sûr, il est libre de se remarier, mais les mères de l'aristocratie qui cherchent un mari convenable pour leurs filles chéries ne considèrent pas un lord divorcé et appauvri comme un parti recommandable. Néanmoins, sa belle allure est appréciée et toutes les hôtesses mondaines ont essayé de le ramener dans le monde, mais il décline leurs invitations.

— Je crois qu'il vend sa maison de Londres pour se retirer à la campagne.

— Oui, je sais. Laurel Court. La propriété est proche de la maison des parents de William dans l'Oxfordshire, et elle est très belle, mais tristement négligée. S'il vend sa maison de Mayfair, j'espère pour lui que cela l'aidera à payer une partie des dettes. Sinon, qui sait ce qu'il fera. S'il veut conserver son domaine, il pourrait recourir à un mariage avec une héritière. Après tout, pourquoi pas ? Il ne sera pas le premier aristocrate appauvri à se marier pour l'argent, ni même le dernier.

— Cela semble assez draconien, Beth.

— Pour vous qui avez passé presque toute votre vie en Amérique, je suppose que cela le paraît. Dans la haute société anglaise, se marier pour l'argent est considéré comme une démarche parfaitement acceptable. Toutefois, la fierté est un trait dominant des Stainton et lord Stainton trouvera sans doute très difficile et désagréable d'avoir à recourir à ce genre de mesure. Cela dit, je crois qu'il pourrait nous honorer de sa présence ce soir, chez lady

Ellesmere, étant un vieil ami de la famille et la soirée devant être assez calme.

Les yeux d'Eve s'agrandirent brusquement, tandis qu'une bouffée d'animosité la parcourait tout entière.

— Lord Stainton sera là ?

Beth rit, peu affectée par la consternation de son amie.

— Ne vous alarmez pas, Eve. Il peut décider de ne pas venir.

— Mais il peut aussi décider de venir.

— Essayez de ne pas vous inquiéter. A cette heure, peut-être considère-t-il l'incident avec amusement.

— Si c'est le cas, il a un curieux sens de l'humour, Beth. Non, il ne trouvera pas l'incident amusant, croyez-moi. De fait, je pourrais rester à la maison. Lord Stainton ne désirera pas plus me voir que je ne désire le revoir. En outre, j'ai une terrible migraine, depuis une heure. Me coucher de bonne heure me paraît soudain très attirant

— Sottise. Vous viendrez. Avec un salon plein de matrones et de grandes dames, je compte sur vous pour me faire la conversation. Quant à votre migraine, je vais vous donner deux de mes sachets de poudre pour la calmer. Prenez-en un avant de sortir et un autre avant de vous coucher.

Quand Eve fut prête à partir pour la soirée chez lady Ellesmere, sa tête la faisait terriblement souffrir. Ayant pris un sachet de poudre de Beth sans en sentir l'effet, elle absorba le second — celui qu'elle était censée prendre avant de se mettre au lit. Après avoir bordé Estelle et l'avoir embrassée pour lui souhaiter une bonne nuit, elle descendit rejoindre Beth et William.

La maison de lady Ellesmere était tout illuminée quand la voiture s'arrêta devant la porte. Un valet en livrée s'écarta pour les laisser entrer dans le vestibule dallé de marbre. En entrant dans le salon, ils s'arrêtèrent et les yeux d'Eve parcoururent les invités vêtus de leurs beaux habits, les dames superbes dans des soies et des satins coupés à la dernière mode.

Avec du goût pour le confort, le luxe et l'élégance, les murs étaient tendus d'une soie ivoire délicatement rehaussée de motifs verts et dorés, ces nuances se retrouvant sur les sièges et dans les lourds rideaux qui ornaient les fenêtres. De précieux tapis d'Orient recouvraient le sol. La pièce brillait de l'éclat de myriades de bougies, les délicates pendeloques en cristal des lustres reflétant la lumière sur les murs. On entendait en arrière-plan la douce musique jouée par un quatuor à cordes et, pour les hôtes qui souhaitaient se divertir, deux salons adjacents étaient réservés au jeu. Les portes-fenêtres étaient ouvertes pour faire entrer la fraîcheur de la nuit et permettre aux invités de se rendre sur la large terrasse éclairée par des lanternes.

C'était une soirée sans cérémonie. Lady Ellesmere, une très belle veuve d'âge moyen, siégeait sur une méridienne dorée. Telle une reine, couverte de bijoux étincelants et sa robe de soie aux tons riches étalée autour d'elle, elle trônait avec superbe.

Prenant deux flûtes de champagne sur un plateau d'argent, William les tendit à ses compagnes, puis se servit à son tour et contempla la foule brillante.

— C'est assez splendide, n'est-ce pas ?

— Comme d'habitude, répondit Beth. C'est ce que

l'on attend d'une soirée chez lady Ellesmere. Comment va votre migraine, Eve ? Ma poudre vous a-t-elle soulagée ?

Eve sourit. Rassurée de ne voir personne qu'elle ne souhaitait pas voir, elle commençait à se détendre.

— Oui, je crois — bien que j'aie pris aussi le deuxième sachet par précaution.

Beth la regarda, choquée.

— Vous avez pris les deux ? Oh, Eve, vous n'auriez pas dû ! Ce remède est très fort. Si j'étais vous, je ne boirais pas trop de champagne par-dessus.

William rit doucement.

— Un des sachets de Beth est suffisant pour faire dormir le malade pendant une semaine, Eve. Avec deux, vous pouvez être sûre de vous retrouver inconsciente durant quinze jours.

Se sentant parfaitement bien et ne s'inquiétant pas du tout, Eve rit à son tour et but une gorgée de champagne.

— Je ne bois jamais plus de deux flûtes, de toute façon, alors ne vous faites pas de souci, tous les deux. De fait, quand nous aurons parlé à lady Ellesmere, j'irai bien faire un tour au buffet.

Elle porta son regard vers le salon adjacent, où des tables supportaient de délicieuses collations.

Lucas vit Eve dès qu'il entra dans le salon de lady Ellesmere. Choqué et incapable de réagir, il fronça les sourcils, incrédule de la voir là, elle, la harpie qui avait forcé sa porte dans la matinée. Accompagnée de William Seagrove et de sa femme, elle se promenait nonchalamment au milieu de gens fortunés, sa superbe chevelure auburn flamboyant sous l'éclat des chandelles.

Lucas était avec son bon ami Henry Channing, un

homme facile à contenter et des plus aimables. Henry adorait la vie londonienne, qui le changeait de Newcastle où il avait été élevé. Avec sa belle apparence et la fortune de son père, il était bien reçu partout, ses origines commerçantes commodément oubliées.

Henry suivit le regard de Lucas et de l'intérêt s'alluma dans ses yeux quand il vit le ravissant objet de l'attention de son ami.

— Cette divine créature est Mme Eve Brody, indiqua-t-il, née en Angleterre et élevée en Amérique. Son père est mort récemment et l'a laissée à la tête d'une immense fortune, je crois.

— Vraiment, lâcha Lucas d'un ton sec, en contemplant son champagne.

— Mme Brody, qui est veuve, a reçu de nombreuses propositions de mariage en Amérique. Depuis son arrivée en Angleterre, elle a suscité un vif intérêt, mais elle décourage ses prétendants dès que leurs intentions deviennent apparentes.

Lucas jeta un regard torve à son ami.

— Vous semblez fort bien renseigné sur Mme Brody, Henry.

— Ma sœur est une proche amie de Beth Seagrove.

— Voilà qui explique tout. Néanmoins, je ne suis pas intéressé le moins du monde par Mme Brody.

Tournant le dos à Eve, Lucas sourit à lady Ellesmere qui lui faisait signe d'approcher et s'avança vers elle, abandonnant un Henry médusé.

Plus tard, le regard de Lucas fut de nouveau attiré par Eve qui se tenait près du buffet, la lumière d'un lustre la baignant d'un éclat doré. De l'autre bout de la pièce, il étudia sa silhouette ravissante et sa beauté sans tache.

Ses lourds cheveux étaient coiffés en boucles cuivrées au sommet de sa tête. Sa robe vert pâle avait un corselet ajusté qui remontait ses seins et exposait audacieusement sa poitrine. Seigneur, quelle vision !

Consciente de la présence de lord Stainton depuis un moment et sentant son regard acéré sur elle, Eve avait à l'esprit le souvenir de leur furieuse altercation. Cela la mettait très mal à l'aise, mais la fierté l'obligea à hausser le menton et à le dévisager d'un air rebelle à travers la pièce qui les séparait, rencontrant son regard implacable. Pour la deuxième fois en une douzaine d'heures, ses yeux bleu foncé soutinrent ceux de Lucas Stainton dans un échange mutuel d'animosité.

La grande silhouette athlétique de Lucas Stainton était superbe dans son habit noir. Par contraste, sa chemise et son écharpe étaient d'un blanc éblouissant. Il paraissait s'ennuyer profondément, mais il était toujours insupportablement beau, se dit-elle, sentant une douce chaleur se répandre dans son ventre.

Eve se tint immobile, dans un silence plein de rancœur, tandis qu'il la détaillait avec audace, du haut de ses boucles cuivrées jusqu'au bout de ses pantoufles en satin. Elle était habituée aux regards admiratifs des gentlemen, mais il n'y avait rien des manières d'un gentleman dans la façon dont lord Stainton examinait son corps avec insolence et nonchalance. Furieuse, elle lui tourna le dos, essayant de toutes ses forces de se concentrer sur ce que Beth lui disait.

— S'il fait beau demain, je pense que nous pourrions aller pique-niquer au parc. Cela vous plairait-il ? Il doit y avoir un lâcher de ballons dans l'après-midi. Les enfants seraient ravis.

— Je partage votre avis ; cela fera certainement du bien aux enfants de sortir se défouler. Dans combien de temps votre maison de Camberwell sera-t-elle terminée ?

Les Seagrove étaient très excités par la grande maison qu'ils faisaient construire à Camberwell, au sud de la Tamise. Comme beaucoup d'hommes d'affaires, William installait sa famille hors du centre, mais assez près pour pouvoir se rendre en voiture à son travail.

— Encore deux mois, et je ne puis attendre. Eve, je suis contente qu'Estelle se soit si bien acclimatée à Londres. Quand vous êtes arrivées, j'avoue que j'étais inquiète que New York lui manque.

— Vos garçons lui ont facilité la tâche, Beth. De fait, pour le moment, la vie est une grande aventure pour ma fille chérie.

En disant ces mots, elle songea que ce n'était pas Estelle mais elle que l'on traitait d'aventurière dans les salons huppés de Londres. Et pour cause : depuis son arrivée, Eve était vite devenue populaire. Plusieurs célibataires de choix l'avaient harcelée sans cesse pour qu'elle se laisse courtiser, mais elle les avait poliment écartés.

Jetant un coup d'œil à lord Stainton à travers le salon, Eve le vit rôder parmi les invités. Il semblait émaner de lui une force et un pouvoir à peine contenus. Il y avait quelque chose de primitif en lui, et elle avait l'impression que son élégance et son indolence n'étaient qu'une façade destinée à faire croire aux gens sans méfiance qu'il était un être civilisé, et non un dangereux sauvage.

Lorsqu'il commença à s'avancer vers elles, Eve blêmit. A cet instant, son besoin de fuir dominait tout autre instinct.

— Si vous voulez bien m'excuser, Beth, je vais me rendre aux toilettes.

Jetant un regard entendu vers lord Stainton qu'elle avait aussi vu arriver, Beth rit et la retint en posant une main sur son bras.

— Oh, non, pas question ! Je pense que vous devriez être convenablement présentée à lord Stainton et oublier votre précédente rencontre.

Quand Beth la tira en avant, Eve se prépara mentalement à l'affrontement.

Les ayant rejointes, Lucas s'inclina courtoisement devant Beth.

— C'est un plaisir de vous revoir, madame Seagrove. Votre mari est-il ici ?

— Oui, mais je crains qu'une partie de faro n'ait retenu son intérêt. Lord Stainton, puis-je vous présenter ma chère amie, Eve Brody ?

Eve fixa les yeux de lord Stainton, voilés par ses paupières. Elle ne trouva aucune trace de gentillesse ou d'amabilité sur ses traits bien marqués, durs et cyniques. Ses sourcils droits étaient plus habitués à se froncer qu'à se détendre, et il avait une bouche dure avec une pointe de cruauté. C'était un visage qui indiquait que son propriétaire ne tenait pas à être ennuyé, et des paillettes argentées brillaient dangereusement dans ses prunelles bleu clair, cernées de cils noirs, tels de petits signaux d'avertissement.

— Nous nous sommes déjà rencontrés, déclara Eve, jouant avec la flûte de champagne qu'elle tenait entre ses doigts.

William choisit ce moment pour émerger de la salle de jeu ; le voyant, Beth s'excusa vivement, déterminée à le rejoindre et à l'écarter de la partie de whist qui allait commencer dans l'autre salon.

Lucas lui adressa un signe de tête et fixa de nouveau son regard sur Eve.

— C'est exact, madame Brody, nous nous sommes rencontrés. Je suis flatté que vous vous souveniez de moi, dit-il en maintenant entre eux une bonne distance.

Décidée à paraître calme et insensible à leur précédente rencontre, et à ne pas se laisser aller à un éclat en public, Eve s'obligea à sourire.

— J'ai essayé d'oublier cet incident déplaisant, lord Stainton. Ce qui n'est pas facile.

— Eh bien, à votre futur succès.

Il leva son verre en un toast moqueur. Eve l'imita. Malheureusement, sa tête choisit ce moment pour se mettre à tourner. Son regard se brouilla, sa main trembla et du champagne se répandit sur le devant de sa robe. Après une brève lueur d'inquiétude, l'expression de lord Stainton se durcit davantage alors qu'il considérait son décolleté souillé d'un air dégoûté.

— Personne ne vous a-t-il mise en garde contre les dangers de la boisson, madame Brody ? demanda-t-il d'un ton dédaigneux.

Sous l'insulte, Eve tressaillit, mais s'obligea à soutenir son regard.

— Je ne bois pas inconsidérément, rétorqua-t-elle, résistant à l'envie de lui arracher son verre et d'en lancer le contenu sur son visage arrogant.

— Il est évident pour moi que vous buvez et que vous ne le supportez pas, insista-t-il, imperturbable.

Au désespoir de paraître normale, Eve fut soulagée quand un valet plein de sollicitude abaissa son plateau pour lui venir en aide. Avec un sourire reconnaissant, elle lui tendit son verre et prit la serviette qu'il lui offrit, les doigts tremblants. Elle tamponna sa robe et la lui rendit.

— Merci, dit-elle.

Elle regarda autour d'elle pour voir si on les observait, et fut rassurée de constater que l'incident était passé inaperçu.

— Peut-être aimeriez-vous une autre flûte de champagne ? demanda lord Stainton d'un ton suave.

— Non, merci, répondit-elle d'une voix crispée.

— Une personne sage sait quand s'arrêter.

Elle le fusilla du regard.

— Allez-vous-en, lord Stainton. Vous êtes vraiment l'homme le plus provocant qui soit, et tout à fait insupportable.

Au lieu de se montrer fâché, il la regarda avec amusement et secoua la tête.

— Que vous attendiez-vous à trouver, madame Brody ? Un gentleman accepté par la société ? Un débauché ou un dandy ? Je ne suis rien de tel.

Avant qu'Eve puisse réagir à ses paroles, il lui porta un autre toast moqueur.

— Profitez bien de votre soirée.

Et il s'en alla sans se retourner.

2

Tandis que la soirée s'écoulait, Eve avait de plus en plus de mal à rester éveillée. Que lui arrivait-il ? Tout ce qu'elle souhaitait était d'aller se coucher. Et soudain la vérité la frappa. Elle savait ce qui n'allait pas. C'étaient ces maudits sachets de poudre qu'elle avait avalés. Prendre l'air lui ferait peut-être du bien. Où était Beth ? Elle parcourut la pièce des yeux en quête de son amie, mais celle-ci était invisible.

Contournant un certain nombre d'obstacles, elle arriva enfin aux portes-fenêtres qui donnaient sur la terrasse. Elle sortit, traversa jusqu'à la balustrade et posa les mains dessus pour se soutenir, le souffle court. La terrasse était faiblement éclairée et elle ne vit que trop tard le grand homme aux cheveux noirs qui serrait un cigare entre ses dents blanches et régulières et conversait tranquillement avec un autre, le visage dans l'ombre. Oh non, si elle avait su, elle ne se serait jamais aventurée dehors.

— Je disais, vous sentez-vous bien ? demanda l'autre homme, qui l'avait vue sortir.

Il se montra inquiet lorsqu'elle porta une main à son front.

Eve vacilla, remarquant l'expression méprisante de

lord Stainton. Avant qu'elle puisse répondre, il déclara d'une voix glaciale :

— Je crois que la dame est complètement ivre, Henry. Vous pouvez vous attendre à avoir une méchante migraine demain matin, madame Brody.

— Je m'y attendrais si j'avais trop bu, mais ce n'est pas le cas, et si ça l'était, cela ne vous regarderait pas. Comment osez-vous ?

— J'oserais vous dire bien des choses, madame Brody, mais je ne gaspillerai pas mon souffle.

Comme elle penchait sur un côté, il l'attrapa par le bras et l'assit rudement sur la balustrade.

— Restez ici pendant que j'appelle vos amis. Je pense qu'ils devraient vous ramener chez vous avant que vous vous ridiculisiez et les ridiculisiez eux-mêmes par votre conduite inconvenante.

Eve releva la tête et le regarda, incapable de mettre sa vision au point.

— Vous ne comprenez pas…

— Je ne comprends que trop bien, dit-il d'un ton coupant, son regard accusateur s'abaissant sur la tache humide qui ornait le devant de sa robe.

— Je proteste ! lança-t-elle en essayant de se mettre sur pied.

Mais elle retomba en arrière et dut fermer les yeux quand sa tête se mit à tourner terriblement.

— Elle va s'évanouir, prédit le dénommé Henry.

— Non, se récria-t-elle, et elle se contredit en manquant tomber du mur.

— Oh, pour l'amour du ciel ! tonna lord Stainton.

Il jeta son cigare, l'attrapa par la taille, la souleva dans ses bras et se dirigea vers un banc situé un peu plus loin.

— Trouvez Mme Seagrove, Henry, et dites-lui de venir tout de suite. Trouvez également des sels ou quoi que ce soit pour tirer quelqu'un d'une pâmoison. Et de grâce, soyez discret. Si quelqu'un sortait et me découvrait avec une femme inconsciente dans les bras, les ragots se répandraient dans tout Londres comme une traînée de poudre avant le petit déjeuner.

Henry s'éclipsa pour faire ce qu'on lui demandait, pendant que lord Stainton transportait son fardeau impuissant le long de la terrasse.

Quand Eve reprit ses sens et se rendit compte qu'elle était pressée contre le large torse de lord Stainton, la fureur et l'indignation crépitèrent en elle telles des étincelles incandescentes.

— Comment osez-vous ? s'écria-t-elle en se débattant contre lui, essayant d'échapper à son emprise. Voulez-vous me remettre debout ? Quoi que vous pensiez, je ne mérite pas un tel traitement !

Ses efforts ne parurent qu'accroître son courroux.

— Taisez-vous et restez tranquille ! ordonna-t-il en allant un peu plus loin et en la laissant choir sans cérémonie sur le banc.

Eve combattit la léthargie qui l'envahissait et releva brusquement la tête, avec l'intention de se lancer dans une nouvelle tirade, mais en regardant au-delà de son persécuteur, elle vit une silhouette en robe rose pâle qui accourait vers elle.

— Beth ! s'exclama-t-elle.

Elle n'avait jamais été aussi soulagée de voir arriver quelqu'un.

— Au nom du ciel, que s'est-il passé ?

Beth se pencha sur son amie, le visage crispé par l'inquiétude.

— Votre migraine a-t-elle empiré, Eve ?

— Non, non, et rien de ceci n'est ma faute. Beth, voulez-vous dire à ce lord bouffi d'orgueil qui a des manières de barbare et qui est trop enclin à me condamner que je souffre seulement d'avoir trop pris de votre poudre contre la migraine, et non d'un abus de champagne ?

— De la poudre contre la migraine ?

Au lieu de se montrer coupable d'avoir commis une erreur, lord Stainton parut détestablement amusé.

— Vous êtes sujette aux migraines, madame Brody ?

— Non, de fait je souffre rarement de petits malaises, mais ce matin j'ai eu l'infortune de vous rencontrer, lord Stainton.

— Alors, que puis-je dire ?

— « Désolé » serait un bon début, lança Eve, mordante.

— Fort bien. Je me suis trompé. Je vous fais mes plus humbles excuses.

— Humble, vous ? s'exclama-t-elle, n'en croyant pas ses oreilles. Vous ne pourriez l'être si vous essayiez.

— Contrairement à ce que vous pensez manifestement de moi, lâcha-t-il d'un ton traînant, je me suis simplement porté à votre secours. Vos actions, comme celles de notre première rencontre hier matin, m'ont conduit à penser que vous risquiez de vous évanouir.

— Et je crois me rappeler vous avoir dit que je ne me pâme jamais. Je ne risquais rien, mentit froidement Eve, en évitant le regard interrogateur de Beth.

Elle savait très bien qu'elle devrait faire à son amie un compte rendu détaillé de sa rencontre avec lord Stainton dans le parc.

Une raillerie nonchalante s'alluma dans les yeux de ce dernier.

— Et vous en êtes certaine, n'est-ce pas ?

L'amusement semblait diminuer sa tension.

— Parfaitement.

— Pour vous montrer à quel point vous vous trompez, madame Brody, je suggère que lorsque vous vous lèverez de ce banc, vous me permettiez de vous assister.

Eve ouvrit la bouche pour lancer une repartie cuisante sur son outrageuse vanité, mais son sourire impudent l'arrêta. Posant les pieds sur le sol, elle se leva en hésitant. Quand lord Stainton tendit la main pour lui prendre le bras, elle la chassa et le fusilla du regard.

— Ne vous avisez pas de me toucher. Je ne vous laisserais pas me toucher même si je me noyais, déclara-t-elle d'un ton furieux.

— Je comprends, dit-il d'une voix douce.

Eve posa une main sur le bras de Beth et ignora complètement le comte.

— J'aimerais rentrer, si cela ne vous ennuie pas. Je dois vraiment aller me coucher avant de me ridiculiser totalement et de m'endormir dans le salon de lady Ellesmere. Cela n'irait pas du tout.

Voyant le côté amusant de la situation, Beth réprima un sourire.

— En effet. Il est presque l'heure de partir, de toute façon. Nous allons trouver William et prendre congé de notre hôtesse.

Elle se tourna vers lord Stainton et M. Channing, qui paraissait totalement déconcerté et tenait un flacon de sels à la main.

— Bonsoir, lord Stainton, monsieur Channing. Merci de votre aide.

*
* *

— Bonté divine, Lucas ! dit Henry après un long moment de silence, en regardant son ami avec incrédulité.

Des hommes adultes osaient rarement le défier, mais cette jeune veuve américaine — une délicieuse, extrêmement ravissante veuve — venait juste de le faire.

— Elle vous a bel et bien accusé d'avoir des manières de barbare. Mme Brody a du tempérament, ajouta-t-il en secouant la tête. Je doute qu'elle vous pardonne rapidement.

Lucas jeta un coup d'œil vers les portes fermées par lesquelles la dame en question avait disparu, et l'espace d'un instant Henry vit son sourire nonchalant se durcir en un masque d'ironie.

— Je suis sûr qu'elle ne le fera pas. Mais c'est le problème de Mme Brody, Henry, pas le mien.

Beth insista pour pique-niquer à l'écart de la foule qui affluait dans Hyde Park ; tout Londres avait accouru pour voir un Français s'élever en montgolfière — ce qui causait une grande excitation aux enfants Seagrove et à Estelle. L'événement avait suscité tant d'intérêt qu'il avait perturbé la cavalcade des beaux équipages qui déambulaient chaque après-midi dans le parc. Il s'agissait de cavaliers montés sur de magnifiques pur-sang, de dandys aux tenues élaborées et de femmes du monde se promenant en calèche, ces dames étant parmi les beautés les plus renommées de Londres. Le soleil était agréablement chaud et les gens riaient et plaisantaient, parlant tous de l'énorme ballon sifflant qui avait décollé avec succès.

Accompagnant à cheval la calèche qui transportait miss Lacy et ses enfants, Lucas tomba par hasard sur la scène du pique-nique. C'était un spectacle enchanteur, un petit groupe de personnes — trois femmes, dont une nourrice ou gouvernante, et trois enfants, deux garçons et une fille. Les adultes étaient assises dans l'herbe à l'ombre des grands bouleaux, et sur une nappe blanche étalée par terre, des paniers de provisions avaient été déballés. Les enfants, très excités, couraient autour en essayant de s'attraper et riaient aux éclats.

Une silhouette vêtue d'une légère et délicieuse robe bleu pâle, avec une large ceinture d'un bleu plus soutenu nouée dans le dos, retint l'attention de Lucas. Il contempla les reflets du soleil sur ces magnifiques cheveux auburn retenus par un ruban de satin bleu, et qui tombaient en une cascade de boucles cuivrées. Les pieds étaient cachés sous la jupe, le visage levé vers le ciel, l'apparition semblait avoir seize ans, même si sa silhouette était plus mûre. Elle observait le ballon qui s'élevait parmi les nuages, provoquant les acclamations de la foule.

Détournant les yeux de la montgolfière, Eve porta son attention sur les enfants, un sourire serein sur le visage tandis qu'elle regardait sa petite fille. Les deux garçons de Beth, turbulents et aussi intrépides que des singes, étaient un peu trop agités pour Estelle, qui avait du mal à les suivre. Mais, déterminée à ne pas rester en arrière, elle persévérait. Soudain, Estelle se figea et eut un grand sourire en voyant quelque chose un peu plus loin, puis elle courut vers sa mère, tout excitée.

— Sophie ! Maman, c'est Sophie et Abigail !

Avant qu'Eve puisse la retenir, elle détala dans l'herbe aussi vite que ses petites jambes pouvaient courir, jusqu'à une calèche arrêtée non loin de leur petit groupe.

Eve se leva et courut derrière elle, souriant de plaisir à la vue de Sarah Lacy et de ses jeunes protégées.

— Sarah, quel plaisir de vous revoir !

Elle regarda les petites filles.

— Vous êtes venues voir le ballon ?

— Oui, répondit Sophie, les yeux brillants, ayant clairement apprécié le spectacle. C'était tellement excitant !

— Et il sifflait comme un dragon, babilla joyeusement Abigail, qui parlait déjà très bien pour son âge.

— Les enfants étaient tellement transportées, dit Sarah en rendant son sourire à Eve. Elles n'avaient jamais vu de montgolfière auparavant.

— Moi non plus. C'était une nouvelle expérience. Sarah, pourquoi ne venez-vous pas partager notre pique-nique ? Sophie et Abigail pourraient jouer avec Estelle, et nous avons amplement de quoi manger.

— Je ne pense pas, madame Brody. Merci pour votre aimable proposition, mais Mlle Lacy et les enfants doivent rentrer.

Eve pivota au son de cette voix grave et familière, et se retrouva face à lord Stainton, nonchalamment appuyé à l'arrière de la calèche. Elle vit à son expression qu'il n'était pas aussi surpris qu'elle. Pour une raison inexplicable, elle sentit son cœur s'emballer. Il affichait une expression indéchiffrable, mais ses yeux étaient d'un bleu clair brillant et dangereux. Le souvenir de leurs précédentes rencontres, si houleuses et si âpres, la submergea.

Il portait une redingote prune et des culottes fauves

enfilées dans des bottes cavalières noires, très brillantes, et son écharpe était d'un blanc éclatant. Son regard était acéré et pénétrant et il dégageait ce même attrait puissamment masculin. Eve le considéra avec méfiance, mesurant la façon dont son esprit et son corps étaient étrangement troublés chaque fois qu'elle se trouvait en présence de cet homme.

Il s'écarta de la voiture et inclina sa tête brune aux reflets luisants.

— J'espère que votre migraine va mieux aujourd'hui, madame Brody ?

— Oui, merci, répondit-elle avec raideur.

— Je ne m'attendais pas à vous rencontrer dans une telle manifestation, observa-t-il, l'expression indéchiffrable.

— Je ne vois pas pourquoi. J'ai énormément aimé voir décoller le ballon — presque autant que les enfants.

Distraite par Estelle, qui sautait près d'elle pour mieux apercevoir Sophie et Abigail dans la calèche, elle ajouta :

— Je vous en prie, laissez jouer vos filles avec Estelle, ne fût-ce que quelques minutes.

Le visage de lord Stainton se refroidit, prenant cet air arrogant qu'elle commençait à bien connaître.

— Je vous l'ai dit, nous devons rentrer, déclara-t-il sévèrement.

Eve regarda les petites filles. Leurs épaules menues étaient affaissées, et son cœur vola vers elles. Elles avaient quelque chose de timide et d'effrayé, contraire à l'exubérance naturelle des enfants.

— Les enfants ont besoin de temps en temps de courir, de crier et de rire, lord Stainton, dit-elle calmement, essayant de lui parler sans le ton abrasif d'un ennemi. Il n'y a pas de mal à cela.

— S'il vous plaît, papa, murmura Sophie, pouvons-nous jouer juste un petit moment avec Estelle ?

Eve regarda directement le comte, attendant qu'il réponde à Sophie, espérant qu'il n'infligerait pas sa mauvaise humeur à ses enfants. Elle fut soulagée quand elle vit son expression s'adoucir.

— Très bien, Sophie, concéda-t-il. Mademoiselle Lacy, veuillez ne pas les perdre de vue.

Commandant au cocher d'attendre avec la calèche, il ouvrit la portière et souleva ses filles l'une après l'autre pour les poser dans l'herbe, avant de retourner à grands pas à son cheval.

Estelle et Sophie gambadaient déjà quand Eve prit la main d'Abigail et la conduisit à la nappe de pique-nique. Lucas les observa du haut de sa monture et se mit à sourire, car leur rire était contagieux. Pour une fois, son visage était tendre et ses yeux chaleureux. Il avait un grand sens des responsabilités et éprouvait une profonde affection pour ses filles.

Il s'inquiétait fortement de les voir grandir sans l'influence et l'amour qui ne pouvaient venir que d'une mère, mais quand sa femme l'avait quitté, elle avait aussi abandonné ses enfants sans pitié. Il réprima une bouffée d'envie pour le petit groupe et, éloignant son cheval de la délicieuse scène du pique-nique, trotta vers la foule pour trouver quelque connaissance à qui parler.

*
* *

Assise dans l'herbe à côté de Sarah, Eve regarda la jeune femme d'un air soucieux. Son expression était tendue et inquiète, et Eve soupçonnait que tout n'allait pas bien pour elle.

— Vous êtes pâle, Sarah. Vous sentez-vous bien ? demanda-t-elle tranquillement. Il ne doit pas être facile pour vous de travailler pour un homme aussi autoritaire que lord Stainton.

Sarah sourit, observant ses protégées qui riaient et babillaient en mangeant de la gelée et des beignets, heureuse de voir qu'elles s'entendaient bien avec les deux garçons de Mme Seagrove, Thomas et David.

— C'est ce qu'il doit vous sembler, mais il aboie plus fort qu'il ne mord. J'ai beaucoup réfléchi à ce que je vous ai dit hier — la question de quitter mon emploi.

Eve la regarda curieusement.

— Et ? Qu'avez-vous décidé ?

— Je vais épouser Mark. C'est ce que nous voulons tous les deux, mais cela va me briser le cœur de laisser Sophie et Abigail.

— L'avez-vous dit à lord Stainton ?

Sarah hocha la tête.

— Ce matin. Je continuerai à travailler pour lui jusqu'à son départ pour la campagne, dans deux ou trois semaines. Je ne l'ai pas encore dit aux enfants — je ne sais pas comment m'y prendre.

Eve tendit la main et serra la sienne pour la réconforter.

— Je sais combien ce sera difficile pour vous, mais je suis sûre que vous trouverez un moyen — et lord Stainton trouvera certainement quelqu'un qui aimera ses filles.

— Oui. Je suis sûre que vous avez raison.

Leur attention fut attirée par les enfants qui, ayant fini de manger, gambadaient dans l'herbe avec des cris de joie, Sophie et Estelle se donnant la main. Abigail, qui ne voulait pas être laissée en arrière, criait :

— Attendez-moi !

Et elle courait maladroitement derrière eux. Malheureusement, elle était si pressée de rejoindre les deux petites filles qu'elle ne regardait pas où elle allait, et un moment plus tard elle rentra dans un arbre. Il y eut un hurlement. Eve et Sarah se tournèrent en même temps et virent Abigail allongée par terre dans un tourbillon de jupons de dentelle, tandis que Sophie horrifiée revenait en courant pour voir ce qu'avait sa sœur.

Observant l'incident à distance, Lucas jura à mi-voix et démonta. Il se dirigea à grands pas vers ce qui devenait rapidement une mêlée, l'air soucieux et mécontent.

Sophie, ses grands yeux brillant de larmes, se tenait au-dessus d'Abigail et la regardait, serrant toujours la main d'Estelle.

— Abigail courait, elle a heurté un arbre et s'est cogné la tête ! se lamentait-elle, criant encore plus fort quand elle vit l'éraflure et la bosse qui enflait sur le front de sa sœur.

Elle s'étranglait presque.

Eve prit aussitôt la petite blessée dans ses bras, pour la réconforter, tandis que Sarah essayait de consoler Sophie.

— Je savais que ce serait une erreur, tonna lord Stainton, en regardant Eve d'un air accusateur.

C'était comme si elle avait délibérément poussé la petite fille contre l'arbre.

Pendant cinq bonnes minutes, la zone du pique-nique fut emplie des voix d'enfants qui pleuraient, de celles de

Beth et de Sarah, inquiètes, et de celle de lord Stainton, grave, alarmée et courroucée.

Eve le regarda froidement.

— De grâce, taisez-vous, dit-elle en s'efforçant de rester aussi calme que possible. Crier ainsi va seulement bouleverser les enfants plus qu'ils ne le sont déjà, et rendre la situation encore pire.

Inconsolable, Abigail continuait à sangloter bruyamment, la main sur la bosse de son front. Elle était effrayée par la colère de son père et poussait des petits cris effarouchés. Ignorant complètement lord Stainton furieux, qui avait pincé la bouche devant son reproche, Eve s'assit sur un banc avec la petite blessée sur les genoux, la serrant contre elle et murmurant de douces paroles apaisantes contre sa joue mouillée.

— Cela te fait-il très mal ? demanda-t-elle à l'enfant. Est-ce que ce vilain arbre s'est mis sur ton chemin ?

— Oui, gémit Abigail en hochant la tête.

— Laisse-moi voir.

Eve écarta les cheveux du visage trempé de la petite fille.

— Je me suis cogné la tête, hoqueta-t-elle, et ça fait mal.

— Je sais, mon chou, murmura Eve en la prenant de nouveau dans ses bras. Quand tu rentreras chez toi, je suis sûre que Mlle Lacy mettra dessus quelque chose de très spécial pour que ça aille mieux.

— Ça me fera mal ?

— Non, bien sûr que non. Ça fera disparaître cette vilaine bosse en un rien de temps.

Eve aurait été surprise si elle avait levé les yeux et vu le visage de lord Stainton tandis qu'il la regardait serrant sa fille contre elle, la joue appuyée sur ses boucles sombres. Il avait l'impression d'être un intrus, un étranger, et que ses deux enfants appartenaient à quelqu'un d'autre.

Pendant qu'il était captivé par le charmant tableau de la jeune femme et de l'enfant, son expression s'était adoucie. Il l'écouta avec attention essayer de calmer Abigail, ce qu'elle faisait naturellement. Peu à peu, la petite fille s'apaisa et cessa de pleurer, contemplant le visage d'Eve avec adoration et répondant à sa voix chaude.

Cette scène et les mots de réconfort murmurés par Mme Brody l'envoûtèrent et touchèrent une part inconnue de lui qu'il ignorait posséder. Ils éclairèrent un bref instant un coin sombre de son âme, puis l'effet se dissipa.

Consciente de la présence du comte, Eve leva les yeux, aussitôt imitée par Abigail. Quand celle-ci vit son père, intimidée, elle cacha son visage dans le cou de la jeune femme. Se levant avec la petite fille dans ses bras, Eve murmura :

— Viens, Abigail. Allons trouver Mlle Lacy, veux-tu ? Et peut-être aimerais-tu emporter quelques-uns de ces jolis biscuits roses qui t'ont tellement plu ? Nous allons les envelopper dans une serviette, d'accord ?

— Oui, s'il vous plaît, chuchota Abigail.

Tandis que Sarah installait les enfants dans la calèche, Abigail serrant les gâteaux sur son cœur comme s'il s'agissait d'un trésor, Eve retourna vers lord Stainton. Il allait enfourcher son cheval et s'arrêta pour la regarder.

— Je ne crois pas qu'Abigail souffre d'effets secondaires de sa chute, lord Stainton, mais si vous êtes inquiet vous pourriez peut-être lui faire voir un docteur.

Elle sourit lentement.

— En grandissant, les enfants perdent souvent le

contrôle de leur propre corps. Cela peut occasionner quelques chutes.

— J'espère sincèrement que vous avez raison, madame Brody, et qu'Abigail n'aura pas à subir de suites désagréables. Néanmoins, mes filles ne sont pas habituées à courir partout comme de jeunes sauvages.

— Peut-être le devraient-elles. Il est bien plus sain pour les enfants de sortir et de courir. Ils peuvent être dans un environnement stable sans être enfermés à la maison toute la journée.

— Mes filles ont toute la stabilité que je peux leur donner. Elles sont élevées en sécurité et sont heureuses de l'affection de leur nourrice.

— Les nourrices sont très bien pour des bébés, lord Stainton, mais pour des enfants déjà grandes…

— Elles ont besoin de leur mère, coupa-t-il d'une voix douce et glaçante tandis qu'il la dominait de sa hauteur, le visage tendu par une émotion qu'Eve ne put déchiffrer. Je ne pourrais être plus d'accord avec vous, mais elles n'ont pas de mère — du moins pas le genre de mère dont vous avez l'habitude.

— Je suis désolée. Si vous m'aviez laissée finir, je vous aurais suggéré une gouvernante.

— Si je voulais votre avis, je vous le demanderais. Mes enfants sont ma responsabilité et je les guiderai comme je l'entends.

— Alors, je dirais qu'avec votre attitude, vous ne réussirez pas très bien.

— Ne me sermonnez pas sur la manière d'élever mes filles, madame Brody. Elles n'ont rien à voir avec vous, aussi vous serais-je obligé de vous occuper de vos affaires.

Eve recula quand il sauta en selle et, sans un mot de

plus, suivit la calèche. Son cœur s'attendrit — elle n'était pas cruelle et imaginait fort bien combien il devait être difficile pour lui d'élever seul deux petites filles. La démission de Sarah avait dû être un rude coup, et elle espérait sincèrement qu'il trouverait quelqu'un aussi attaché aux enfants que la jeune femme.

Tandis qu'il suivait la calèche transportant ses filles, Lucas se retourna un instant, portant les yeux en arrière vers la jeune femme aux cheveux cuivrés qui se remettait à son pique-nique. Finalement, il tourna la tête comme si elle n'existait pas.

Tout le monde était au lit et Eve était seule. Elle était fatiguée après être allée visiter la nouvelle maison sur l'autre rive de la Tamise avec Beth, William et les enfants, mais elle se sentait agitée et incapable de dormir. Assise devant le miroir de la coiffeuse, elle avait le regard dans le vague. Elle aimait beaucoup l'Angleterre et la maison spacieuse et élégante de Beth dans Berkeley Street était comme un baume appliqué sur son âme meurtrie, mais elle se sentait si seule. Au lieu de la distraire de son chagrin dû à la mort de son père, le fait d'être ici, dans ce pays étranger, au sein d'une famille aimante, renforçait l'irréalité et l'isolement qu'elle avait éprouvés depuis son enterrement.

Son père était mort brusquement juste trois mois plus tôt. Ils avaient toujours été proches et son décès l'avait laissée désemparée. Solitaire et perdue sans son soutien, elle s'était retirée chez elle avec sa fille et son chagrin, mais il n'avait pas fallu longtemps pour que des prétendants, conscients de l'immense fortune dont elle avait hérité, commencent à arriver à sa porte comme un essaim de sauterelles.

Après des semaines à tourner le dos à chacun d'entre eux, elle avait émergé de son monde crépusculaire. Et quand une lettre de sa bonne amie Beth Seagrove était arrivée, l'invitant à venir séjourner chez elle et sa délicieuse famille, elle avait pris un bateau pour l'Angleterre. Beth et elle étaient proches depuis l'enfance. Leurs deux familles avaient vécu à New York et Eve avait été triste quand Beth avait épousé William Seagrove et était partie vivre à Londres.

Eve enviait à Beth sa relation facile avec cet homme adorable et solide, et regrettait vivement que les choses n'aient pas tourné de la même façon pour elle. Mais cela ne devait pas être. Andrew Brody, son mari depuis six mois, avait été tué dans des circonstances sordides, la laissant seule et enceinte d'Estelle.

Avec un soupir, elle écarta sa mélancolie et contempla son reflet dans le miroir. Elle devait prendre des décisions sur ce qu'elle allait faire. Elle avait beau apprécier son séjour chez Beth et William, elle savait qu'elle ne pouvait pas rester éternellement chez eux. En outre, elle ne pouvait percevoir encore l'argent de son père ; d'après l'avoué qu'elle avait engagé à Londres, il faudrait peut-être un certain temps pour mettre ses affaires au clair.

Eve s'en inquiétait un peu, car les fonds dont elle disposait étaient limités, mais son avoué lui avait assuré que c'était juste une question de temps. Aussi, en attendant, et afin de se suffire à elle-même, elle devait trouver un emploi pour assurer sa subsistance.

Une chose dont elle était sûre était qu'elle ne voulait pas retourner à New York. Elle avait décidé de s'installer en Angleterre, mais pas à Londres. La ville était trop grande, trop bruyante. Il ne lui restait pas de famille, aussi était-elle libre de s'installer où elle voulait.

Toujours optimiste, elle avait oublié les trois rencontres amères avec lord Stainton deux semaines plus tôt, mais pas le gentleman lui-même, ni ses charmantes filles. Pour la énième fois, elle se demanda s'il avait trouvé une remplaçante pour Sarah Lacy. Elle ne l'avait pas entendu dire, et, s'il n'avait toujours trouvé personne, elle avait songé à un plan qui pouvait être bénéfique non seulement pour elle mais pour le comte, s'il acceptait simplement de l'écouter et de considérer son offre.

Le lendemain matin, lorsqu'elle quitta sa chambre pour descendre prendre son petit déjeuner, Eve essaya de se remettre dans l'ambiance de la veille au soir, une ambiance qui lui avait fait paraître l'idée d'aller voir lord Stainton et de le convaincre de l'engager comme gouvernante pour ses enfants comme parfaitement raisonnable. Néanmoins, à la crue lumière du jour, son plan lui semblait complètement insensé.

Beth se montra incrédule et choquée quand Eve lui fit part de ses intentions. Portant une cuillerée de porridge fumant à ses lèvres, William lui jeta un coup d'œil. Diplomate comme toujours, il était prêt à écouter en détail ce que leur invitée avait projeté avant d'émettre une opinion.

— Vous allez demander à lord Stainton de vous employer ? s'exclama Beth. Mais, Eve, c'est grotesque ! Vous ne pouvez pas le sentir !

— En toute honnêteté, j'ignore ce que je pense et c'est complètement fou, je sais, mais je vais quand même le lui demander.

— Quoi ? Alors qu'il vous a quasiment piétinée avec son cheval, qu'il vous a incendiée et accusée injustement d'être ivre ?

— Ce n'était pas sa faute. Je suppose que c'est l'impression qu'il a eue. Il a sauté sur la mauvaise conclusion, c'est tout. On peut le lui pardonner.

— Eve, vous êtes une femme très riche, déclara calmement William. Vous n'avez aucune raison de travailler pour gagner votre vie.

— Je dois encore percevoir mon héritage, William, ainsi que vous le savez, et je ne peux continuer à vivre indéfiniment chez Beth et vous. Non, je suis décidée à me prendre en main.

Elle fit un geste pour faire taire Beth qui s'apprêtait à protester.

— Je dois chercher un emploi temporaire.

Elle sourit au souci qui assombrissait les yeux de son amie.

— Vous n'avez pas besoin de paraître si inquiète. Vu ce qu'il ressent pour moi, lord Stainton pourrait bien me montrer la porte.

— Oh, mon Dieu ! Rien de bon ne sortira de ceci, j'en suis sûre. N'avez-vous pas songé à vous remarier, Eve ? Plusieurs gentlemen vous ont témoigné un vif intérêt depuis votre arrivée à Londres — et ils sont tous très convenables.

Les yeux d'Eve s'obscurcirent et elle secoua la tête avec véhémence.

— Non, Beth. Actuellement, le mariage est la dernière chose que je souhaite. Mon union avec Andrew m'a appris maintes choses — pour la plupart déplaisantes — et je ne suis pas pressée de répéter l'expérience.

Beth avait déjà soupçonné que le mariage d'Eve

n'avait pas été heureux, mais elle n'en avait jamais ouvertement parlé.

— Mais ce que vous faites, vous, la femme la plus raisonnable que je connaisse, m'alarme. Si vous vous adressiez à n'importe qui d'autre que Lucas Stainton pour trouver un emploi, je ne serais pas aussi soucieuse.

Eve rit.

— Ne vous tracassez pas. Je suis décidée. C'est la meilleure solution, et elle ne sera que temporaire. Ce sera parfait pour moi et cela me permettra de garder Estelle auprès de moi. Il se trouve aussi que je me sens inquiète pour les enfants de lord Stainton — leur nourrice va beaucoup leur manquer. Si leur père a toujours besoin de quelqu'un pour s'occuper d'elles, j'espère le convaincre de m'engager.

Beth fronça les sourcils et prit la parole, soupesant ses paroles avec soin.

— C'est un homme très fier et il n'est pas enclin à se faire apprécier, ce que nous savons toutes les deux. Son caractère comporte de nombreuses contradictions, et si vous êtes décidée à poursuivre ce projet dément, je suppose qu'il vaut mieux que vous sachiez dans quoi vous vous lancez.

Eve plissa le front.

— Vous êtes bien trop énigmatique pour moi, Beth. Je ne vous suis pas.

— Il y a un autre aspect au scandale que son divorce a provoqué. Voyez-vous, il est populaire, et il est admis dans certains salons — mais il n'y est pas forcément reçu à bras ouverts — d'où personne, de toute manière, n'oserait le bannir directement. Lorsqu'il s'est séparé de sa femme, certaines gens ont pris le parti de cette dernière, disant qu'il était sans cœur et cruel de divorcer de la mère de ses enfants.

— Mais elle l'a quitté pour vivre avec son frère. On ne peut sûrement l'en blâmer.

Beth haussa les sourcils.

— Croyez-vous ? Des amis de sa femme ont dit qu'il l'avait poussée à partir, qu'elle n'avait pu supporter sa mauvaise humeur et qu'elle avait peur de lui. Les ragots les plus virulents ont même laissé entendre qu'il refusait de lui laisser voir les enfants.

— Et c'est vrai ?

— Ces rumeurs ont été colportées, mais jamais prouvées, intervint William. Toutefois, il est certain qu'elle ne voit pas ses enfants. Certains considèrent Lucas Stainton comme un individu froid, effrayant et impossible à approcher — et vous l'avez vous-même accusé d'être glacial et distant, Eve. C'est un maître sévère qui exige le meilleur de ceux qu'il emploie — du moins était-ce le cas avant qu'il soit obligé de réduire son personnel.

Eve demeura pensive un moment.

— Il se met facilement en colère, mais je crois qu'il a de bonnes raisons pour cela. Il ne peut être heureux de sa situation, et de ce fait il peut être aussi aisément blessé que n'importe qui. Mais a-t-il vraiment interdit à sa femme de voir ses enfants ? J'en doute…

— Je ne connais pas la vérité, Eve, mais je sais que je m'inquiéterais pour vous si vous alliez vivre chez lui, dit Beth en prenant la main de son amie.

— Ce n'est pas la peine, Beth. Je n'ai pas peur de lui et je peux prendre soin de moi.

Eve lança un regard interrogateur au mari de son amie, blond et séduisant.

— Je crois qu'il est en train de vendre sa maison de Londres pour s'installer à Laurel Court, déclara-t-il avec sa tranquillité habituelle.

— Oui. Je ne pense pas qu'il ait un acheteur, pour l'instant, bien que ce soit une belle maison, parfaitement située. Je ne doute pas qu'il réussira bientôt à s'en défaire.

— Et il doit la vendre à cause des dettes de jeu de son frère ?

William hocha la tête et prit un toast.

— Malheureusement, Stephen Stainton avait un penchant pour toute sorte de vices coûteux. Il jouait tout le temps — pas pour se distraire, c'était une addiction. Il a perdu la somme astronomique de cent mille livres lors d'une partie de piquet chez White's, et a offert sa propriété en paiement de cette énorme dette. Par chance, son frère est intervenu et l'a payée.

— Il pouvait se le permettre ?

— Oui. A l'époque, Lucas Stainton était un homme riche. Il est brillant en affaires et gagnait beaucoup d'argent sur chacun de ses investissements. Malheureusement, ce n'était pas la première fois qu'il devait tirer son frère d'un mauvais pas, et ceci l'a presque ruiné.

Eve éprouva une bouffée d'admiration soudaine pour lord Stainton.

— Arranger les mauvaises affaires de son frère pendant que ledit frère avait une liaison avec sa femme était définitivement un beau geste de sa part, et je m'avise que je dois revoir mon opinion sur lui. Même s'il est plutôt inapprochable et capable d'asséner à quelqu'un le genre de remontrance qui tue. De fait, lorsqu'il m'a accusée d'être ivre à la soirée de lady Ellesmere, son attitude était si convaincante que j'ai pensé que je l'étais peut-être, jusqu'à ce que je me rappelle avoir pris les sachets de poudre de Beth. Cela a été très humiliant et très embarrassant.

— Et je suppose que vous ne voyez pas en lui ce que les femmes lui trouvent, plaisanta gentiment William.

— Si, répondit Eve en riant. Je lui ferai la justice de reconnaître qu'il est terriblement séduisant. Que pensez-vous de lui, William ?

— Je l'apprécie et je le respecte — je l'ai toujours fait. Mais ne vous y trompez pas. Quoi que fasse cet homme, il le fait à ses conditions. Et il n'y a pas une femme qui soit indifférente à son charme.

— Bon, dit Eve avec un rire léger. Vous êtes l'un des hommes les plus sensés que je connaisse, William, alors je vous crois.

Beth sourit à son tour.

— Eve, je suis d'accord avec ce que vous dites de mon mari. Par ailleurs, c'est justement parce que Lucas Stainton est l'un des hommes les plus séduisants du grand monde, un homme qui ressort parmi les autres, que vous devez vous en méfier. Où qu'il aille, les femmes se mettent en quatre pour lui plaire, car en dépit de son attitude cynique — une attitude que beaucoup jugent fondée — il possède une aura de virilité qui touche dangereusement leur cœur.

— Et comment lord Stainton réagit-il à ces femmes pleines d'adoration qui se pressent autour de lui ? N'y en a-t-il pas eu une capable de faire fondre son cœur de glace ?

— Pas à ma connaissance. Oh, il n'est pas plus indifférent à un joli visage que les autres hommes, mais depuis son divorce il a conduit ses liaisons avec une discrétion absolue. Ceux qui le connaissent bien, comme mon William, disent qu'il inspire l'estime et le respect parce qu'il incarne le noble par excellence. D'un autre côté, il y a ceux qui l'accusent d'être une brute, intolérant envers les autres ; et avec ses remarques sarcastiques et ses façons déconcertantes, il donne aux gens l'impression d'être stupides.

— Peut-être le sont-ils, murmura Eve avec un demi-sourire. Comme vous venez de le dire, Beth, s'ils le connaissaient bien, peut-être s'apercevraient-ils qu'il est beaucoup plus plaisant que ce qu'il paraît.

Beth la regarda avec curiosité.

— Eve, qu'y a-t-il ? Vous n'êtes pas éprise de lui au bout de trois rencontres, n'est-ce pas ?

— Non, répondit Eve, en riant à cette idée. Tout le contraire, de fait. Mes rencontres avec lord Stainton ont été tout sauf aimables. J'ai trouvé cet homme tout à fait insupportable, mais j'ai vu certaines des qualités dont vous parlez et je souhaite lui donner sa chance — comme il pourrait le faire avec moi.

3

Eve avait été introduite dans le salon. Lucas avait su que c'était elle dès qu'il était entré, même avant de poser les yeux sur elle. C'était le parfum qu'elle portait — un détail dont il se souvenait à son sujet —, une senteur subtile, à peine perceptible, mais néanmoins qui lui appartenait en propre.

Vêtu d'une chemise à col ouvert et d'un gilet de soie gris clair, il vint à sa rencontre, l'examinant sous ses sourcils froncés.

Pendant un moment, Eve le dévisagea sans rien dire. Sous l'intensité de ce regard si dur, le courage commençait à lui manquer. Quelle forte présence avait ce lord anglais ! Son aura emplissait la pièce, la distrayant momentanément de la raison de sa visite. Son port était fier et c'était un homme au tempérament instable. Elle se demanda quels sombres secrets cachait ce beau visage.

Généralement, elle ne se laissait pas impressionner par de très beaux hommes, car ils étaient soit vaniteux, soit intéressés par sa fortune, mais cet homme-là n'était ni l'un ni l'autre. Il était réfléchi, intelligent et terriblement viril, dégageant une sensualité très masculine. Tous ces attributs, ajoutés au fait qu'il avait deux adorables petites filles sans mère, confirmèrent Eve dans l'idée qu'il était en tout point l'homme pour qui elle voulait travailler. Ses paroles la ramenèrent brutalement à la réalité.

— Madame Brody ! Vous semblez avoir une propension à vous introduire chez moi. De quoi s'agit-il, cette fois ? demanda-t-il avec une politesse railleuse. Un enfant ou un chien égaré, ou une autre rebuffade ?

— Rien de tel.

Eve pouvait entendre le défi dans sa propre voix, et s'efforça de modérer son ton.

— Comment va Abigail ? Pas de mal après sa collision avec cet arbre, j'espère ? demanda-t-elle dans une tentative de détendre la situation entre eux.

— Abigail va très bien, madame Brody.

— Je suis soulagée de l'entendre.

— Je soupçonne que vous n'êtes pas ici pour demander des nouvelles de ma fille. Votre visite est une surprise.

— Et une surprise pas très agréable, je suppose, lord Stainton.

— Cela reste à voir, même si je dois admettre que je ne vous prenais pas pour une dame qui se rend l'après-midi chez des gentlemen. Aller voir vos amies ne suffit-il pas à vous tenir occupée ? J'imaginais que vous seriez prise du matin au soir par les passe-temps frivoles dont vous, les dames, emplissez vos journées.

Son ton était caustique et son regard ironique, et Eve mourait d'envie de lui dire d'aller au diable, mais avec tout ce qui reposait sur cet entretien, elle ne voulait pas s'opposer à lui avant de lui avoir exposé la raison de sa visite. Faisant appel à sa maîtrise de soi, elle réussit à sourire poliment.

— De fait, je préfère me consacrer à des occupations plus dignes d'intérêt, mais je ne pensais pas que vous passeriez du temps à broder sur ce que je fais du mien, lord Stainton.

— Oh, mais ce n'est pas le cas, madame Brody !

— C'est l'impression que vous donnez en tout cas. Je ne pensais pas que vous étiez homme à vous livrer à des pensées oiseuses sur les autres. Ce n'est pas l'image que j'ai de vous.

— Vraiment, je ne me doutais pas que vous aviez une image de moi, madame Brody. En réalité, comme nous ne nous sommes vus que quatre fois, je ne vois pas comment vous avez eu le temps de vous forger une quelconque opinion. La vôtre est si arrêtée qu'on dirait un jugement.

— Oh, je peux être charitable et clémente quand je le veux, lord Stainton — bien que je ne sois pas une sainte, loin de là. Mon père me disait sans cesse que je ne suis pas une dame, car j'ai cette habitude déplorable de discuter quand je devrais écouter, et de donner mon avis quand je devrais me taire. Nos précédentes rencontres ont été infortunées, et celle de chez lady Ellesmere un malentendu. Apparemment, nous… sommes partis du mauvais pied.

— N'est-ce pas.

Ne voulant pas se laisser rabrouer, Eve continua.

— Je… j'ai réfléchi à nos différents entretiens — et au problème qui est le vôtre, lord Stainton.

— Vraiment !

Les paupières plissées et les yeux rivés sur son visage, il s'approcha, la dominant de sa haute taille.

— Le problème qui est le mien ! Et vous êtes au courant, bien sûr ?

— Je sais que Mlle Lacy doit vous quitter très bientôt

et que vous devez être soucieux du futur bien-être de vos enfants.

Les muscles du visage du comte se crispèrent et un éclat dur brilla dans ses yeux.

— Vous mêler de mes affaires est une faute de goût et une intrusion dans ma vie privée, madame Brody. Je vous sais gré de votre sollicitude, mais je vous assure que je n'en ai nul besoin.

Eve sentit son moral sombrer.

— Je vois. Ainsi, vous avez déjà trouvé une remplaçante.

— Non, je n'ai trouvé personne — du moins pas encore, avoua-t-il, une pointe d'agacement dans la voix.

Il commençait à être très frustré par tant de démarches infructueuses. Trouver une nourrice convenable pour ses filles se révélait plus difficile que prévu. Bien sûr, les femmes disponibles et qualifiées pour s'occuper d'enfants ne manquaient pas, mais aucune d'elles ne semblait vouloir travailler pour le redoutable lord Stainton. Deux seulement avaient répondu à son offre. La première avait les traits durs d'une mégère, et il n'accepterait jamais qu'une telle femme s'approche de ses enfants. Pour la seconde, il était sûr d'avoir senti sur elle une vague odeur d'alcool, maladroitement dissimulée par du parfum.

— Alors, peut-être puis-je vous aider.

— Vous ? Madame Brody, suis-je censé être impressionné ou flatté par l'intérêt que vous montrez à ma personne et à mes affaires ? Grands dieux, quelle guêpe tenace vous êtes !

— J'ai une proposition à vous faire, lord Stainton, poursuivit Eve, ignorant sa remarque sarcastique et le regardant droit dans les yeux. Une proposition qui peut nous arranger tous les deux.

S'appuyant de la hanche à un très beau bureau en noyer, le seul meuble qui restait dans la pièce, Lucas la considéra avec froideur.

— Poursuivez.

Elle ne sut comment interpréter son intonation. Elle attendit qu'il lui demande de continuer, mais à la place il croisa les bras et la fixa, paraissant impatient. Elle avait répété tant de fois ce qu'elle voulait lui dire qu'elle craignait que cela ne ressemble trop à un discours tout préparé. Et maintenant que le moment était venu, sa requête fusa en une seule phrase :

— J'aimerais postuler à la position de nourrice pour vos enfants.

— Quoi ?

Sa stupeur était sincère, et il la dévisageait d'un air incrédule.

— Vous ?

Eve éprouva une bouffée de désespoir tandis qu'elle luttait pour garder son sang-froid et calmer ses craintes croissantes.

— Aussi fou et impossible que cela vous paraisse, oui, moi.

— Madame Brody ! Est-ce votre idée d'une plaisanterie ?

Elle se raidit et haussa le menton.

— Une plaisanterie ? Je ne trouve rien d'amusant à cela, lord Stainton. J'ai beaucoup réfléchi à la question et c'est à mon avis une solution qui nous conviendrait à tous les deux.

Remis du choc que cette proposition lui avait causé, Lucas éclata de rire d'une façon désagréable, sa réaction indiquant à Eve que sa candidature n'était pas seulement ridicule, mais incongrue et inacceptable.

— Vous, entre toutes, voulez vous occuper de *mes* enfants ?

Eve rougit violemment. Cet Anglais arrogant avait le don de la faire sortir de ses gonds, mais elle refusait de reculer maintenant qu'elle était allée aussi loin.

— Il n'y a rien de surprenant à cela, sir. J'aime les enfants — de fait, j'ai une fille moi-même, ainsi que vous le savez. Je suis assez qualifiée pour être nourrice et j'ai l'avantage de connaître Sophie et Abigail. Ce sont deux magnifiques petites filles et je m'entends bien avec elles.

— Oui, je l'ai vu au parc, fut forcé d'admettre Lucas.

Il avait souvent repensé au charmant tableau formé par Mme Brody consolant Abigail avec des mots tendres et la tenant contre elle.

— Mais pardonnez-moi si je suis un peu perplexe. Voyez-vous, j'ai été conduit à penser que vous êtes une femme très riche, madame Brody, et le fait que vous recherchiez une position aussi modeste me dépasse.

— Je ne considère pas que prendre soin d'enfants soit une occupation modeste, lord Stainton, au contraire. C'est une activité de valeur et enrichissante. Il est vrai que mon père était un homme fortuné — et en tant que sa fille unique sa fortune me reviendra. Malheureusement, des questions légales doivent être réglées en Amérique, et en attendant que cet argent soit mis à ma disposition, je me trouve… disons, dans une situation délicate. J'ai moi aussi une fille à élever. Ces circonstances m'obligent à chercher un emploi.

Il la regarda durement, et après une pause il lança d'un ton coupant :

— Un emploi temporaire, à ce qu'il paraît. Engager

quelqu'un qui verra ce poste comme une responsabilité à court terme ne m'intéresse pas, madame Brody. Je ne tiens pas à employer une personne qui partira dès qu'elle n'aura plus besoin de rester.

Eve se sentit hésitante et légèrement incertaine devant cette froide rebuffade.

— Oui, je suppose que ce serait temporaire, mais cela pourrait être le cas avec n'importe qui. Je peux vous assurer que je ne partirai pas avant que vous n'ayez trouvé quelqu'un d'autre. Bien sûr, je me rends compte que vous aurez besoin de temps pour considérer ma proposition.

Il répondit les dents serrées, les yeux durs :

— Je l'ai fait. Cela m'a pris une seconde précisément. La réponse est non.

Leurs regards s'affrontèrent.

— Je vois. Ne voulez-vous pas au moins y réfléchir ?

— Il n'en est pas question.

Réprimant visiblement son impatience, il se redressa de toute sa taille.

— Je n'ai pas de place chez moi pour une femme au tempérament explosif, et qui n'a pas de considération pour son employeur ou ses enfants. Une femme qui s'en ira sans songer à la façon dont cela pourra blesser leur sensibilité. Cela dit, l'entretien est terminé et je pense qu'il vaudrait mieux pour nous deux que vous partiez.

Eve serra fortement les mains. En venant ici, elle avait pensé pouvoir atteindre son objectif, mais à présent il était plus éloigné que jamais.

— Vraiment, lord Stainton, ma proposition ne peut être aussi épouvantable. Je ne ferai rien pour blesser vos enfants. Je vous offre de m'occuper d'elles, de fournir une solution parfaite à votre problème, et vous réagissez comme si j'avais suggéré de commettre un meurtre.

— Ce qui pourrait m'arriver si vous restez ici un instant de plus. Aussi, avant que vous ne m'offensiez davantage avec d'autres de vos propositions outrageantes, madame Brody, je vous saurais gré de quitter ma demeure.

Il vit le feu qui couvait dans ses yeux s'enflammer dangereusement, et il jeta délibérément de l'huile dessus.

— Je suis sûr qu'après le temps que vous avez passé en Amérique vous ignorez certaines choses telles que l'étiquette, mais les Anglais y accordent beaucoup d'importance. Suivez mon conseil et apprenez les règles de la bienséance avant d'aller frapper à d'autres portes pour offrir vos services. Vous risquez d'obtenir plus que ce que vous escomptez.

Sa colère était tangible, effrayante et complètement incompréhensible pour Eve, qui n'avait jamais rencontré quelqu'un comme lui. Choquée et perplexe, elle le fixa tandis que son insulte l'atteignait au vif. Puis sa propre colère explosa et elle le fit taire de la seule manière dont elle disposait — elle le souffleta si fort que sa tête partit sur le côté, après quoi elle recula d'un pas devant la fureur glacée de ses yeux.

— Comment osez-vous m'insulter alors que je ne suis venue ici qu'avec de bonnes intentions ? Je ne le tolérerai pas. Contrairement à ce que vous pensez de moi, sir, je ne suis pas une sauvage. Peut-être considérez-vous mes compatriotes américains comme tels. Si c'est le cas, cela pourrait expliquer que nous vous ayons battus dans notre guerre pour l'indépendance.

La mâchoire de Lucas se crispa et son regard devint glacial.

— Recommencez une chose pareille et je vous jetterai moi-même à la rue avant que vous ne compreniez ce qui vous arrive, déclara-t-il d'un ton mordant. Je suis un battant, madame Brody, et j'ai un caractère terrible quand on m'y pousse. Ne me mettez pas davantage à l'épreuve.

Son intonation était implacable et ne laissait pas la place à la discussion.

— Fort bien, je m'en vais. Je suis navrée de m'être imposée à vous.

Fulminant encore, Eve prit une carte dans son réticule et la lui tendit. Comme il ne faisait pas un geste pour la prendre, elle l'abattit sur le bureau, refusant de renoncer.

— Toutefois, quand vous aurez eu le temps de reprendre vos sens, de vous calmer et de réfléchir plus posément, vous verrez peut-être les choses différemment. Voici mon adresse — au cas où vous changeriez d'avis.

Se contentant d'un bref signe de tête, elle s'en alla le menton haut, dans un bruissement de jupes. Lorsqu'elle quitta la maison, elle comprit que la décision du comte était irrévocable.

— Eh bien, qu'a-t-il dit ? demanda Beth, qui avait attendu impatiemment qu'Eve revienne d'Upper Brook Street. A-t-il accepté votre proposition, ou a-t-il pensé que vous étiez folle ?

— Je suis sûre qu'il a pensé que j'étais folle, Beth. Il a refusé. Catégoriquement.

Frémissante de colère, Eve passa devant son amie pour pénétrer dans le salon.

— Il m'a accusée d'être une Américaine ignorant

les convenances, disant que ma proposition était outrageante — et maintes autres choses que je ne répéterai pas pour ne pas blesser votre sensibilité. Cet homme est un monstre d'autorité et de suffisance.

— Et qu'avez-vous répondu ?

— Je l'ai souffleté.

Beth la fixa, incrédule et choquée.

— Vous avez souffleté lord Stainton ?

— Il le méritait.

Beth observa son amie qui arpentait distraitement la pièce.

— Nul doute qu'il a été furieux et vous a demandé de partir.

— Rien de si aimable, Beth. Il ne me l'a pas demandé, il me l'a ordonné.

Perturbée, Beth soupira. Les airs mélodramatiques n'étaient pas dans la nature d'Eve, et elle n'avait jamais vu son amie aussi fâchée. Au bout d'un moment, elle se risqua à dire :

— Donc, c'est réglé. Vous ne travaillerez pas pour lord Stainton.

— Cela semble peu probable. Je doute qu'il envisage d'engager une femme qui a eu la témérité de le gifler.

Les deux jours qui suivirent, Lucas s'immergea dans ses devoirs et ses affaires habituels, pensant fermement que c'était le seul moyen d'écarter de son esprit la visite de Mme Brody, qui l'avait affecté plus qu'il ne se souciait de l'admettre. Quand Henry Channing arriva, il fut reconnaissant de cette diversion et leva les yeux de la lettre qu'on venait de lui apporter.

— Juste ciel ! Vous appelez ceci une maison, Lucas ?

s'exclama Henry en parcourant du regard le salon presque vide. Cet endroit a tout l'air d'un mausolée — rien que des murs, des colonnes, des statues et de l'espace.

— A quoi vous attendiez-vous ? J'ai envoyé la plupart du mobilier et des objets à la salle des ventes.

Incapable de rester immobile longtemps, Henry se servit un cognac et se mit à errer dans le salon.

— Il y avait de fort belles pièces, si je me souviens bien. Je pourrais en acheter quelques-unes moi-même.

— A votre guise. Il y a de quoi choisir chez Sotheby's. Qu'est-ce qui vous amène aujourd'hui, Henry ? Une visite de courtoisie ?

— Bien sûr. Vous savez combien j'apprécie votre compagnie, mon cher. Quoique…

Son visage perdit son expression enjouée et il devint sérieux.

— J'ai eu vent de nouvelles à mon club de St James, tout à l'heure, qui pourraient vous intéresser. Pas de bonnes nouvelles, je m'empresse de le préciser.

Quand Lucas leva les yeux pour lui accorder toute son attention, il marqua une pause avant de se risquer à poursuivre.

— Les deux chantiers navals sur la Tamise ont fait faillite, Lucas. Je suis vraiment désolé.

Un souci sincère obscurcissait les yeux d'Henry. Ils se connaissaient depuis leurs études à Cambridge. Henry avait toujours admiré Lucas. Il était si maîtrisé, si discipliné et déterminé, direct et dynamique, concentré sur tout ce qu'il entreprenait. Comme homme d'affaires, il était ingénieux. Il investissait sagement son argent, achetant des parts dans de nouvelles inventions et tout ce qu'il jugeait prometteur, en escomptant de futurs gains. Ses investissements lui rapportaient, en général, encore et encore.

Malheureusement, son frère Stephen ne s'était pas montré aussi avisé. Lucas lui avait dit qu'il ne pouvait espérer être renfloué indéfiniment. Et bien qu'incapable de mettre fin aux débordements de Stephen, il l'avait sorti d'affaire chaque fois, vendant des parts jusqu'à ce que ses propres affaires atteignent un point crucial. A présent, quand certains de ses investissements s'écroulaient — des pertes que normalement il aurait pu assumer —, il augmentait dramatiquement son déficit personnel.

La nouvelle que deux des chantiers navals dans lesquels il avait investi — pratiquement la dernière chose à laquelle il se raccrochait — avaient fermé, était terrible.

— Bonté divine, Lucas, s'exclama Henry, l'air soucieux. On dirait que je viens de vous annoncer votre condamnation à mort.

— C'est peut-être le cas.

— Que voulez-vous dire ?

Henry s'avisa que cette période était la pire de toutes pour son ami. Soudain, une lueur alarmée s'alluma dans ses yeux.

— Voyons, vous n'allez pas… Je veux dire, vous ne songez pas…

— Quoi ? A me tuer ?

Un sourire cynique incurva les lèvres de Lucas.

— Ce n'est pas si facile. J'ai mes filles à prendre en compte. Leur mère les a peut-être abandonnées, mais je ne le ferai pas.

Baissant les yeux sur la lettre qu'il tenait à la main, il prit un air pensif.

— Qu'y a-t-il dans cette lettre qui semble retenir votre intérêt, Lucas ?

— Je n'en suis pas sûr. Elle vient d'arriver de l'avoué de mon frère avec l'acte de propriété d'un terrain dans le Nord-Est.

— J'ignorais que vous possédiez des terres dans ce coin perdu.

— Pas moi. Apparemment, c'est une parcelle que Stephen a gagnée contre un propriétaire terrien de Newcastle — lequel est décédé.

— Je vois. Cela paraît intéressant. Comme vous le savez, ma famille a tiré des profits du charbon pendant des décennies, dans cette région. Qu'allez-vous en faire ? La vendre ? Mon père serait peut-être heureux de vous faire une offre.

Lucas secoua la tête.

— Je ne la vendrai pas, pas s'il y a du charbon à trouver — du moins pas avant d'avoir fait quelques vérifications. Je vais prendre contact avec un ingénieur des Mines pour évaluer le gisement éventuel.

Il eut un sourire ironique.

— On ne sait jamais, Henry, cela pourrait me mettre sur la voie du rétablissement.

— Je l'espère sincèrement, Lucas. Vous avez toujours eu des facilités à gagner de l'argent. Je ne doute nullement que vous surmonterez bientôt la crise actuelle et retomberez sur vos pieds. Je vous souhaite bonne chance, et si vous montez dans le Nord, ma maison est à votre disposition. D'ici là, pourrez-vous tenir le coup ?

— Pas longtemps, mais pour le moment mon premier souci est de trouver une nouvelle nourrice pour Sophie et Abigail avant de partir pour Laurel Court.

— Quand partez-vous ?

— Le plus tôt possible. Je ne suis pas allé là-bas depuis bien longtemps, c'était avant la mort de Stephen. J'ai l'intention de m'y installer définitivement, à la longue, mais d'abord je dois aller inspecter les lieux. Dieu sait dans quelles conditions est la propriété, néanmoins les réparations nécessaires devront attendre que je sois solvable.

— Je pensais que vous n'auriez pas de problème à trouver une nourrice.

— Moi aussi, mais cela s'avère plus difficile que je l'escomptais. J'en ai vu plusieurs, mais aucune ne convenait — à part une, peut-être.

— Alors, demandez-lui de revenir et voyez comment elle s'entend avec les enfants.

— Oh, elle s'entend bien avec elles — et mes filles l'adorent.

— Quel est le problème, dans ce cas ? Qui est-elle ?

— Mme Brody.

Henry s'étrangla presque en avalant une gorgée de cognac. Emettant un son incrédule, il fixa son ami.

— Mme *Brody ?* répéta-t-il, stupéfait quand Lucas hocha la tête. Vous plaisantez, Lucas. Dites-moi la vérité.

— Je suis très sérieux, Henry.

Il raconta à Henry la visite de la veuve américaine.

— Mais… je croyais que vous étiez tous les deux à couteaux tirés ?

Lucas secoua la tête.

— Nous l'étions, mais sa candidature pourrait nous être profitable à tous les deux.

Il esquissa un sourire crispé.

— Vous pourriez dire qu'elle est la réponse à mes prières.

— Mais c'est une femme très riche ! Pourquoi

diable une femme comme elle voudrait-elle devenir une domestique ?

Lucas haussa les épaules.

— Elle a ses raisons.

— Et allez-vous l'engager ?

— Je n'ai pas encore décidé. A vrai dire, je lui ai opposé un refus définitif quand elle est venue me voir. J'avoue qu'après avoir beaucoup réfléchi à sa candidature — et ayant besoin de quelqu'un pour remplacer Mlle Lacy dans la semaine — je suis terriblement tenté de revenir sur ma parole.

Soudain, le regard du comte se posa sur la carte qu'Eve avait posée sur son bureau. Il la prit et la contempla fixement durant un long moment. Son visage lui vint à l'esprit. Elle était certainement très attirante. De fait, dès l'instant où il avait posé les yeux sur elle, ses instincts les plus élémentaires avaient réagi. Il ne comprenait pas comment elle avait pu à la fois susciter en lui une fureur explosive et le désir de mieux la connaître, à peine quelques minutes après qu'il l'eut rencontrée. Lentement et méthodiquement, il se mit à examiner la proposition de la jeune veuve, dressant deux listes dans son esprit — une en faveur de son offre et l'autre contre. La première l'emporta.

Le temps que Lucas atteigne la résidence des Seagrove et y soit introduit, la tension et l'anxiété avaient noué chaque muscle de son corps. Sa voix, lorsqu'il demanda à voir Mme Brody, résonna dans la maison depuis le vestibule. Sa présence, pareille à un vent fort soufflant à travers les pièces tranquilles, apportait une aura virile et puissante qui contrastait avec l'ordonnancement calme et serein de la demeure.

Eve sortit du salon pour voir qui était le visiteur et, en un éclair, fut saisie d'émoi. C'était comme si l'air se déplaçait avec force, emportant avec lui l'intensité troublante qui se dégageait de Lucas Stainton. Vêtu d'une impeccable redingote vert foncé qui faisait ressortir son teint mat et donnait à ses yeux l'éclat de l'acier, il était mortellement beau et doté d'une allure incroyable.

— Lord Stainton ! lâcha-t-elle, incapable de dissimuler sa surprise.

— Je voudrais vous dire un mot, madame Brody.

Lucas traversa le vestibule à grands pas et passa devant elle pour pénétrer dans le salon, écartant la domestique qui attendait sans faire aucun cas de sa présence.

— Laissez-nous.

Son ordre était péremptoire et la servante recula, choquée. Elle jeta un coup d'œil à Eve, quêtant l'autorisation de s'en aller, mais la jeune femme ne la regardait pas. Ses yeux étaient fixés sur le visiteur. Quand la porte du salon se fut refermée sur la soubrette encore interloquée, Lucas se tourna vers Eve.

— Nous avons à parler, déclara-t-il sans préambule.

Il alla au centre de la pièce comme s'il voulait marquer son territoire.

— Nous devons discuter de certaines choses.

Eve haussa les sourcils. Cette visite indiquait qu'il avait peut-être revu sa position et envisageait d'accepter la proposition qu'elle lui avait faite. Un retournement de situation qui lui donnerait l'avantage sur lui, songea-t-elle en réprimant un sourire de triomphe.

— Vraiment ? s'enquit-elle, faussement innocente.

— Quoi que j'aie pensé de votre audace de venir chez moi et de proposer de vous occuper de mes enfants, j'aurais dû avoir la courtoisie de vous écouter.

— En effet. Il a été très impoli de votre part de m'ordonner de sortir comme vous l'avez fait.

Il eut un sourire crispé.

— Considérons que nous sommes quittes puisque vous m'avez donné un soufflet ; il est vrai que je n'ai rien fait pour agir en gentleman.

Eve le dévisagea, sa colère oubliée.

— Non, vous ne l'avez pas fait. Seriez-vous en train de me présenter des excuses ?

Il parut déconcerté un instant, puis hocha la tête.

— Naturellement.

— Alors, je vous prie de m'excuser de vous avoir giflé. Cela manquait de dignité et j'aurais dû agir autrement.

— Le regrettez-vous ?

Eve haussa de nouveau les sourcils, le regardant avec un sourire malicieux.

— Non, vous le méritiez.

— Vous avez raison, admit-il. Mais ne forcez pas votre chance.

Un sourire passa fugitivement sur son visage et le cœur d'Eve manqua un battement. Lord Stainton avait un sourire qui pouvait faire fondre un iceberg — quand il choisissait de l'employer.

— Quand vous êtes partie, j'ai craint d'avoir été trop brutal. Il était impardonnable de ma part de vous demander de partir aussi abruptement.

Pendant un moment, Eve fut trop stupéfaite pour parler.

— Et maintenant ? Etes-vous prêt à m'écouter et à

considérer sérieusement ma candidature ? parvint-elle à demander.

— Oui, mais je suis un homme prudent et il y a de nombreux aspects à envisager.

Elle le considéra un long moment comme pour jauger sa sincérité ; il avait l'air vraiment intéressé… et abordable pour la première fois depuis qu'elle le connaissait.

— Avant… que nous allions plus loin, poursuivit-elle d'une voix hésitante, je voudrais que vous sachiez que je n'ai pas l'habitude d'aller frapper à la porte de tous les gentlemen. La vôtre était la première et sera définitivement la dernière.

Il sourit largement, ses traits se détendant.

— Je suis rassuré de l'apprendre, assura-t-il, croisant nonchalamment les bras sur sa poitrine.

Eve se tenait dos à la porte, l'examinant d'un regard ferme. Pendant un instant, Lucas fut décontenancé par le magnétisme de sa présence. Elle était vêtue d'un costume d'amazone en velours bleu nuit, ses cheveux arrangés en boucles brillantes autour de la tête, tel un faisceau de lumière, et dans cette pièce aux teintes douces, elle était comme une allégorie de la vie.

Il la fixait, s'avisa-t-il, mais il ne pouvait s'en empêcher. Il pria intérieurement qu'elle ne remarque pas l'effet qu'elle avait sur lui. Quelle femme ! D'un seul regard de ses yeux bleu foncé, elle rendait tout homme vulnérable. A présent, elle soutenait le sien d'un air de défi, et soudain, d'une démarche tranquille et déterminée, elle s'approcha de lui avec une grâce fluide et il se sentit brusquement exposé. Il ignorait pourquoi il était si émotif quand il se trouvait auprès d'elle. Peut-être parce que, contrairement à tant d'autres femmes — Maxine exceptée —, elle refusait de se laisser intimider ou impressionner par lui. Peut-être même qu'il lui déplaisait. Cette pensée le contraria.

Leurs regards se croisèrent de nouveau, se mesurant l'un l'autre, pensivement, d'une manière calculée. Ils étaient conscients des différences de leur position, mais conscients aussi de ce qui se passait entre eux.

— Il semble que je vous sois redevable, madame Brody, et je vous demande pardon de ne pas vous avoir remerciée plus tôt.

— Me remercier ? De quoi donc ?

— Vous avez pris soin de Mlle Lacy alors qu'elle ne se sentait pas bien, le jour où vous vous êtes rencontrées au parc, et vous avez pris la peine de la raccompagner à la maison avec les enfants.

Eve sourit.

— Je n'ai fait que ce que toute personne sensible aurait fait.

— C'était un geste aimable. Merci. Maintenant, à propos de notre dernière rencontre…

— Vous étiez courroucé et dur, coupa-t-elle. Mais à présent que vous avez eu le temps de réfléchir à ma proposition, j'espère que vous vous rendez compte qu'elle était sensée.

Il hocha la tête.

— Ce que vous proposez est sensé, en effet — même si ce ne doit être qu'un arrangement temporaire. Sur ce point, je vous remercie de votre honnêteté envers moi.

— C'est ma façon d'être. Je viens d'une famille fière, avec une histoire, des traditions et de la respectabilité.

Elle sourit légèrement.

— Je ne sous-estime pas votre intelligence et je savais fort bien quand je suis allée vous voir que vous n'accepteriez pas ma proposition sur-le-champ. Pour tout ce que vous souhaitez savoir à mon sujet, vous pouvez interroger Beth et William Seagrove.

— J'aimerais que vous me disiez pourquoi vous pensez que je devrais vous engager, madame Brody. Quelles qualités vous possédez qui vous rendent si certaine de pouvoir vous occuper de mes filles.

— Eh bien, je suis intelligente et sensée, et j'excelle dans tout ce que j'entreprends. Je suis bien éduquée, cultivée — je parle le français, le latin et un peu le grec — et adroite à l'aiguille.

Elle sourit, d'un sourire qui éclaira ses yeux.

— Je sais aussi m'y prendre avec les enfants, ce qui est sûrement ce que vous cherchez chez la personne que vous engagerez. Je serais impatiente de mieux connaître vos filles. Elles sont vraiment adorables.

— Vraiment ?

Il parut surpris par sa remarque, ce qu'elle trouva étrange.

— Vous ne le pensez pas ?

— Les enfants sont des enfants, madame Brody.

— Pas quand ils sont les vôtres.

Il la regarda en plissant les paupières.

— Vous savez… que je suis divorcé de leur mère, qu'elle m'a quitté ainsi que nos enfants ?

— Oui, et j'en suis désolée. Cela a dû être une période très difficile pour vous.

Le regard d'Eve exprimait la compréhension.

— Je vous offre une solution, lord Stainton, et je vous promets que si vous m'admettez chez vous, quand le temps viendra pour moi de partir, je le ferai de manière à causer le moins de chagrin possible à Sophie et Abigail.

Lucas l'étudiait avec intérêt. Il avait vu son sourire dans ses yeux et cette expression avait retenu toute son attention. Pendant un moment, ils s'observèrent encore, avant qu'Eve détourne les yeux, manifestement troublée.

— Quand pouvez-vous commencer ? demanda-t-il soudain.

— Commencer ?

— Votre travail à plein temps.

Cela avait été dit d'une façon embarrassée, mais l'effet que cela produisit sur Eve fut spectaculaire. Son visage, alors qu'elle contemplait son nouvel employeur, paraissait soudain très jeune, plein d'incrédulité et d'un vif espoir, ce qui montrait combien elle avait souhaité cette position.

— Eh bien… je n'y avais pas songé, dit-elle d'un ton hésitant, mais je suppose que je pourrais commencer tout de suite. Quand Sarah — Mlle Lacy — doit-elle partir ?

— Dans deux jours, ce qui ne vous donne pas beaucoup de temps. Venez chez moi demain, nous discuterons de vos gages et Mlle Lacy vous familiarisera avec les choses que vous devrez savoir. Vous aurez la charge complète de Sophie et Abigail. Je veux partir pour ma propriété de l'Oxfordshire d'ici quatre jours, et il y aura des préparatifs à faire. Ce sera une brève visite — le temps pour moi de déterminer ce qui doit être fait, puisque je n'ai pas visité le domaine depuis un certain temps.

— Et les enfants ?

— Elles viendront avec moi. Un séjour à la campagne — le bon air et le reste — leur fera du bien. Naturellement, vous les accompagnerez.

— Et ma fille ? demanda Eve d'une voix hésitante, s'avisant qu'elle n'avait pas mentionné Estelle et qu'il jugerait peut-être inconvenant que la fille de la nourrice partage la vie de ses propres filles. Pour autant que je souhaite m'occuper de vos enfants, lord Stainton, je ne veux pas être séparée d'Estelle.

— Je ne m'attendais pas à autre chose. Elle peut partager la nurserie avec Sophie et Abigail. Je me souviens qu'elles s'entendent plutôt bien.

— Oui. Oui, en effet.

— Bien, dit-il en se dirigeant à grands pas vers la porte.

Là, il se retourna et regarda Eve.

— Bonne journée, madame Brody. Je vous attends chez moi demain matin à 10 heures.

Eve arriva chez lord Stainton le lendemain matin avec Estelle. Elles étaient attendues et furent introduites par un valet, qui alla immédiatement prévenir le comte de leur arrivée.

Un bruit de pas décidé et familier avertit Eve de l'approche du maître de maison. Puis elle le vit traverser le vestibule jusqu'à elle. Il souriait, d'un sourire qui lui coupa le souffle, ses yeux bleu clair rencontrant les siens.

— J'espère que je ne suis pas en retard, dit-elle précipitamment, nerveuse maintenant qu'il était devant elle.

— Vous êtes à l'heure. Je m'assure toujours d'être ponctuel dans mes rendez-vous, madame Brody, et j'attends de la ponctualité de la part d'autrui.

Il marqua une pause, puis s'adressa au valet.

— Allez chercher Mme Coombs. Elle pourra montrer à Mme Brody ce qu'il y a à savoir.

— Mme Coombs est votre gouvernante ? s'enquit Eve, serrant toujours la main d'Estelle.

Il hocha la tête.

— Oui, même si elle était ma nourrice autrefois. Actuellement, j'emploie huit domestiques. Bennet est mon majordome depuis longtemps, et Mme Coombs est ma gouvernante et cuisinière, avec l'aide de Nelly, la fille de cuisine. J'ai également deux valets — en plus de Mlle Lacy et de mon valet personnel. Enfin, il y a le cocher Herbert Shepherd, qui s'occupe aussi des quelques chevaux qui me restent. Quand j'ai décidé de vendre la maison, j'ai dû me séparer de la plupart de mon personnel. Il n'y avait pas lieu de garder tout le monde. Voici Mme Coombs, dit-il en faisant signe à la gouvernante âgée qui venait d'arriver et considérait la nouvelle nourrice avec intérêt.

» Madame Coombs, voici Mme Brody, qui doit remplacer Mlle Lacy. Ayez la bonté de lui montrer la nurserie. Je suis sûr qu'elle aimera voir les enfants et se familiariser avec ses fonctions avant que Mlle Lacy nous quitte.

Le nom de Mme Brody n'était pas inconnu à la gouvernante. Elle avait entendu parler par Sarah de la fureur qui avait fait rage entre la jeune femme et le comte, et cela avait provoqué beaucoup de commentaires et de rires parmi les domestiques. Elle éprouvait de l'admiration pour la jeune veuve. Rares étaient les personnes qui osaient affronter lord Stainton, et Mme Brody avait mis à l'épreuve à la fois sa patience et son tempérament — qui était explosif dans le meilleur des cas —, rendant sans crainte autant qu'elle recevait. « Bonne chance à elle », pensa Mme Coombs avec un petit gloussement satisfait.

Lorsqu'elle pénétra dans la nurserie, Eve sourit à Sarah, qui la regardait avec curiosité et un vif intérêt. Elle nota de nouveau combien la jeune femme paraissait fatiguée, son visage crispé par l'anxiété.

— Comment allez-vous, Sarah ? Et comment va votre fiancé ?

Sarah soupira.

— Il est heureux que nous nous mariions enfin. En vérité, je ne l'ai pas vu beaucoup — il est si difficile de se libérer. Quand je veux m'absenter, je dois m'arranger pour que Mme Coombs ou Nelly s'occupent des enfants, ce qui n'arrive pas souvent, car elles sont très prises.

— Mais vous devez partir demain et je suis venue prendre la relève. Je suppose que vous êtes surprise de me voir ici.

— Oui. Oh, madame Brody, je ne puis vous dire combien j'ai été soulagée quand monsieur le comte m'a dit que c'était vous. Je me sens tellement mieux. Sophie et Abigail vous aiment tant.

Allant à l'embrasure de la fenêtre qui donnait sur le jardin, Eve s'assit et tapota la banquette à côté d'elle.

— Vous devez me dire tout ce que vous pensez que je dois savoir, Sarah.

— Je le ferai, même si je dois dire qu'il n'y a pas eu de changements dans la vie des enfants depuis que leur mère est partie.

— Cela a dû être une période terrible pour elles — et pour lord Stainton.

— Oh, oui. Cette femme s'est très mal conduite en

quittant son mari pour son frère. Elle a dit à tout le monde que lord Stainton la traitait abominablement, mais ce n'était qu'une excuse pour justifier son attitude, et je ne l'ai jamais crue. Lord Stainton s'est toujours montré aimable envers moi. Derrière son attitude un peu revêche, c'est en fait un homme d'une admirable retenue.

Se rendant compte qu'elle en avait trop dit, elle se mordit la lèvre.

— Je suis désolée. Ce n'est pas à moi de porter des jugements sur quiconque.

— Dites-moi, Sarah, comment lord Stainton se comporte-t-il avec les enfants ?

— Il… il ne s'intéresse pas beaucoup à elles, madame, ce qui est dommage quand on voit combien elles sont adorables. Oh, il vient les voir chaque jour à la nurserie et il est clair qu'il a une grande affection pour elles, mais il ne leur accorde pas beaucoup de temps. Elles l'adorent, et pourtant…

Eve posa doucement la main sur le bras de Sarah.

— Il voit ces visites plus comme un devoir que comme un plaisir. Je pense que c'est ce que vous voulez dire. C'est bon, Sarah, je comprends. Tout ce que je peux dire, c'est que j'espère que les choses changeront à l'avenir.

— Oh, madame Brody, je l'espère aussi, parce que le fait qu'il soit comme il est rend la situation tellement plus difficile pour ces deux pauvres petites sans mère. Je me sens si fautive de les quitter.

Eve se leva, souriant au visage inquiet de Sarah, souhaitant pouvoir lui assurer avec certitude que tout irait bien.

— Ne vous inquiétez pas. Je vous promets que je m'occuperai bien d'elles.

*
* *

Les préparatifs pour quitter Londres furent très laborieux et tout le monde passa une après-midi mouvementée. Les enfants étaient excitées d'aller à la campagne et Eve était impatiente de voir Laurel Court, de laisser la capitale derrière elle. Elle fit informer Beth de ce qui se passait et envoya un billet à son avoué, M. Barstow, pour lui indiquer où il pourrait la joindre.

Tous furent soulagés quand le lendemain s'avéra être une belle et chaude journée. Ayant terminé les bagages la veille au soir, Eve tint les enfants prêtes à 9 heures pile, nourries, habillées et préparées à entreprendre le long voyage. Les domestiques étaient rassemblés dans le vestibule et devaient suivre dans un des grands coches chargés de malles.

Lucas apparut à l'heure dite lui aussi. Il devait voyager à cheval sur la plus grande partie du trajet. Eve l'avait peu vu depuis qu'elle avait pris ses fonctions.

Elle fut contente lorsqu'ils quittèrent Londres. Très vite, le beau paysage anglais défila aux vitres des portières. Le voyage se passait assez calmement. Eve tenait les enfants occupées en leur lisant des histoires ou en leur faisant faire des jeux, mais au bout d'un moment, bercées par le balancement régulier de la voiture, Estelle et Sophie s'endormirent. Il n'en fut pas de même pour Abigail, qui commençait à s'agiter et à larmoyer, se plaignant d'avoir trop chaud. Malgré ses efforts, Eve ne parvenait pas à l'apaiser.

Finalement, elle demanda au cocher d'arrêter la voiture et descendit.

— Allons, chérie, descends, dit-elle en soulevant une

Abigail au visage rouge et en la déposant sur la route. Là, c'est bien.

— Quelque chose ne va pas ?

Lucas, soucieux, chevaucha jusqu'à elles.

Face à la silhouette imposante de son père qui se penchait vers elle, Abigail pleura de plus belle.

— Je ne veux pas remonter dans la voiture, se lamenta-t-elle. Il… il fait trop chaud et j'ai mal au cœur.

— Respire à fond, Abigail, et ensuite tu remonteras, dit Eve.

— Mais je ne veux pas ! se récria la petite fille en hoquetant.

Eve leva les yeux vers Lucas.

— Cela ne lui ressemble pas de se montrer aussi difficile. Vous pourriez peut-être la prendre devant vous pour un bout de chemin.

Abigail sauta immédiatement sur cette suggestion et son petit visage s'illumina d'espoir. Elle regarda son père et tendit les bras.

— Papa, est-ce que je peux monter avec vous ?

Eve jugeait que c'était la meilleure solution, mais voyant Lucas considérer Abigail avec la calme indifférence qu'il montrait généralement à ses enfants, elle craignit qu'il ne refuse. Néanmoins, elle fut agréablement surprise quand son expression s'adoucit et qu'il se pencha pour attraper la petite fille ravie. Il l'installa sur la selle devant lui. La transformation d'Abigail fut instantanée. Un grand sourire heureux se peignit sur ses lèvres roses et elle gloussa joyeusement, ses petites jambes pendant de chaque côté du cheval.

Lucas haussa un sourcil en regardant Eve.

— Comme je voudrais pouvoir apaiser toutes les

femmes de ma vie aussi aisément que ma plus jeune fille.

Elle lui répondit par un sourire crispé.

— Peut-être que si vous n'arboriez pas sans arrêt un visage aussi menaçant qu'un orage et si vous ne criiez pas après tout le monde comme un ours souffrant d'une rage de dents, cela ne vous paraîtrait pas si difficile, rétorqua-t-elle avant de lui tourner le dos pour remonter en voiture.

Dans son dos, elle l'entendit qui riait doucement et esquissa elle-même un léger sourire. Le cocher remit la voiture en marche tandis qu'Eve regardait discrètement Lucas qui trottait devant avec son précieux fardeau entre les bras. Ils suivirent des chemins de campagne, avançant à une allure soutenue, dépassant de charmants villages assoupis et des pâturages où paissaient des vaches et des moutons indifférents.

Ils s'arrêtèrent plusieurs fois pour se rafraîchir, manger un peu et se dégourdir les jambes. En fin d'après-midi, alors que la lumière du crépuscule transperçait les nuages de mille rais dorés, ils arrivèrent à destination.

Un énorme portail en fer forgé surmonté des armes de la famille était entrouvert, et les yeux d'Eve se posèrent sur une magnifique maison au bout d'une longue allée sinueuse bordée de grands ormes. Elle se pencha en avant pour mieux y voir. Un parc s'étendait devant la propriété et un cours d'eau qui coulait au pied d'une douce colline était flanqué de saules pleureurs. Des lilas et d'autres buissons fleuris s'épanouissaient librement à côté d'arbres géants, leurs couleurs pastel se fondant en une splendeur naturelle. Au-delà, on avait une vue panoramique des champs, de la forêt et des collines vallonnées des Chiltern Hills. L'endroit semblait terriblement négligé, mais cela n'ôtait cela à sa beauté, au contraire. Etrangement, rien ne le rendait que plus ravissant.

C'était vraiment le plus beau domaine qu'Eve eût jamais vu. Un bref frisson la parcourut des pieds à la tête et elle éprouva une bouffée de joie quand la voiture franchit les grilles, suivant l'allée arrondie jusqu'à la maison. Les attelages s'arrêtèrent juste devant, les chevaux fatigués laissant pendre leur tête.

Eve descendit et resta un moment à contempler la maison. Son souffle se coinça dans sa gorge tandis qu'elle admirait la splendide demeure avec ses fenêtres qui étincelaient au soleil comme autant de diamants et son toit pentu.

— C'est vraiment magnifique, murmura-t-elle, indifférente à la façon dont Lucas la regardait et aux cris ravis des enfants heureuses d'être libérées.

Décidément cette première rencontre avec Laurel Court était une réussite. Définitivement conquise par la beauté éternelle de la maison, Eve se sentit prise par quelque chose qu'elle ne savait nommer, et dont elle ne pouvait se libérer. Comme sous l'effet d'un charme, elle se tourna et contempla les terrains verdoyants étalés devant elle, impressionnants et d'une beauté émouvante dans leur état négligé. Une brise tiède caressait son visage, chargée des senteurs de la campagne. Elle sourit, heureuse et apaisée. Cela ne ressemblait à rien de ce qu'elle avait vécu jusqu'alors et elle avait l'impression d'être envoûtée par cette ravissante vieille maison qui semblait se refermer autour d'elle et la réclamer pour sienne.

Elle ne se rendit pas compte que lord Stainton était venu se placer près d'elle, jusqu'à ce qu'il parle, d'une voix douce et chaude.

— La maison ne change pas, murmura-t-il. Elle sourit

et fait signe aux arrivants, elle les invite à entrer et leur souhaite la bienvenue. Je l'ai toujours aimée, depuis mon enfance. Elle est unique.

— Je comprends ce que vous voulez dire, répondit Eve sans se tourner vers lui. Je suis une étrangère ici, et cependant je le ressens aussi. Qui pourrait résister à un tel attrait ?

— Qui, en effet !

A ce moment-là, Eve ne douta pas que Laurel Court faisait partie de son destin, qu'elle appartenait à cet endroit, qu'elle pourrait y être heureuse. Revenant à la réalité, elle se secoua et se dit qu'il s'agissait là de pensées fantaisistes, que de tels rêves étaient impossibles, que les choses ne se passaient pas ainsi. Mais après tout, avec toute la fortune qu'elle allait hériter, peut-être lui était-il permis de rêver.

4

De l'intérieur de la maison vint le bruit de verrous que l'on tirait, puis la porte s'ouvrit et M. Evans, l'intendant, sortit.

Lucas le prit à part et lui dit un mot avant de se tourner vers Eve.

— Vous serez soulagée de savoir que la maison est prête à nous recevoir. Conduisez les enfants à la nurserie, à l'étage, pour les installer.

Il jeta un coup d'œil au deuxième coche, que l'on commençait déjà à décharger.

— Je suis sûr que Mme Coombs saura que faire. Si vous avez besoin de quoi que ce soit, demandez à Evans.

Tout le monde entra dans la maison. Certains des domestiques avaient travaillé à Laurel Court du temps du précédent lord Stainton, et étaient heureux d'y revenir.

Une fois entrée, Eve continuait de regarder autour d'elle, fascinée. L'immense vestibule était empli de chaleur et de soleil ; elle jeta un coup d'œil par des portes ouvertes, apercevant le luxe des pièces qu'elles desservaient. Elle inspira profondément et se pénétra de l'atmosphère de la belle demeure. Elle paraissait vivante mais endormie, attendant tranquillement le retour d'une famille pour remplir ses pièces de voix et de rires d'enfants, pour faire d'elle, de nouveau, un foyer.

La nurserie, qui avait vu grandir des générations de Stainton, avec ses chambres adjacentes, était une pièce charmante, grande, claire et chaude, orientée au sud. Les enfants se mirent aussitôt à l'explorer. Elles furent enchantées par les jouets qu'elles sortirent des coffres et Abigail s'empara d'un beau cheval à bascule.

Une sorte d'effervescence animait la maison tandis qu'on allumait des feux et que les bagages étaient défaits, Mme Coombs se montrant de plus en plus agitée tandis qu'elle essayait de se familiariser avec l'agencement de la cuisine. Eve, quant à elle, découvrit sa chambre, voisine de la nurserie. Elle était assez grande, meublée simplement et avec élégance, les murs tendus de soie crème ornée de fleurs pêche et vert pâle. Peu à peu, l'ambiance se calma lorsque les enfants furent nourries et mises au lit, même si elles étaient encore trop excitées pour dormir. Eve doutait qu'elles s'assoupiraient rapidement.

— Voulez-vous nous raconter une histoire, maman ? demanda Estelle, les yeux brillants, en repoussant ses couvertures et en s'agenouillant sur son lit.

Sophie s'assit dans le sien et Abigail, qui ne voulait pas demeurer en reste, les imita.

— Recouche-toi, Estelle, ordonna doucement Eve. Je pense que tu as eu assez d'excitation pour aujourd'hui.

— Oh, s'il vous plaît, s'il vous plaît ! implora Sophie. Estelle dit que vous lui racontez l'histoire d'une princesse qui monte un éléphant couvert de bijoux — et une autre à propos d'un dragon. S'il vous plaît, racontez-les-nous.

Eve considéra les trois petits visages pleins d'attente et céda.

— D’accord, mais vous devez promettre de dormir quand j’aurai fini.

S’asseyant près d’Estelle, elle tapota le lit et aussitôt Sophie et Abigail sortirent du leur pour venir s’installer à côté d’elles. Eve allongea les jambes et, s’adossant à la tête de lit, rassembla les enfants autour d’elle avant de commencer.

C’est ainsi que Lucas les trouva quand il ouvrit la porte. Une scène peu familière — à laquelle il n’était guère habitué en tout cas — dans cette pièce chaude et envahie par la pénombre qui le fit s’arrêter net. Il n’avait jamais rien vu de plus charmant ou de plus touchant que la proximité de Mme Brody avec ses filles. Celles-ci pensaient visiblement qu’Eve était la meilleure chose qui pouvait leur arriver dans leur jeune vie. Eve avait ôté ses chaussures et ses cheveux étaient défaits sur ses épaules. Abigail s’était endormie, mais Sophie et Estelle étaient toujours blotties contre elle et l’écoutaient avidement, le visage échauffé et captivé.

Eve les tenaient toutes les trois dans ses bras. Elle finit son histoire, qui parlait de dragons, de châteaux et d’un chevalier sur un blanc destrier sauvant une belle damoiselle. C’était un tableau ravissant, un tableau empreint d’intimité et de bonheur, et quelque chose de profond tressaillit en Lucas.

A la fin de l’histoire, Sophie dit d’un ton important :

— Je préfère l’histoire de la princesse. Je veux être une princesse quand je serai grande et papa me trouvera un prince à épouser — un beau prince très, très riche, avec beaucoup de bijoux.

— Et un éléphant ? demanda Eve, l'air aussi sérieux que la petite fille.

Sophie réfléchit un moment.

— Non. Il n'a pas besoin d'avoir un éléphant. Je pense que ce serait ridicule à Londres et je n'ai pas vraiment envie d'habiter en Inde.

— Alors, je pense qu'un beau cheval ferait l'affaire, tu ne crois pas ? Comme le blanc destrier de la dernière histoire.

Sophie hocha la tête.

— Mais je veux toujours être une princesse.

Eve aurait ri, mais la petite fille était très grave.

— Tu pourras être tout ce que tu voudras, Sophie, dit-elle en posant un baiser sur son front. Et je suis sûre que quand le moment sera venu de te marier, ton papa te trouvera le prince parfait.

Puis, comme si elle avait senti la présence de Lucas, elle regarda subitement vers la porte. Appuyé au chambranle, il l'observait d'un regard intense, imposant sa silhouette haute et virile dans la petite chambre d'enfants. Il avait ôté son écharpe, mais portait toujours ses habits de voyage.

— Lord Stainton, puis-je faire quelque chose pour vous ? s'enquit-elle posément.

— Je suis venu dire bonsoir aux enfants et m'assurer que vous étiez bien installées.

— Oui, merci.

Sophie et Estelle se mirent immédiatement dans leur lit. Détachant doucement les bras d'Abigail de sa taille, Eve essaya de se redresser.

— Laissez-moi la mettre au lit.

Lucas traversa la pièce et prit tendrement sa fille dans ses bras.

— Bien sûr. C'est votre petite fille, après tout.

Leurs regards se rencontrèrent brièvement, puis Lucas détourna les yeux et porta Abigail dans le lit vide. Remontant les couvertures sur elle, il contempla les traits fragiles de sa fille et, pour la première fois depuis des mois, il posa un baiser sur sa douce joue, se pénétrant de sa suave innocence. Sophie, qui en voulait autant, tendit les bras. Son père alla à elle, la borda et lui embrassa le bout du nez.

Sophie lui jeta un regard plein d'adoration.

— Me trouverez-vous vraiment un prince, quand je serai grande ? murmura-t-elle. Comme celui de l'histoire ?

Lucas avait l'air satisfait. Il sourit au visage levé de sa fille.

— Si je peux en trouver un qui est beau, riche, et qui t'aimera de tout son cœur, alors je le promets, mon chou.

Sophie soupira, ferma les yeux et se blottit sous ses couvertures, serrant contre elle son compagnon favori, un chat en peluche usé.

— Merci, murmura-t-elle d'une voix ensommeillée. Vous êtes le meilleur papa du monde.

Lucas sourit. Il aimait ses enfants et éprouvait un profond besoin de les protéger. Il allait partir quand Sophie chuchota :

— N'oubliez pas d'embrasser Estelle pour lui souhaiter bonne nuit aussi, papa.

Sans regarder la mère d'Estelle, Lucas s'approcha de la petite fille qui le regardait timidement, impressionnée par cet homme sombre et imposant. Il lui ébouriffa les cheveux en souriant et posa un baiser sur son front.

— Bonne nuit, Estelle. Dors bien.

Eve l'observa, la gorge serrée par l'émotion. Elle voyait qu'il appréciait que ses filles aient besoin de lui, de sa protection face aux difficultés de la vie. Certaines fois, elle pensait qu'il ne savait même pas que ses enfants existaient, mais à présent, frappée par les différentes émotions qui jouaient sur ses traits, elle discernait l'amour qu'il leur portait.

— Elles sont épuisées, pauvres petits agneaux, murmura-t-elle quand il vint se placer près d'elle. Comme moi.

— Alors, vous devez aussi aller vous coucher.

— Oui, mais d'abord je dois parler à Mme Coombs du petit déjeuner des enfants.

Elle accompagna le comte sur le palier, où, apparemment réticent à la quitter, il lui emboîta le pas.

— Je peux voir pourquoi vous aimez tant cette maison, dit-elle pour faire la conversation.

— Je l'ai toujours aimée. Laurel Court signifie beaucoup pour moi et c'est bon d'être de retour. J'ai été absent trop longtemps.

Scrutant son beau visage, Eve se sentit curieuse. Elle ne voulait pas lui extorquer des informations qu'il n'avait pas envie de donner, mais elle apprécierait qu'il s'ouvre à elle et lui parle de lui.

Pensant que si elle parlait d'elle-même, il pourrait se sentir enclin à l'imiter, elle demanda :

— Etes-vous déjà allé à New York ?

— Non, jamais. Avez-vous toujours vécu là-bas ?

— Oui, jusqu'à la mort de mon père. Il n'a pas été malade, il est mort brutalement. Le docteur a dit que c'était son cœur. Cela a été un terrible choc pour moi et j'ai cruellement ressenti sa perte. Rien n'était plus pareil. Tout à coup, la maison était trop silencieuse et trop grande — trop vide. C'est alors que j'ai décidé de venir en Angleterre.

— Vous n'avez pas d'autre famille ?

— J'étais fille unique. Ma mère est morte quand j'avais dix ans.

— Et vous étiez proche de votre père ?

— Il n'y avait personne comme lui. Il était toujours là pour moi. Il a pris soin de moi — et d'Estelle. Quand il ne travaillait pas, nous allions partout ensemble, et lorsqu'il n'a plus été là, je suis devenue peu sûre de moi dans beaucoup de domaines.

Lucas la considéra avec intérêt.

— Voilà qui me surprend. Vous donnez l'impression d'être une jeune femme à la tête sur les épaules, qui sait ce qu'elle veut.

— J'ai un côté fragile, mais je ne suis pas une faible femme qui se laisse abattre par le sort et les circonstances.

— C'est quelque chose que j'ai découvert sur vous dès que nous nous sommes rencontrés, dit-il doucement, amusé en se rappelant comment il avait failli la renverser dans le parc et combien elle avait été furieuse. Parlez-moi de votre père. Comment a-t-il fait fortune ?

— C'était un spéculateur et un financier. Il investissait de l'argent dans les idées d'autres personnes douées pour faire des affaires.

— Et comment décidait-il d'investir sur quelqu'un ?

Eve haussa les épaules.

— L'instinct, je suppose. Quoi que ce soit, il réussissait.

— Et votre mari ? Je me souviens que vous avez dit qu'il a été tué.

Elle voulut rester évasive, mais c'était impossible avec son regard d'un bleu de glace qui la transperçait.

— Oui, à La Nouvelle-Orléans. Nous étions mariés depuis six mois. J'ai découvert ensuite que j'étais enceinte, confia-t-elle, oubliant qu'elle avait eu l'intention de questionner Lucas et non l'inverse.

— Je suis désolé. Cela a dû être une période difficile pour vous, de vous retrouver veuve si jeune, déclara Lucas d'une voix si douce qu'elle put à peine croire que c'était lui qui parlait.

Etrangement réconfortée par son timbre grave, elle étudia ses traits durs et ciselés. Sa réserve habituelle grandement diminuée par ses souvenirs d'Andrew, elle inclina la tête sur le côté et dit doucement :

— J'avais juste dix-huit ans quand il a été tué. Vous avez sûrement déjà perdu quelqu'un de proche ?

Sous son regard désappointé, l'expression de Lucas se fit distante et elle regretta d'avoir posé cette question.

— J'étais trop jeune pour me souvenir de ma mère. Mon père était aussi inapprochable que je le suis et mon frère complètement indifférent.

Il se tourna pour faire face à Eve et inclina légèrement la tête.

— J'espère que vous passerez une bonne nuit, madame Brody. Je vous verrai demain matin. Bonsoir.

Durant les jours qui suivirent leur arrivée, Eve s'éprit complètement de Laurel Court. Elle vit peu lord Stainton, au cours de cette période. Il venait à la nurserie chaque après-midi et chaque soir, mais il était surtout occupé à parcourir le domaine à cheval pour voir ce qui devait être fait après tant d'années de négligence. Tandis qu'il vaquait à ses affaires, il souriait peu. Visiblement, ses soucis étaient nombreux.

Eve allait souvent au village en voiture avec les enfants, et parfois lord Stainton les accompagnait à cheval. Elle observait alors combien il se détendait et quelle personnalité exceptionnelle il possédait. Il connaissait la plupart des gens, les saluait par leur nom, et ne montrait qu'amabilité et considération. Les commentaires qui suivaient son passage renforçaient son opinion que lord Stainton était apprécié de tous.

Mais Eve aurait été bien surprise si elle avait su avec quelle fréquence les pensées de Lucas se tournaient vers elle. Lorsqu'il travaillait sur le domaine, il découvrait qu'il était impatient de la voir à son retour à la maison. Il lui traversa l'esprit qu'il recherchait sa présence, qu'il se réjouissait à l'idée de la retrouver. Il s'interrogeait aussi sur son mari, se demandait quel genre d'homme lui plairait.

Seigneur Dieu ! A quoi songeait-il ?

Malgré ses réserves initiales concernant l'engagement d'Eve pour s'occuper de ses enfants, il se sentait de plus en plus attiré par elle tandis que les jours passaient et qu'il apprenait à la connaître un peu mieux. Il y avait un certain nombre de raisons à cela. L'une était qu'elle ne montrait aucune réprobation pour sa situation de divorcé. Il croyait reconnaître en Eve Brody une âme sœur, mais une âme sœur dont le non-conformisme avait pris une autre direction que le sien. Il était aussi soulagé qu'elle soit véritablement attachée à ses enfants, et rien que pour cela il lui était reconnaissant.

Un jour arriva à Laurel Court une visiteuse inattendue, qui n'était pas la bienvenue. Quand Lucas entra dans le salon, la femme qui avait été son épouse, la mère — indigne — de ses enfants, pivota sur elle-même pour le regarder, l'arrogance de son maintien n'étant en rien diminuée par les dix-huit mois de leur séparation. Lucas s'arrêta net, la considérant avec l'expression froide et spéculatrice d'un adversaire de longue date.

Maxine était belle et séductrice, certes, mais tandis que Lucas l'observait froidement, il se demanda une fois de plus pourquoi il avait été attiré un jour par cette femme aux cheveux et aux yeux si pâles qu'elle paraissait comme une poupée inanimée, dénuée de sentiments. Il pouvait encore éprouver sa colère et sa fureur impuissante quand elle leur avait tourné le dos, à leurs filles et à lui, pour aller vivre avec Stephen à Laurel Court.

Elle jaugea avec méfiance la haute silhouette de Lucas et un sourire pincé se dessina sur ses lèvres.

— Cela fait longtemps, Lucas, dit-elle sans le saluer.

Sa voix avait exactement le même timbre qu'autrefois — énergique et froid. Une voix de gorge qu'il n'avait pas oubliée.

— Pas assez longtemps à mon gré, rétorqua-t-il d'un ton coupant.

Il détacha son regard glacial de son visage et promena des yeux dédaigneux sur elle, ses traits se contractant de dégoût quand il fixa le collier étincelant étalé sur sa poitrine généreuse, au-dessus du décolleté audacieux de sa robe rouge rubis.

— Dites ce que vous êtes venue dire, puis sortez de ma vie, par tous les diables, et restez-en éloignée.

Maxine faisait de son mieux pour garder son calme face à ce qui allait être une bataille, elle le savait. Elle le voyait sur le visage de Lucas et dans ses yeux, qui étaient aussi durs que de l'acier. La rancœur envers son ancien mari lui était une émotion habituelle. Après qu'il lui avait fait subir l'amère humiliation d'un divorce, elle le haïssait. Elle s'avança lentement vers lui, un rictus sur les lèvres.

— Toujours le même vieux Lucas, à ce que je vois — un ours noir attendant de fondre sur une pauvre créature sans défense.

— Sans défense ? Vous ? Que voulez-vous, Maxine ? Si vous êtes ici pour jubiler, vous pouvez sortir.

Elle ne cilla pas.

— Jubiler ? Rien ne pourrait être plus éloigné de mon esprit. Puisque vous n'avez pas répondu à mes lettres, je me suis avisée que la dernière solution qui me restait était de vous affronter. J'avais l'intention d'aller vous voir à Londres, mais quand j'ai appris que vous étiez ici, j'ai pensé que je viendrais jeter un coup d'œil à la maison où — cela peut vous surprendre — j'ai été heureuse quelque temps. Je me trouve financièrement embarrassée. Je suis venue vous demander de l'argent, Lucas.

Il eut un sourire pincé.

— Pourquoi cela ne me surprend-il pas ? railla-t-il. Vous avez toujours été cupide, Maxine, la femme la plus cupide que j'aie jamais rencontrée. Pendant un instant de folie j'ai pensé que vous étiez peut-être venue voir nos enfants — même si vous avez probablement oublié que vous avez deux filles.

— Les enfants ! lâcha-t-elle avec mépris. Est-ce toujours tout ce dont vous vous souciez ?

La colère flamba dans ses yeux.

— Je ne suis pas venue ici pour parler des enfants, Lucas, et je ne prétendrai pas autre chose. Je suis sûre qu'elles sont en bonne santé et bien soignées.

— Nos filles n'ont jamais été réelles pour vous, n'est-ce pas, Maxine ? Juste des fardeaux que vous avez été obligée de porter pendant neuf mois, des entraves qui vous ont gardée enchaînée à la maison, vous empêchant de faire ce que vous préférez — chercher votre plaisir. Puisse Dieu les aider quand elles seront plus grandes et qu'elles découvriront pourquoi leur mère les a quittées. Quand elles s'aviseront qu'elle est une femme sans caractère et sans décence qui pensait que l'argent et s'afficher en société était tout ce qui comptait. Stephen était stupide et doté d'une courte vue, et vous l'avez embobiné comme tous les autres avant lui. S'il avait eu le moindre bon sens, il vous aurait chassée à coups de pied.

Un instant, Lucas crut voir que Maxine était blessée et qu'une vague émotion passait sur son visage énigmatique, mais cela ne dura pas.

— L'herbe était plus verte chez lui — au début. Stephen était amusant. Sa mort a été… regrettable.

— N'est-ce pas ? rétorqua Lucas d'un ton mordant. Il m'a laissé avec un fichu guêpier à arranger.

— Si cela peut vous consoler, Lucas, je suis désolée. Je ne souhaitais pas que les choses tournent ainsi.

— Désolée ? Je n'accepte pas d'excuses pour ce qui est impardonnable, Maxine. Essayez de dire à nos filles que vous regrettez — si vous le pouvez. Je vous admets chez moi parce que vous êtes leur mère, et pour aucune autre raison. N'est-il pas temps que vous vous installiez avec votre amant actuel — sir Alfred Hutton, je crois —, qui est non seulement assez âgé pour être votre père, mais aussi sans le sou, à ce que j'ai entendu dire ? Ou peut-être devriez-vous retourner chez vos parents. Voudraient-ils de vous ? N'êtes-vous pas toujours leur précieuse fille ?

Maxine plissa les paupières.

— Vous savez que je ne l'ai jamais été. Mes sœurs, oui, mais pas moi. Mon père ne me permettrait pas de revenir.

Lucas haussa un sourcil.

— Et pouvez-vous l'en blâmer ? Les torts que votre conduite scandaleuse a causés au nom respecté des Irvine ont failli l'entraîner dans la tombe. Vous avez été une épouse adultère, et quand j'ai voulu me débarrasser de vous, vous avez décidé de me harceler pour me réclamer de l'argent à tout bout de champ.

— Oh, pour l'amour du ciel, ne revenez pas là-dessus ! Je suis la mère de vos enfants. Vous m'avez traitée avec brutalité, pour le moins.

— Vous m'avez menti et trompé — avec mon propre frère. A quoi vous attendiez-vous ? A de la miséricorde ?

Maxine fronça les sourcils.

— Non, mais personne ne me traite comme vous l'avez fait et ne s'en tire sans conséquences. Vous m'avez forcée à un divorce humiliant, mes amis se sont moqués de moi — c'est intolérable !

— Vous avez poussé ma tolérance à bout avec vos infidélités et votre duplicité. Vous n'aurez rien d'autre de moi, Maxine.

Elle resta là, très pâle, le regardant tourner les talons et s'éloigner d'elle. Puis, refusant de se laisser repousser, elle le suivit dans son cabinet de travail.

— Vous paierez pour ce que vous m'avez fait, lança-t-elle avec désespoir à son dos tourné. Ne pensez pas qu'un divorce vous libérera de votre dette envers moi.

Le sang de Lucas ne fit qu'un tour.

— Ma dette ? répéta-t-il en se tournant brusquement pour lui faire face.

— Oh, oui ! Vous n'auriez pas vos précieuses filles sans moi. Je suis sérieuse, Lucas. Vous devez me donner de l'argent. Je suis quotidiennement en danger d'être arrêtée pour dettes. C'est ce cruel état de pauvreté qui m'amène ici. J'ai besoin de cet argent.

Lucas eut un rire dur.

— Vous n'êtes pas la seule, Maxine. Si vous étiez venue me voir à Londres, vous auriez trouvé une maison vide — et tout cela à cause de mon vaurien de frère, qui buvait abondamment, jouait encore plus au point de tout perdre et a séduit mon épouse immorale. Pourquoi pensez-vous que je devrais vous donner quoi que ce soit — s'il me restait quelque chose à donner — après cela ?

Maxine se rapprocha de lui et plaça son visage près du sien, les yeux étincelants et méchants, prête à cracher son venin.

— Je vais vous dire pourquoi, Lucas, dit-elle d'un ton sifflant, la voix tremblante de rage. Pour que la bâtarde de votre frère ne grandisse pas dans la pauvreté. Voilà pourquoi.

Réduit au silence, Lucas la regarda avec incrédulité.

— Un enfant ? s'exclama-t-il enfin. Stephen a engendré

un enfant — avec vous ? Pour l'amour du ciel, dites-moi que vous mentez ! lâcha-t-il, les dents serrées.

— Non, je ne mens pas. L'enfant — une fille — est en pleine santé. Je l'ai placée chez une femme qui s'occupe d'elle. Donnez-moi de l'argent et je vous laisserai tranquille. Vous n'entendrez plus parler de moi.

— Et l'enfant ?

Elle haussa les épaules.

— Je vous l'ai dit. Elle est confiée aux soins d'une nourrice. Je ne lui veux aucun mal. Je regrette simplement qu'elle soit née. Je pensais que vous voudriez peut-être la prendre dans la famille.

Elle eut un rictus.

— Votre nurserie est assez grande. Une fille de plus ne fera pas de différence.

— Espèce de garce insensible et sans cœur ! gronda Lucas, les yeux luisant d'une terrible émotion qu'il ne pouvait dissimuler.

Maxine éprouva le besoin de s'écarter de lui devant sa fureur.

— Votre conduite me dégoûte. Vous êtes venue ici m'extorquer de l'argent et me forcer à élever votre bâtarde comme une Stainton. Bonté divine, Maxine, cela dépasse l'entendement.

— C'est l'enfant de Stephen. Je le jure.

— Croyez-vous sérieusement qu'après ce que vous avez fait je vais vous donner quoi que ce soit ? Vous auriez pu venir voir les enfants n'importe quand, mais vous avez choisi de ne pas le faire. Et maintenant vous arrivez, vêtue comme une catin, dans l'espoir de me soutirer de l'argent. Eh bien, Maxine, vous pouvez aller en enfer — dans l'enfer où j'ai été confiné ces deux dernières années.

Elle recula.

— Je vois qu'on ne peut vous parler quand vous êtes de cette humeur, Lucas.

— Vous avez fichtrement raison, dit-il, le visage durci par le mépris. A présent, sortez, Maxine. Et ne revenez pas.

Elle prit une expression haineuse.

— Oh, je m'en vais maintenant, mais je reviendrai, Lucas. Voyez-vous, je vous connais, et je sais que vous ne serez pas en paix en sachant qu'il existe quelque part un enfant avec du sang Stainton dans les veines. Si vous voulez savoir où est ma fille, vous me trouverez chez sir Alfred Hutton, à Londres. Mais rappelez-vous, Lucas, cela vous coûtera. En ce qui me concerne, le divorce ne change rien entre nous. Je ne l'ai pas demandé et je n'en voulais pas. Je suis la mère de vos enfants et pour cette raison j'exige une gratification.

Les paupières de Lucas se plissèrent dangereusement.

— Vous ne me ferez pas chanter, Maxine. S'il y a un enfant, je le trouverai — avec ou sans votre aide. Maintenant, sortez.

Quand la porte se fut refermée derrière elle, Lucas se passa nerveusement les doigts dans les cheveux. Bonté divine ! Quelle pagaille. Juste quand il pensait que les choses ne pouvaient être pires. Et maintenant, il y avait le fardeau supplémentaire d'une autre enfant que Maxine avait abandonnée aussi sèchement que les deux premières. Si le bébé était de Stephen, il ne pouvait décemment lui tourner le dos. Mais avec deux filles à élever, déjà, sa situation était encore plus dramatique qu'avant l'arrivée de Maxine. Il ne pouvait les faire vivre d'air pur et d'eau fraîche.

*
* *

Après avoir mis les enfants au lit, Eve se tenait dans l'obscurité qui tombait, écoutant les bruits de la nuit par la fenêtre ouverte. Trop agitée pour dormir, elle était allongée tout habillée sur son lit en forçant son corps à se détendre, tandis qu'elle attendait le retour de lord Stainton.

Elle savait que son ex-femme était venue à Laurel Court dans l'après-midi — de fait, toute la maisonnée le savait et ne pouvait parler de rien d'autre. Alors qu'Eve montait l'escalier, elle avait entendu des voix en colère s'élever du salon. Et quand Maxine était partie, un instinct pervers l'avait poussée à aller à la fenêtre de la nurserie, où Sophie et Abigail jouaient avec leurs poupées — ignorant heureusement la visite de leur mère.

Comme Eve regardait la voiture de Maxine disparaître rapidement dans l'allée, elle eut le sentiment que durant la brève visite de la jeune femme, la vilaine réalité du mariage de lord Stainton avait envahi la douce atmosphère de Laurel Court. Peu après, un cavalier était parti au galop à travers le parc comme s'il avait le diable à ses trousses.

Le comte n'était toujours pas rentré et Eve ne pouvait se reposer avant qu'il revienne. Ce fut un certain temps après la tombée de la nuit qu'elle entendit un bruit de sabots sur le gravier, au-dessous de sa chambre. Soulagée que lord Stainton soit rentré sain et sauf, elle glissa dans un léger sommeil, pour être réveillée par un bruit sonore qui venait d'en bas.

Poussée par le besoin de s'assurer que son employeur allait bien, et indifférente à tout sauf à cette intention, elle quitta sa chambre et traversa silencieusement le palier, puis descendit l'escalier. Sur la dernière marche, elle s'arrêta pour écouter. Personne d'autre n'avait été dérangé par le bruit. De la lumière brillait sous la porte du salon, qui était légèrement entrouverte. Tremblant d'appréhension, Eve alla dans cette direction et, poussant la porte, fit quelques pas prudents dans la pièce.

Dans la lumière tamisée, elle vit lord Stainton, qui lui tournait le dos. La lueur des bougies tombait sur ses mains fortes et belles crispées sur le manteau de la cheminée. Il avait ôté sa redingote, son gilet et son écharpe, et au-dessus de ses culottes beiges et de ses hautes bottes, sa chemise blanche était tendue sur ses puissantes épaules. Il courbait la tête, les cheveux emmêlés, une mèche tombant sur son front.

Eve aurait pu rester là un long moment sans bouger, si une sorte d'instinct animal n'avait averti le comte d'une présence.

— Partez ! lança-t-il durement.

Eve rassembla tout son courage.

— Lord Stainton ?

Au son de sa voix, il tourna légèrement la tête et elle vit la fierté sévère imprimée sur son profil, sa mâchoire aussi rigide que du granit. Dans un silence pénible il la regarda durant plusieurs secondes, le visage préoccupé, taillé dans de la pierre. On aurait dit un homme en proie à un cauchemar.

— Je suis désolée, murmura-t-elle, la voix chevrotante. Je… j'ai entendu du bruit et j'ai pensé que nous avions peut-être un intrus. Je vais vous laisser. Je n'avais pas l'intention de vous déranger.

Il releva la tête et la regarda de nouveau. Vêtue d'une robe gris tourterelle, ses cheveux attachés par un ruban dans son dos, elle évoquait un fantôme pâle hantant la nuit.

— Attendez, dit-il en allant à grands pas vers elle. Je vous en prie, ne partez pas. Je vous fais mes excuses si j'ai été brutal. La journée a été longue.

— Et vous avez fait une longue chevauchée. Je vous ai vu partir, expliqua-t-elle comme il haussait un sourcil interrogateur. Vous êtes resté longtemps dehors.

Il esquissa un sourire crispé.

— Ne me dites pas que vous vous inquiétiez pour moi, madame Brody.

— Je... Si, je suppose, murmura-t-elle, une rougeur embarrassée poudrant ses joues.

Lucas trouva sa confession touchante.

— Votre femme a dû vous bouleverser.

— Maxine n'est plus ma femme, riposta-t-il d'un ton bref.

— Oui, je sais. Je suis désolée si vous préférez ne pas en parler, dit-elle, sensible à son changement d'humeur. Vous n'avez pas à le faire.

Ce n'était pas son rôle de s'immiscer dans les affaires personnelles de ce grand homme imposant qui la dominait de sa hauteur.

— Si je n'en parle pas, c'est parce que je trouve cela très déplaisant, répondit-il en se massant la nuque. Même si j'aimerais oublier que Maxine est venue ici aujourd'hui, elle m'a malheureusement placé dans une situation qui doit être réglée sans délai, et je n'ai d'autre choix que de rentrer à Londres avec vous plus tôt que je ne le pensais.

La déception submergea Eve. Elle adorait être à Laurel Court et n'avait aucun désir de rentrer à Londres si vite.

— Mais… est-il nécessaire que les enfants vous accompagnent ? Nous irions parfaitement bien ici.

— C'est une affaire délicate — et je peux avoir besoin de l'aide d'une femme. En bref, de vous, madame Brody. C'est une situation très contrariante et je ne devrais pas vous ennuyer avec cela, mais brusquement les choses sont devenues… compliquées.

— Vraiment ?

— Un autre enfant — un bébé de deux mois, pour être précis.

Eve le dévisagea avec attention, notant le pli soucieux qui barrait son front.

— Vous semblez très préoccupé par cet enfant. Vous est-il apparenté ?

— C'est une fille et oui, je pense qu'il s'agit de ma nièce, répondit-il d'une voix tendue. Si ce que Maxine m'a dit est vrai, cette petite est l'enfant de Stephen — mon frère. Elle est aussi la demi-sœur de mes filles et Maxine l'a abandonnée aussi impitoyablement qu'elle a abandonné Sophie et Abigail.

— Je vois.

Soudain, Eve aperçut dans ses yeux la douleur d'un homme profondément blessé par la trahison de son frère. Elle essaya de dissimuler le choc qu'elle éprouvait, incapable de comprendre comment une femme pouvait abandonner son enfant, mais elle n'y parvint pas.

— Je n'ignore pas ce qui est allé de travers entre votre femme et vous, lord Stainton. Toutefois, ce n'est pas mon problème. Je me soucie des enfants, et à mon avis un bébé de deux mois devrait être avec sa mère.

Lucas plissa les lèvres avec mépris.

— Ce serait le cas normalement, mais Maxine n'a jamais rien fait de normal.

— Oui, je commence à m'en rendre compte. Ne mesure-t-elle pas que ce qu'elle fait est de la pure méchanceté ? explosa Eve, incapable de réprimer sa colère envers cette femme.

— Maxine en est consciente. Simplement, elle ne s'en soucie pas. Je ne peux concevoir ce qui lui passe dans la tête, ce qui fait d'elle ce qu'elle est. Elle n'était jamais satisfaite. Peut-être était-ce la frustration d'être mariée avec moi, murmura-t-il avec un haussement d'épaules résigné, ou peut-être qu'une tare inconnue héritée de sa famille la rend aussi insensible. C'est une question que je me suis posée maintes fois.

Il parut brusquement vulnérable — vulnérable et blessé. C'était un homme de qualité, Eve le savait, à présent. Ce sont toujours les gens de qualité qui souffrent de cette façon.

— Ce n'était pas votre faute. Votre femme a causé beaucoup de troubles qui vous ont affectés, vos enfants et vous. Cela a dû être difficile pour vous, je m'en rends compte. Je vois aussi pourquoi vous n'avez pas une très haute opinion des femmes.

— Ce n'est pas tout à fait vrai et je vous fais mes excuses si je vous ai donné cette impression. C'est seulement Maxine qui m'inspire de l'aversion. Dieu sait où elle a placé l'enfant — probablement dans un taudis infesté de vermine de Covent Garden ou d'un quartier similaire. Dieu sait à quelles maladies ce bébé peut être exposé. Je ne peux le laisser là. Je dois trouver l'enfant avant qu'il soit trop tard.

Eve fronça les sourcils.

— Trop tard ? Mais… vous ne pensez pas que quelque chose d'horrible pourrait lui arriver ? Ce n'est qu'un bébé.

— Cela ne fait pas de différence. Il y a des gens cruels dans le monde, madame Brody, des gens qui ne rechigneraient pas à utiliser des enfants dans des desseins sordides.

Elle regarda son visage mince et fier et elle eut l'impression que son cœur allait se briser. Plus elle le voyait et apprenait de choses sur lui, plus elle comprenait pourquoi il était comme il était. L'amère expérience d'avoir été marié avec une femme qui les avait cruellement quittés, ses filles et lui, avait rendu cet homme aigri et imprévisible, pétri d'opinions implacables sur les gens et sur le monde en général. Sa vie avec sa femme et la trahison de son frère n'avait pas été heureuse, et cependant il avait continué parce qu'il était doté d'une formidable volonté et d'une grande force d'esprit. Il ressentait les choses profondément, mais il le montrait rarement.

— Alors, je comprends qu'il soit nécessaire de faire vite. Je serai heureuse de vous aider — si c'est ce que vous voulez.

Lucas baissa les yeux sur elle. Son visage était rose et charmant et son regard levé vers le sien brillait. Il passait pour un homme dur et obstiné, à la volonté de fer, mais il se tenait devant Eve Brody — la nourrice de ses enfants — terriblement ébranlé par ce que Maxine avait révélé, et la jeune femme lui faisait ressentir plus de choses qu'il ne l'aurait dû.

— Vous m'avez déjà tant aidé.

Il la contempla un moment et Eve crut voir sur son visage une expression étrange, qu'elle n'avait jamais vue auparavant, mais ce fut si fugace qu'elle pensa l'avoir rêvée.

— Sophie et Abigail n'ont jamais été aussi heureuses, et c'est grâce à vous. Maintenant, allez vous coucher.

Je vous ai assez dérangée en renversant la table et en vous réveillant. Est-ce que quelque chose pourrait être plus déconcertant ? Nous avons beaucoup à faire avant de partir demain matin.

— Très bien. Bonne nuit.

Le lendemain matin, avec trois enfants déçues qui ne furent apaisées que par la promesse de revenir rapidement à Laurel Court, ils repartirent pour Londres.

Lucas devint un homme habité d'une mission. Il se mobilisait pour trouver l'enfant de son frère et il était impressionnant de le voir en action. Combien de fois Eve l'avait vu assis à son bureau, écrivant des lettres à tous ceux qui avaient connu son ex-femme. Il quittait la maison durant des heures d'affilée et revenait épuisé.

Sachant qu'il devait garder la tête froide pour ce qui l'attendait, Lucas faisait de son mieux pour rester calme et contrôlé. Cela ne lui ressemblait pas de se laisser dépasser, mais la pensée que la fille de Stephen pouvait être quelque part à la merci d'une harpie était presque plus qu'il ne pouvait supporter.

Il devait réfléchir à l'endroit où Maxine avait pu emmener le bébé, quelle était l'hypothèse la plus probable. Elle était perverse, noire de cœur et maligne. Il devait s'efforcer de déterminer comment il pouvait le découvrir — mais son esprit était bloqué depuis un moment, à peine capable de fonctionner tandis qu'il cherchait une solution à la crise provoquée dans sa vie par sa récente ruine. Et maintenant, il devait aussi gérer ceci !

La solution vint de manière improbable, de la soubrette qui avait servi Maxine durant son séjour à Laurel Court. Au début, la domestique se montra réticente à lui parler, mais, convaincu qu'elle lui cachait quelque chose, il insista, ses questions devenant un interrogatoire, et quand il en eut fini avec elle, elle lui avait dit tout ce qu'il voulait savoir.

La domestique se souvenait qu'à la mort de Stephen, Maxine s'était renseignée sur des femmes qui gardaient des bébés quand leur mère était indisposée — en d'autres termes, elle n'en voulait pas. La femme à qui elle avait confié sa fille habitait le quartier de St Giles.

Lucas sentit son sang s'accélérer dans ses veines, comme d'habitude, chaque fois qu'il était sur le point de conclure une affaire. C'est à cet instant-là qu'Eve le rejoignit dans le vestibule. Sa pelisse et sa robe étaient gris anthracite et trompeusement simples, et un bonnet noir couvrait ses cheveux. Elle portait un châle sur un bras. Il scruta ses traits tandis qu'elle s'avançait vers lui et ne vit qu'une profonde inquiétude.

— Alors, c'est sûr, vous avez trouvé l'enfant ? demanda-t-elle posément.

— Elle s'appelle Alice, fit-il en hochant la tête. Etes-vous tout à fait certaine de vouloir venir avec moi ?

— Je suis ici pour cela.

— Je sais fort bien que je ne devrais pas faire peser tout cela sur vous.

— Je veux être utile, et si je dois m'occuper du bébé, j'aime autant commencer dès le début.

Plissant les paupières, il riva les yeux sur les siens.

— Je dois vous avertir que l'endroit où nous nous rendons ne sera pas plaisant.

— Je peux le supporter. L'important, c'est l'enfant.

— Je préférerais que les gens ignorent cette histoire, qu'ils ignorent que ma vaurienne d'ex-femme est capable d'une chose aussi ignoble que de livrer sa fille à une inconnue. Je frémis rien que de penser aux conditions dans lesquelles elle doit vivre, mais je suis obligé de la sortir de là.

— Vous êtes certain qu'elle est la fille de votre frère ?

— Aussi certain que je peux l'être. J'ai réussi à retrouver le valet de Stephen et une des soubrettes qui servaient Maxine quand elle était à Laurel Court. Tous deux connaissaient son état — et Stephen aussi. Apparemment, il attendait la naissance de l'enfant avec impatience, mais il est mort six mois avant qu'Alice voie le jour.

— Tout ceci est tellement triste. Je suis désolée.

— Je suggère que nous partions, maintenant. Venez.

Ils prirent la route, dans la voiture de Lucas. Très rapidement, ils quittèrent les quartiers huppés de Londres où vivaient les aristocrates, et se retrouvèrent dans le quartier très mal famé de St Giles, aux abords de Soho et de Covent Garden. Tout le monde savait que c'était un endroit qui abritait certains des individus les plus brutaux et dépravés de Londres.

Ils laissèrent la voiture à l'entrée d'une rue étroite, Lucas demandant à son cocher d'attendre leur retour. Le cœur d'Eve cognait de nervosité tandis qu'ils se frayaient un chemin parmi un labyrinthe d'allées sombres et malodorantes, leur marche entravée par des charrettes, des gens et des animaux.

Lucas lui avait dit que ce qu'elle verrait ne serait pas plaisant — de fait, elle savait que St Giles était un quartier infâme et redoutable —, mais même ainsi elle n'avait pas imaginé quelque chose d'aussi ignoble. La saleté accumulée pendant des années rendait l'endroit sinistre. Elle était révulsée par cet aspect sordide, affolée par le nombre d'hommes et de femmes affalés dans des entrées à moitié écroulées, et par les enfants nu-pieds et mal nourris, au regard vide, qui jouaient dans les caniveaux. Mais c'était l'odeur qui la renversait presque. L'odeur de la pauvreté, lcs relents innommables de l'humanité des bas-fonds.

Bien qu'elle fût vêtue de ses plus vieux habits, Eve se sentait encore trop voyante, et Lucas, qui portait lui aussi ses effets les plus simples, attirait autant l'attention que s'il avait arboré une couronne et une cape d'hermine. Un groupe de femmes qui bavardaient dans une entrée se détournèrent pour lui jeter un regard acéré et soupçonneux, avec le même genre d'intérêt que sa vue provoquait chez les gens mieux lotis.

Il s'arrêta pour demander sa direction à un passant, qui leur indiqua une allée au-devant d'eux. Pressant le pas, ils pénétrèrent dans la ruelle dont la chaussée s'incurvait en son milieu pour former un égout central, dans lequel stagnaient des déchets pourrissants et des débris indéfinissables. Eve releva ses jupes pour éviter de les salir et son cœur sombra un peu plus à chaque pas. Ils avaient l'impression d'entrer dans une zone à la pauvreté repoussante, mais quand ils atteignirent le bout de l'allée celle-ci s'ouvrit sur un espace qui comportait des maisons en meilleur état sur trois côtés, et ils poussèrent un soupir de soulagement.

Lucas frappa fortement à une porte et s'avança quand celle-ci fut ouverte par une femme mieux habillée que celles qu'ils avaient croisées jusque-là.

— Eh bien ? demanda-t-elle, croisant les bras sur sa poitrine tombante.

Elle les examina et reconnut aussitôt des gens du monde, mais ne se montra pas intimidée.

— Madame Unwin ? s'enquit Lucas d'un ton bref.

— Qui la demande ?

Lucas plissa les paupières et sa mâchoire se crispa.

— Je cherche une enfant et j'ai des raisons de croire qu'elle se trouve ici, déclara-t-il, ignorant sa question.

La femme le regarda avec attention. Il émanait de lui une arrogance et une autorité qui l'alarmèrent et elle recula.

— Je m'occupe de beaucoup d'enfants. Est-ce que celle que vous cherchez a un nom ?

— Alice Stainton. Je suis envoyé par sa mère.

Mme Unwin lui jeta un regard soupçonneux.

— Et comment suis-je censée le savoir ?

— Vous n'en avez pas le moyen.

Levant sur elle ses yeux froids et brillants, Lucas ajouta d'une voix menaçante :

— Si vous tenez à votre gagne-pain, vous allez me remettre l'enfant — la bonne enfant, car j'ai des façons de découvrir la vérité que vous n'apprécierez pas.

En entendant ce ton autoritaire et en voyant ces yeux qui brillaient comme ceux d'un démon, Mme Unwin comprit d'instinct qu'il valait mieux ne pas discuter. Avant qu'elle puisse dire autre chose, Lucas l'écarta et entra dans la maison. Furieuse qu'il s'arroge ainsi le droit de pénétrer chez elle, elle le suivit en marmonnant des protestations courroucées.

Eve leur emboîta le pas, sa nervosité s'accroissant quand elle émergea du couloir dans une pièce faiblement éclairée. Elle s'arrêta, figée sur place. Il faisait à peine chaud, un petit feu brûlait dans l'âtre avec difficulté. Des casseroles étaient accrochées à des clous sur le mur à côté de la cheminée, et une odeur peu appétissante montait d'une marmite posée sur les flammes.

Les murs et le plafond étaient humides, et le sol était en terre battue. Une commode se dressait contre un mur et un vieux fauteuil décati était placé près du feu. Au milieu de la pièce se trouvait une vieille table sur laquelle apparaissaient les restes d'un repas dans des assiettes grasses et ébréchées. Autour était disposé un assortiment de caisses pour asseoir ce qui semblait être une multitude d'enfants debout dans la pièce, le visage pâle et maigre. Regardant les arrivants d'un œil méfiant, ils se rassemblèrent anxieusement pour former un cercle protecteur. Un faible pleur monta d'une boîte dans un coin.

Lucas étudia la pièce sordide depuis le seuil. Il ne montra aucune expression tandis qu'il parcourait les enfants du regard, alors qu'en lui se déchaînait une tempête telle qu'il avait l'impression de pouvoir exploser.

— Où est l'enfant ? demanda-t-il d'un ton exigeant.

— Par là-bas, répondit avec réticence Mme Unwin qui voyait déjà disparaître l'argent que la mère du bébé lui versait chaque semaine. Je me suis bien occupée d'elle, comme j'ai dit à la dame que je le ferais. Elle a dit qu'elle était en difficulté — qu'elle viendrait la chercher ou qu'elle enverrait quelqu'un d'autre quand des arrangements plus durables pourraient être organisés.

— J'en suis sûr, grommela Lucas.

Il ne pouvait supporter de penser au sort qui attendait cette enfant s'il ne l'emmenait pas de cette maison. Beaucoup de bébés dont on ne voulait pas étaient abandonnés dans les rues pour y mourir. Ceux qui survivaient étaient confiés à des nourrices communales, pour la plupart des ivrognes, qui étaient connues pour les mutiler ou les défigurer avant de les faire mendier afin d'exciter la pitié des gens. D'autres, à l'âge de onze ou douze ans, déjà rongés par la maladie, étaient forcés à se prostituer. Ce serait peut-être le cas de bien des enfants qui le regardaient à présent, avec de la faim et de la peur dans les yeux.

Tandis que Lucas s'adressait à la nourrice, Eve parcourait la pièce du regard. Suivant la direction que celle-ci désignait du doigt, elle aperçut une boîte posée par terre dans un coin. Elle se dirigea d'un pas hésitant vers le berceau de fortune et se pencha pour regarder à l'intérieur. L'enfant était un petit bébé malingre. Elle sut instinctivement que c'était celui de Maxine Stainton. Lucas avait raison, ils ne pouvaient l'abandonner à la vie misérable qui serait la sienne ici.

— C'est l'enfant que nous cherchons ? demanda-t-elle à la femme en la scrutant comme pour s'assurer une dernière fois qu'elle disait vrai.

Il pouvait y avoir d'autres bébés dans la maison et elle voulait être sûre qu'ils ne se trompaient pas.

— C'est Alice, répondit Mme Unwin en hochant la tête.

Tendant les bras, Eve souleva ce qui ressemblait à un ballot de chiffons. Alors qu'elle enveloppait l'enfant dans le châle qu'elle avait eu la bonne idée d'emporter, elle ne douta pas que la petite fille était infestée de poux.

— J'ai fait de mon mieux avec la petite, dit Mme Unwin. Même si ce n'est pas facile avec autant de bouches à nourrir sous le même toit, comme vous pouvez le voir. Les mères viennent déposer leurs rejetons en laissant un peu d'argent pour leur entretien, et en promettant de revenir avec davantage, mais je ne les revois plus.

— Alors, comment parvenez-vous à tous les nourrir ?

s'enquit Eve, profondément émue par les visages pathétiques des enfants. Et pourquoi acceptez-vous de les prendre ? La paroisse ne les recueillerait-elle pas ?

Mme Unwin sourit avec dédain devant la naïveté de la jeune femme.

— Les enfants mendient dans la rue — certains volent des bourses et se débrouillent mieux que d'autres, et c'est ce qui permet de nourrir le reste. Pour ce qui est de la paroisse, ils considèrent les enfants comme un fardeau. Ceux que vous voyez ici n'ont peut-être pas assez de nourriture dans le ventre, mais au moins ils ne sont pas battus.

— Que vont devenir ces enfants, madame Unwin ? demanda Eve, soupçonnant que quasiment tous deviendraient des délinquants, par désespoir, en se battant contre la pauvreté et l'infortune.

La femme haussa les épaules.

— Ils partiront, je suppose. Comme les autres.

Eva se tourna et regarda le visage stoïque de Lucas d'un air implorant. Devinant ce qu'elle pensait, il fouilla avec réticence dans ses poches et en sortit quelques pièces — pas une grosse somme, mais sûrement plus que ce que Mme Unwin avait vu en un an.

— Assurez-vous qu'ils aient à manger, dit-il.

Sans un mot de plus, il prit le coude d'Eve et la guida dehors.

Lorsqu'ils émergèrent à la lumière, elle vit qu'il avait le teint cendreux et on aurait dit qu'il tremblait. C'était un homme fort, mais ce qu'il venait de traverser l'avait affecté et ses épaules étaient affaissées.

— Venez, dit-il à Eve. Partons d'ici. Vous pouvez porter l'enfant ?

Elle hocha la tête, serrant le minuscule paquet dans

ses bras, aussi impatiente que lui de quitter cet endroit. Côte à côte, ils s'empressèrent de rebrousser chemin et ce fut seulement lorsqu'ils furent dans la voiture et que celle-ci s'ébranla enfin qu'ils poussèrent un soupir de soulagement.

5

Tenant le bébé au creux de son bras, Eve rabattit un coin du châle et regarda à l'intérieur. Ce qu'elle vit lui serra le cœur et des larmes lui montèrent aux yeux, car la petite fille était réveillée, le regard grave et ferme, et la fixait avec des prunelles bleu clair frangées d'épais cils noirs. C'était une adorable petite créature qui semblait sentir qu'elle avait eu un mauvais début dans la vie et ne paraissait pas savoir comment élever la voix pour protester.

Ses yeux contenaient une ombre comme si elle appréhendait l'avenir, inconnu et mystérieux. Son petit visage était maigre, sa peau n'avait jamais été lavée et ses cheveux, plaqués en boucles aplaties sur son crâne, étaient d'un noir de jais. Se rappelant Estelle à cet âge-là — un joli bébé vif et en bonne santé, aux yeux brillants, aux joues rondes et aux membres potelés —, Eve sentit sa gorge se nouer et son cœur chavira de pitié.

Adossé à la banquette dans un coin de l'habitacle, Lucas étudiait le visage de Mme Brody tandis qu'elle contemplait l'enfant, notant que ses pommettes hautes étaient poudrées de rose, que son expression était pleine de douceur. Plus il l'observait, plus il constatait avec réticence qu'Eve Brody était loin d'être une femme ordinaire. En réalité, elle était intelligente, spontanée, courageuse et naturellement sensuelle. Quand le soleil avait filtré entre les toits de St Giles et qu'il avait baissé les yeux sur son visage levé, il avait été confondu de voir combien elle était belle parmi toute cette saleté — telle une rose sur un tas de fumier. Il avait eu tort de la prendre pour une femme au mauvais caractère, se mêlant de tout. Elle lui prouvait qu'elle avait une personnalité bien plus inattendue.

Levant la tête, Eve le regarda, les yeux brillants de larmes, surprise de le voir la fixer intensément. Elle eut envie de lui demander pourquoi il la fixait ainsi, mais elle se retint à temps.

— Qui peut traiter un bébé de cette façon — le rejeter comme s'il n'était rien du tout ? Comment quelqu'un peut-il être aussi cruel et dénué de cœur ?

— Maxine est une garce égoïste. Je n'avais pas mesuré à quel point jusqu'à aujourd'hui. L'enfant va-t-elle bien ?

Eve hocha la tête, souriant à la belle et grave petite personne qu'elle connaissait à peine.

— Elle est mal nourrie et a terriblement besoin d'un bain, mais elle est magnifique. Il est aisé de voir que c'est une Stainton.

— Vraiment ?

— Elle vous ressemble tellement, avec ses cheveux noirs et ses yeux bleu clair. Pauvre petite chose. Elle a traversé une terrible épreuve.

— Dieu sait quel mal cela lui a fait.

— Pas grand mal, je pense. Les enfants sont très résistants. Tout ce dont un bébé a besoin est de lait, de chaleur — et d'amour, si possible.

Elle prit la petite main du bébé dans la sienne. Alice saisit son doigt et le serra, faisant un petit bruit.

— Elle sera forte. Regardez comment elle tient mon doigt.

Lucas regarda, mais ne dit rien.

— Avez-vous l'intention de la garder ?

— Que puis-je faire d'autre ? Il n'y a aucune décision à prendre. C'est l'enfant de Stephen, ma nièce et la sœur de mes filles. Je veux qu'elles restent ensemble.

— Et si la mère d'Alice décide qu'elle la veut ? Que ferez-vous ?

— Après avoir abandonné ses autres enfants et maintenant celle-ci, sans une trace de compassion ou de remords, il n'y a pas un tribunal dans le pays qui lui accorderait sa garde. Mais… qu'en est-il de vous ? La nurserie Stainton semble s'agrandir à un rythme alarmant ; n'est-ce pas une charge supplémentaire pour vous ?

Eve sourit.

— Vous savez combien j'aime les enfants.

Elle souleva la petite fille afin que Lucas la voie. Le bébé se mit à téter son poing. Rivant son regard sur les grands yeux interrogateurs qui le contemplaient fixement dans ce petit visage amaigri, Lucas éprouva une bouffée de nausée, non seulement à la vue de ce bébé pathétique, mais à la pensée que sa mère, la femme qu'il avait épousée, avait infligé un tel traitement à sa propre chair, un petit enfant sans défense.

Il regarda Eve, mais ne dit rien. Que pouvait-il dire ? Juste ciel, il n'avait jamais été un homme violent, mais à présent il en aurait volontiers fait usage. Il n'avait jamais cru à la vengeance, mais maintenant il le faisait. A la première occasion il irait voir Maxine, mais pour commencer il devait demander à Eve de garder le silence.

— Je dois savoir quelque chose.

— Quoi ? répondit-elle en installant le bébé confortablement au creux de son bras.

— Pensez-vous pouvoir garder cela pour vous, ne jamais mentionner ce qui s'est passé aujourd'hui ?

— Oui, bien sûr.

— Pas même à Beth Seagrove ?

— Naturellement. Je ne suis pas encline à bavarder. Je laisse les commérages aux autres.

— Merci. Je vous le demande comme une grande faveur.

— Mais qu'allez-vous dire aux domestiques quand nous arriverons à la maison ? Regardez l'état de cette petite. Il y aura des questions.

— Je m'en occuperai en temps voulu. Je m'occuperai aussi de celle qui l'a placée dans ce taudis.

— C'est la chance de cette enfant que vous ayez découvert où elle se trouvait. Pourquoi sa mère ne vous l'a-t-elle pas dit ?

— Parce qu'elle pensait me faire chanter. Elle veut de l'argent — beaucoup d'argent.

Mais plus que pour toute autre chose, Maxine avait agi ainsi pour se venger, pensa amèrement Lucas.

Lorsqu'ils arrivèrent à la maison, Lucas aida Eve à descendre de voiture, puis gravit en courant les marches du perron, ouvrant la porte d'entrée pour elle et l'enfant.

— Madame Coombs ! appela-t-il.

La petite femme émergea du fond de la maison. Elle était vêtue de noir, à part une coiffe de dentelle blanche amidonnée et un tablier blanc noué autour de sa taille épaisse.

La gouvernante attendit. Elle ne posa pas de questions et ne se montra pas surprise. C'était comme si le comte arrivait tous les jours avec la nourrice portant ce qui semblait être un bébé. Toutefois, elle jeta aussitôt un regard réprobateur à l'ourlet souillé d'Eve et à ses chaussures crottées d'une matière indéfinissable, son expression se durcissant de dégoût.

Consciente de ce que Mme Coombs devait penser, Eve s'avança avec l'enfant.

— Madame Coombs, je suis désolée. S'il vous plaît, lord Stainton, prenez le bébé un instant.

Avant qu'il puisse protester, à sa surprise et à celle de la gouvernante, Eve lui plaça la petite fille dans les bras, sans se soucier des dégâts que le petit paquet tout sale pouvait causer à sa redingote. Lucas, l'air consterné, tint maladroitement le bébé à bout de bras en plissant le nez à la mauvaise odeur qui montait des chiffons. Pendant ce temps, Eve s'assit sur une chaise et, surprenant de nouveau le comte et Mme Coombs, quitta ses bottines et les plaça près de la porte. Puis elle se leva et regarda Lucas.

— Par respect pour ceux qui frottent le sol, lord Stainton, je pense que vous devriez faire de même. Je vais prendre la petite.

Elle se tourna vers la gouvernante et sourit tandis que Lucas prenait la chaise et quittait ses bottes.

— Voulez-vous faire chauffer de l'eau, s'il vous plaît, madame Coombs. Je suis sûre que vous conviendrez que cette pauvre petite a grand besoin d'un bain et de vêtements propres — peut-être avez-vous gardé des affaires de Mlle Abigail.

La gouvernante les regarda tour à tour, abasourdie.

— Faites ce que dit Mme Brody, madame Coombs.

Cette dernière sourit à Eve.

— Nous avons de l'eau chaude et je suis certaine

que des vêtements de bébé de Mlle Abigail peuvent être retrouvés. Je vais voir.

— Merci, mais nous devons nous hâter. Le bébé a faim et je crains d'ignorer quand il a été nourri pour la dernière fois.

— Je m'en occupe. Du lait chaud devrait faire l'affaire. Montons-nous à la nurserie ?

— Si cela ne vous ennuie pas, madame Coombs, je préférerais que la petite n'entre pas en contact avec les autres enfants avant d'avoir pris son bain.

Elle jeta un regard entendu à la gouvernante, que celle-ci comprit parfaitement.

— Nous pouvons utiliser la pièce à côté de la cuisine. Il y fait chaud, et le bébé n'aura pas froid.

— Madame Brody.

Sur le point de suivre Mme Coombs, Eve se tourna vers lord Stainton, et ne put réprimer un sourire quand elle le vit se gratter la tête.

— Avez-vous besoin d'autre chose ? demanda Lucas.

— Je pense que nous pouvons parfaitement nous débrouiller avec ce que nous avons.

— Si vous le dites. Je vais faire descendre le berceau de mes filles du grenier.

— Merci, et ensuite je vous conseillerais de demander à votre valet de vous préparer un bain. Il se peut que certains des petits hôtes d'Alice vous aient sauté dessus.

De l'amusement dans les yeux, elle le regarda enregistrer lentement ses paroles, et quand il comprit, son expression fut si drôle qu'elle en rit.

Eve suivit la gouvernante dans la cuisine et dans la buanderie. Mme Coombs était une femme dotée d'une bonne nature, très active pour son âge. Prenant tout de suite la petite fille en affection, elle s'empressa autour d'elle comme une mère poule, la déshabillant et jetant ses haillons infestés de poux dans une poubelle pour les brûler.

— Mon Dieu, comme elle est maigre ! s'exclama-t-elle, horrifiée par le petit corps efflanqué et à vif par endroits.

— Oui, acquiesça Eve, mais je suis sûre qu'en un rien de temps elle prendra du poids. Hormis le fait qu'elle est sous-alimentée, elle paraît assez robuste.

— Elle reste ici, donc ? demanda la gouvernante.

— Oui, je pense.

— Alors, il va lui falloir une nourrice de lait.

Eve la regarda avec espoir.

— Savez-vous où nous pourrions en trouver une rapidement, madame Coombs ?

La gouvernante hocha la tête.

— Je m'en occupe. Lady Carstairs, dans la rue, en employait une, une certaine Mme Price, car elle n'avait pas de lait pour nourrir son dernier bébé. Pour autant que je sache, le bébé est presque sevré, et je pourrais peut-être la persuader de venir ici.

— Ce serait un soulagement.

Eve plongea avec soin la petite fille dans une grande cuvette d'eau chaude. Son petit corps et ses boucles d'ébène furent savonnés et rincés, et Alice parut apprécier cette nouvelle expérience. Sans une plainte, elle regarda les deux femmes et la pièce autour d'elle, puis, en agitant les pieds et les bras, elle gazouilla et sourit. Ensuite, elle fut saupoudrée de talc et enveloppée dans une grande serviette moelleuse.

Laissant Mme Coombs ranger, Eve monta Alice à la

nurserie où Nelly, la fille de cuisine, avait surveillé les trois petites filles en son absence.

Les enfants furent captivées par la nouvelle occupante de la nurserie et observèrent avec de grands yeux Eve qui habillait le bébé avec de petits vêtements d'Abigail. Mme Coombs apporta un biberon de lait qu'elle avait opportunément trouvé dans la cuisine et les trois grandes s'approchèrent encore plus pour regarder Eve qui l'introduisait dans la bouche de la petite fille. Elle était affamée et but tout. Ensuite, Eve la prit contre son épaule pour lui faire faire son rot, et Alice, incapable de garder les yeux ouverts, mit son pouce dans sa bouche en forme de bouton de rose et s'endormit, ses longs cils noirs ombrant ses joues.

Eve se leva et serra le bébé contre elle, avant de le déposer dans le berceau et de le couvrir. Elle recula et poussa un soupir. Pour l'heure, ni Mme Coombs — qui avait disparu dans la cuisine — ni Nelly n'avaient posé de questions au sujet de l'enfant, et elle n'avait pas donné d'explications. C'était à lord Stainton de le faire. Les trois aînées se penchaient sur le berceau, incapables de détacher les yeux de la petite fille. S'agenouillant entre elles, Eve leur sourit avec chaleur et passa les bras autour d'elles.

— C'est un adorable bébé, n'est-ce pas ?

Elles hochèrent la tête à l'unisson, leurs boucles dansant autour de leur visage. Elles avaient les yeux rêveurs, doux et brillants, et Sophie chuchota pour ne pas réveiller la merveilleuse petite créature qui avait fait irruption dans leur vie.

— Elle va rester avec nous ?

— Tu aimerais qu'elle reste, Sophie ?

— Oh, oui, nous l'aimerons toutes. Elle est si jolie.

— Comment s'appelle-t-elle ? demanda Abigail.

— Alice.

Sophie sourit.

— C'est un joli nom.

— Oui. Et est-ce que tu m'aideras avec Abigail et Estelle à m'occuper d'elle ?

— Oh, oui ! répondirent-elles en chœur.

— Bon.

Eve regarda Nelly, qui rangeait la pièce.

— Restez avec elles, voulez-vous, Nelly ? Je dois aller parler à lord Stainton, et ensuite il faut que je prenne un bain.

Eve trouva son employeur dans son cabinet de travail. Solitaire et maussade, il était appuyé au cadre de la fenêtre et contemplait la rue d'un air absent. La compassion gonfla son cœur lorsqu'elle s'avisa que même s'il se montrait froid et dénué d'émotion devant elle, il était venu là pour ressasser ses soucis dans l'intimité de cette pièce. Sa présence dominait l'atmosphère. Il avait pris un bain et s'était changé, des boucles humides tombant sur sa nuque et autour de son visage.

Réprimant son impulsion d'aller vers lui, elle demanda posément :

— Lord Stainton ?

Il pivota vers elle et la regarda, les traits impassibles. Il semblait fatigué et Eve distingua les fines rides qui se formaient au coin de ses yeux. Elle ignorait son âge précis, mais elle pensait qu'il avait trente ou trente et un ans, même si lorsqu'il souriait il paraissait plus jeune.

— Comment va l'enfant ? demanda-t-il en se redressant et en s'avançant vers elle.

— Elle est installée et dort profondément. Je crois que cette jeune dame va être très gâtée. Sophie et

Abigail sont déjà ses esclaves dévouées — sans parler de Mme Coombs et de Nelly.

La gouvernante arriva à ce moment-là pour apporter du thé. Ni Lucas ni Eve ne l'avaient demandé, mais elle plaça le plateau et le service en délicate porcelaine sur le bureau.

— Voilà. Vous aurez sûrement besoin d'une tasse de thé, maintenant qu'on s'est occupé de la petite — qu'elle soit bénie. C'est un joli bébé.

— Merci, madame Coombs, déclara Lucas d'un ton bref.

Ignorant ce renvoi, la gouvernante posa les yeux sur Eve.

— Je pense que vous voudrez prendre un bain et vous changer aussi, madame Brody.

— En effet, madame Coombs. Je vais juste prendre une tasse du thé que vous avez si aimablement apporté, et j'y cours.

— Y a-t-il autre chose ?

— Non, merci, madame Coombs.

Lucas avait haussé le ton, mais son expression était débonnaire.

Sans se laisser démonter, la gouvernante lui tourna le dos et sourit à Eve.

— Lord Stainton est un vrai gentleman, lui dit-elle, malgré ses éclats. Il est né en hurlant vigoureusement et n'a jamais cessé depuis. Je suis bien placée pour le savoir, c'est moi qui l'ai mis au monde.

Là-dessus, jetant un regard affectueux à Lucas, elle les laissa seuls.

Lucas avait paru amusé en observant l'expression d'Eve pendant que Mme Coombs chantait ses louanges. Elle avait ôté son bonnet et ses cheveux brillaient de toutes les nuances de roux et d'or dans les rayons de soleil qui tombaient sur elle par la fenêtre. Il la contempla avec un intérêt fasciné, étonné par l'aisance gracieuse avec laquelle elle se comportait, et par la façon dont elle s'adaptait à son foyer et charmait sans effort la gouvernante.

Il y avait en elle une sophistication naturelle qui venait de son esprit vif et de l'intérêt authentique qu'elle portait à autrui. Il sourit en lui-même, se remémorant le courage avec lequel elle s'était rendue à St Giles pour l'aider à trouver l'enfant de Maxine. Il avait connu des hommes courageux dans sa vie, mais n'avait jamais rencontré de femme de cette qualité jusqu'à présent. Elle était pleine de surprises, pleine de promesses, songea-t-il en l'étudiant à la dérobée, la beauté inscrite sur chaque trait de son visage.

— Vous avez visiblement séduit Mme Coombs, dit-il avec un petit rire. Vous devriez vous sentir honorée. Elle ne se laisse pas séduire aisément. Nul doute que vous la trouvez impressionnante.

Eve aimait l'entendre rire, ce qui donnait à son visage sévère une bienveillance tranquille qu'elle n'aurait pas crue possible autrefois.

— Je pense qu'elle est très aimable et qu'elle a fourni de gros efforts pour me faciliter les choses — et il est clair qu'elle vous aime beaucoup.

— Mme Coombs fait et dit ce qui lui plaît. Elle est ici depuis plus longtemps que je ne peux m'en souvenir et nourrit l'idée que je ne la congédierai pas parce que je ne peux me passer d'elle. Ce qui est vrai — même si elle est parfois tout à fait insupportable.

Eve servit le thé, et posa une tasse sur le bureau pour Lucas qui l'accepta avec un bref « merci ». Elle s'assit dans un des deux fauteuils en cuir capitonnés qui jouxtaient le bureau, avant de porter sa tasse à ses lèvres. Le thé brûlant l'apaisa.

— Pourrez-vous vous en sortir à la nurserie ? demanda Lucas d'un ton soucieux.

— Avec un bébé, il me faudra de l'aide. Nelly est très bien, mais Mme Coombs a besoin d'elle dans la cuisine. Verriez-vous un inconvénient à cc que je cherche quelqu'un — une jeune fille, peut-être, et une nourrice de lait pour Alice ? Mme Coombs dit qu'elle connaît une femme qui serait peut-être contente de cette place. Ce serait pour une courte période et cela ne coûterait pas très cher.

— Puisque c'est vous qui devez vous occuper des enfants, je n'ai pas d'objections. Tout ce que je demande, c'est qu'elles soient honnêtes, dignes de confiance et travailleuses.

— Je comprends.

Avec un soupir, Eve jeta un coup d'œil dégoûté à sa robe salie.

— Je pense que je devrais vous laisser, dit-elle tranquillement. J'ai terriblement besoin de prendre un bain et de me changer.

Le lendemain matin, Eve reçut une lettre de son avoué M. Barstow l'informant qu'elle pouvait compter avoir accès très bientôt à son héritage, et qu'il attendait seulement un courrier de l'avoué de son père à New York pour finaliser l'affaire. Cela l'obligea à considérer sérieusement ce qu'elle devait faire.

Elle était sûre d'une chose, elle ne voulait pas abandonner Sophie, Abigail et Alice, mais comment pourrait-elle continuer à travailler comme domestique lorsqu'elle serait une héritière de son plein droit ? Soudain, une idée commença à se former dans son esprit et elle fut saisie d'un vague espoir. Cette idée était peut-être ridicule, et si elle avait le moindre bon sens elle l'écarterait sans la considérer un seul instant, mais elle se sentait excitée.

Plus elle y pensait, plus cela lui semblait la seule solution envisageable. Lord Stainton et ses enfants faisaient partie de sa vie depuis un bon moment, maintenant. Il lui semblait que Sophie et Abigail avaient toujours été là. Elle voulait qu'elles soient toujours là à l'avenir, aussi. Elle n'avait qu'à réfléchir une minute et elle pouvait voir Laurel Court déployée devant elle comme une image, avec la présence de lord Stainton, forte et vitale.

Se sentant plus détendue et contrôlant mieux ses sentiments, elle prit sa décision et jeta toute prudence aux quatre vents. Elle voulait vivre à Laurel Court. Elle voulait y élever Estelle avec Sophie, Abigail et Alice, et maintenant elle avait seulement besoin que lord Stainton donne son accord. Cette pensée la revigora soudain au-delà de toute raison.

Elle savait que lord Stainton était dans son cabinet de travail, occupé à son bureau. Elle frappa à la porte et entra sans attendre qu'il le lui demande. Quand elle regarda sa tête courbée sur des papiers, une bouffée d'appréhension la traversa. Elle avait la gorge serrée et un creux dans l'estomac.

— Oui, qu'y a-t-il ? demanda-t-il sans lever les yeux.

— Lord Stainton, voudriez-vous m'accorder un moment ? Je… J'aimerais vous parler de quelque chose.

Lucas leva la tête et la regarda d'un air méfiant. Il pinça les lèvres, une fossette jouant sur sa joue. Il nota ses beaux yeux ourlés de cils épais, sous des sourcils bien dessinés, et la façon dont elle le dévisageait. Elle semblait soudain très jeune et sans défense, et paraissait mal à l'aise. Visiblement, elle avait à l'esprit quelque chose de sérieux.

— Oh ? Est-ce important ?

— Oui, très important.

Les yeux du comte s'éclairèrent un instant, tandis qu'il lui faisait signe de prendre place face à lui.

— Alors, vous feriez mieux de vous asseoir.

— Non, répondit-elle vivement, en se tordant les mains avec nervosité. Si cela ne vous fait rien, je préférerais rester debout.

Lucas repoussa son fauteuil, se leva, et contourna lentement le bureau pour se tenir devant elle.

— Comme vous voudrez. Qu'y a-t-il, madame Brody ? Quelque chose ne va pas avec les enfants ?

— Non, le rassura-t-elle. Ce n'est rien de tel.

Croisant les bras sur sa poitrine, il appuya ses hanches au bureau et inclina la tête de côté, en la regardant intensément.

— Alors, ne pensez-vous pas que vous devriez aller droit au but ?

Eve lui tourna le dos et alla à la fenêtre. Regardant au-dehors, elle se dit que ses prochaines paroles seraient capitales — soit tout irait pour le mieux, soit elle se ridiculiserait complètement.

Lucas se demanda si elle avait oublié qu'il était là. Puis, finalement, elle lui fit face, le regarda et sourit comme si elle détenait un secret amusant. Elle l'avait fait attendre assez longtemps pour l'intriguer. Il était tendu à présent.

— J'ai une proposition à vous faire, lord Stainton. Une proposition qui pourrait nous profiter à tous les deux.

— Madame Brody, la dernière fois que vous avez eu une proposition à me faire, c'était pour m'offrir de devenir la nourrice de mes enfants. Qu'en est-il, cette fois ?

— Eh bien, je… je voudrais vous demander, en toute humilité, de m'épouser.

— Quoi ? s'exclama Lucas, incrédule.

Ses beaux yeux bleu pâle parcoururent son visage.

— Madame Brody, je pense que vous devez avoir perdu votre bon sens.

— Je vous assure que je n'ai jamais été aussi saine d'esprit, lord Stainton.

— Alors, c'est la demande en mariage la plus curieuse que j'aie jamais entendue. Vous ! Me demander de vous épouser « en toute humilité » ! Vous ne pourriez être humble si vous essayiez de l'être, madame Brody. Vous êtes sans nul doute une créature impulsive et dénuée de principes — de fait, la créature la plus impulsive que j'aie jamais rencontrée.

Eve se redressa et marcha vers lui.

— De grâce, ayez la bonté de me prendre au sérieux.

— C'est ce que je fais, gronda-t-il, courroucé et insulté, et la réponse est non.

C'était une réponse immédiate. Irréfléchie. Automatique. L'infidélité de sa femme et son divorce coûteux l'avaient endurci, et l'amertume le rendait méfiant. Il avait une âme en acier trempé, maintenant, quelque chose dont cette Américaine ne savait rien.

— Quoi que vous vous soyez attendue à trouver en venant ici, je ne suis pas un cas à considérer charitablement, ni un mendiant, ni un mari au cœur brisé qui est si pauvre qu'il se jettera sur l'offre de mariage d'une de ses domestiques, en tombant à genoux de gratitude. Si ce n'était pas aussi sérieux, ce serait risible.

Eve se raidit.

— Risible ? Je ne vois là rien d'amusant, lord Stainton. J'ai beaucoup réfléchi à la question et j'ai décidé que c'est une solution qui nous conviendrait à tous les deux, se hâta-t-elle de poursuivre avant que son courage et son assurance la désertent. Je vais recevoir très bientôt beaucoup d'argent — de l'argent qui ne risque pas d'être perdu à la suite de mauvaises récoltes. Mon père possédait un solide sens des affaires et ses revenus continueront à augmenter.

Se remettant du choc que sa proposition lui avait causé, Lucas éclata désagréablement de rire.

— Avez-vous une idée du ridicule de cette offre ? Moi, épouser une Américaine ?

Eve rougit violemment et se crispa d'indignation. Elle refusait de reculer maintenant qu'elle était allée aussi loin.

— Je suis née en Angleterre, je suis d'une bonne famille et fière d'être qui je suis. On pourrait croire que je suggère de mêler des roturiers à des nobles de sang royal. Mon sang est aussi pur que le vôtre, monsieur, et tout aussi ancien, car du côté de ma mère ma famille descend de la noblesse anglaise.

— Vraiment, lâcha-t-il froidement. Et qu'est-il advenu de cette noble lignée ?

— Le titre était transmis aux descendants mâles, et quand il n'y a plus eu d'héritiers masculins, il est sorti de la famille. Si vous m'épousiez, vous jouiriez d'un environnement familial stable pour vos enfants — ce qui est capital —, et de tout l'argent que vous voudrez. Voyons, vous ne serez pas le premier Anglais à traverser une mauvaise passe et à avoir besoin d'épouser une héritière. Je n'ignore pas que dans les classes supérieures, d'importantes sommes d'argent et de grandes propriétés sont en jeu dans de tels mariages.

Eve le regarda dans les yeux. Cet homme était intelligent, observateur et avait l'esprit vif. Elle avait dissimulé ses pensées tandis qu'elle parlait si platement, mais elle s'avisa soudain qu'il la comprenait beaucoup mieux qu'elle ne l'avait cru. Cette pensée n'était pas rassurante.

Lucas la fixa sans ciller. Un intérêt subit parut briller dans ses yeux, puis disparut.

— Ainsi, en échange de mon nom illustre et de mon titre, vous apporteriez une dot conséquente.

— Oui.

— Cela ne se peut pas. Il existe trop de différences entre nous.

— Je ne me soucie pas des différences. Elles n'importent pas. Les circonstances ont changé tout cela. Vous ne voyez pas ? Je sais combien vous vous inquiétez de l'avenir de vos enfants. Je m'occuperai bien d'elles — comme si elles étaient mes propres filles.

— Mais vous le faites déjà, et admirablement, aussi cela ne changera-t-il rien.

— Cela changera quand je recevrai mon héritage, très bientôt, et que je devrai partir. Je suis réticente à le faire, car je me suis beaucoup attachée à Sophie et Abigail. Alice a déjà une place dans mon cœur, aussi. Quand j'ai posé ma candidature à cette place de nourrice, je vous ai dit que quand je partirais je le ferais de manière à leur causer le moins de chagrin possible. Si nous nous mariions, elles n'en auraient pas du tout. Elles seraient ravies.

Lucas l'étudia avec gravité un moment, puis sa bouche flexible s'incurva en un sourire.

— Je vois que vous avez pensé à tout — et vous êtes une femme très séduisante, madame Brody, je vous l'accorde. Vous avez aussi de l'argent et l'argent confère du pouvoir. Quand quelqu'un a les deux, il peut tout se permettre.

— Cela peut le sembler, mais ce n'est pas vrai. J'ai peut-être les moyens de faire ce qui me plaît, mais, étant une femme dans un monde d'hommes, avec une enfant à élever, je n'ai pas cette opportunité.

— Alors, pourquoi moi ? Si c'est un mari qu'il vous faut, Londres est sûrement pleine de gentlemen qui poseraient moins de problèmes que moi — même si, en échange de votre fortune, vous obtiendrez un titre si je consens à ce mariage.

— Les titres ne signifient rien pour moi, et les hommes qui espèrent me courtiser ne se soucient pas de moi. C'est l'argent de mon père qui les attire et rien d'autre, je le sais.

— Je ne suis pas différent d'eux — un lord ruiné qui vous épouserait pour votre argent.

— Vous vous trompez, lord Stainton. Voyez-vous, je vous ai choisi, déclara-t-elle avec un petit sourire pour essayer de dissiper la tension. C'est la différence. Je vois un mariage avec vous et la possibilité de vivre à Laurel Court comme un bon moyen d'investir dans le futur bonheur d'Estelle et dans le mien. En outre, ajouta-t-elle en pinçant légèrement les lèvres, je préférerais affronter un peloton d'exécution que d'épouser un des gentlemen qui sont venus me faire des avances à New York. Je suis aussi bon juge en caractères et je vous vois comme celui qui a le plus besoin de moi.

— Merci, riposta sèchement Lucas. Cette remarque me donne vraiment l'impression d'être le pire des cas de charité.

— Ce n'est pas ce que je voulais laisser entendre. Vous devez savoir que je n'ai pas l'intention de retourner en Amérique. Je souhaite m'installer en Angleterre, et je me suis éprise de Laurel Court, dit-elle, ses traits s'adoucissant et ses yeux brillant plus fort. C'est une magnifique propriété. L'endroit parfait pour élever une famille, et Sophie, Abigail et Alice seraient les demi-sœurs de mon Estelle.

— Et je serais nanti d'une belle-fille.

— Oui, et l'avenir de vos enfants serait consolidé dans un environnement familial stable. Je ne suis pas naïve en ce qui concerne ma valeur, lord Stainton. N'est-il pas un fait reconnu qu'en Angleterre la société regorge de mariages de convenance, d'alliances politiques et financières ?

— C'est courant — bien que je sois surpris que vous vous montriez si matérialiste sur une question qui est censée être l'événement le plus important de la vie d'une femme. Mon monde est très différent du vôtre. Nous ne serions peut-être pas compatibles.

— La question de la compatibilité ne m'inquiète pas outre mesure. J'ai été mariée une fois, et vous aussi.

L'expression de Lucas se refroidit quand elle mentionna son mariage, mais elle ne se découragea pas et continua :

— Je dois vous dire que je n'ai pas l'habitude de rester oisive, et je n'ai pas l'intention d'être une dame se vouant à plein temps à des loisirs. Si vous m'épousez, j'envisagerai avec plaisir de jouer mon rôle dans la rénovation de Laurel Court.

Elle pencha la tête de côté et le regarda d'un air interrogateur.

— Avez-vous toujours l'intention de vendre cette maison ?

— Oui. Malheureusement, comme vous avez pu le voir, Laurel Court a été tristement négligée. Il faudra y injecter de l'argent sans attendre si on ne veut pas la voir tomber en ruines.

Lucas sentait déjà sa fierté et son respect pour lui-même lui être arrachés lambeau par lambeau. Quand Maxine l'avait quitté pour Stephen, il ne s'était pas libéré de sa vanité blessée et la plaie continuait de s'infecter. Ses pairs, qui semblaient se repaître des scandales et de l'infortune d'autrui, avaient considéré sa chute avec amusement. Affrontant leurs ricanements la tête haute, il avait projeté de lui-même une image artificielle afin que nul ne voie sa fureur impuissante, son profond ressentiment et son chagrin, ou encore ses craintes sans fond tandis qu'il voyait Stephen et Maxine gaspiller les biens des Stainton jusqu'à ce qu'il ne reste que des dettes insurmontables.

— Alors, il semblerait que mon offre tombe à point nommé. J'ai reçu une lettre de mon avoué de Londres me disant que mon héritage devrait être mis à sa disposition d'un jour à l'autre. Un chèque vous sera remis le jour de notre mariage pour vous permettre de commencer tout de suite à restaurer la maison dans sa grandeur d'antan. Si vous souhaitez retirer du mobilier ou des tableaux de la vente aux enchères, vous pourrez les reprendre.

Pivotant brusquement, Lucas s'éloigna d'elle à grands pas, se méprisant de se prostituer de la sorte, de se vendre à cette Américaine pour pouvoir restaurer sa propriété et assurer l'avenir de ses enfants, mais leur bien-être et

Laurel Court étaient importants pour lui et il lutterait jusqu'à son dernier souffle pour les conserver.

Eve contempla sa posture rigide, sourit et dit d'un ton compréhensif :

— Je mesure combien cela est difficile pour vous, lord Stainton.

Il se retourna vivement.

— Croyez-moi, madame Brody, aucune partie de ce dilemme n'est facile pour moi, rétorqua-t-il, une pointe d'irritation dans la voix. La fortune vous donne sur moi un avantage qui me déplaît, mais je sais que je vais devoir accepter — pour le moment tout au moins.

Elle haussa légèrement le menton et le regarda droit dans les yeux.

— Oui, je suppose que vous devrez le faire, comme je devrai accepter que vous ne voulez ni de mon respect ni de mon amabilité, juste pour assurer à vos enfants le bénéfice d'une sécurité permanente dans leur vie — et, bien sûr, pour disposer de mon argent. Toutefois, si vous décidez d'accepter ma proposition, vous devrez agréer trois conditions.

Une lueur s'alluma dans les yeux plissés de Lucas.

— Des conditions ? releva-t-il d'un ton moqueur.

— D'abord, vous devez promettre de traiter ma fille avec gentillesse et de veiller sur elle comme sur vos filles et Alice. Elle est ce que j'ai de plus important au monde et je ne veux pas qu'une union entre nous la rende malheureuse.

Il hocha la tête.

— Vous n'avez rien à craindre. Estelle est une enfant délicieuse. Je ne ferais rien qui cause du tort à votre fille, madame Brody. Et la deuxième condition à laquelle je dois adhérer ?

— Ma fille ne doit jamais apprendre cet arrangement entre nous. Je serais… embarrassée si je devais lui expliquer que je vous ai proposé le mariage, et je doute qu'elle comprendrait.

Lucas fit un nouveau signe de tête.

— Pas de problème. Et la troisième condition ?

Il attendit avec raideur, ne se sentant pas particulièrement flatté par son insistance à lui faire promettre de ne pas causer de mal à sa fille — comme si elle le prenait pour un monstre. Il fut encore moins flatté par la suite.

— Vous considérerez ce mariage comme un arrangement d'affaires. Vous avez besoin de quelqu'un pour s'occuper de vos enfants, et d'argent. J'ai besoin d'un foyer pour Estelle et moi, ainsi que de respectabilité. Ce ne sera un mariage que de nom — une union de convenance.

— Je vois, répondit Lucas d'un ton caustique, se sentant plus humilié et dégradé qu'il ne voulait l'admettre.

Ayant écouté les conditions qu'il aurait à respecter, il était fasciné par les règles de conduite qu'elle avait exposées avec une détermination aussi absolue.

— Vous semblez avoir pensé à tout.

— Je vous l'ai dit, j'y ai beaucoup réfléchi.

Quand Lucas reprit la parole, son expression était résolue.

— Alors, avant que nous allions plus loin, je veux être sûr que vous ne vous fassiez pas d'illusions sur moi. Je vous dis cela parce que, si j'accepte votre proposition, je ne veux pas que vous ayez des regrets plus tard au sujet de ce mariage.

— Continuez, dit Eve quand il s'arrêta pour la laisser enregistrer ses paroles.

— De votre propre aveu, vous êtes une femme riche, ainsi que très capable et très séduisante. Je suis sans ressources, comme vous le savez déjà. Je suis également arrogant — vous m'en avez accusé —, d'humeur changeante, coléreux et difficile à vivre.

Eve inclina la tête sur le côté.

— Essayez-vous de me décourager, lord Stainton ?

— Pas du tout. Je vous signale simplement les écueils de mon caractère et j'essaie d'établir quelques règles de base de mon côté.

Il se rapprocha, et Eve recula, intimidée par la lueur farouche dans son regard. Mais elle se raffermit et tint bon.

— Dès lors que nous sommes complètement honnêtes l'un envers l'autre, poursuivit-il en se redressant et en carrant ses larges épaules, et que nous nous assurons de ne pas avoir de fausses illusions ou d'attentes irréalistes, cela ne devrait pas être un problème. Toutefois, si nous nous marions selon vos termes, notre vie sera une suite de mises en scène et de faux-semblants. Pensez-vous réellement que vous serez assez forte pour tenir bon alors que nous partagerons la même maison, vivrons ensemble et serons observés chaque jour par tout un chacun, y compris les enfants ?

— Je... je l'espère.

— J'en suis sûr, puisque vous y avez beaucoup réfléchi, dit-il en citant ses paroles et en notant la légère hésitation de sa réponse. Néanmoins, continua-t-il d'une voix plus douce et plus provocante, il serait intéressant de voir si cet arrangement survivrait à l'épreuve de la chair.

Sentant qu'il avait renversé la situation en sa faveur, Eve s'écarta nerveusement de son regard scrutateur. Elle était de moins en moins sûre de vouloir l'épouser.

Apparemment, si ce mariage se faisait, ils n'auraient pas une vie aussi tranquille qu'elle l'avait espéré.

— Je vois que vous êtes un homme extrêmement fier, lord Stainton…

— Lucas.

— Pardon ?

— Mon prénom est Lucas. Lord Stainton est beaucoup trop cérémonieux vu les circonstances.

— Très bien. Lucas. Je suppose que s'il s'agissait d'un vrai mariage je ne pourrais guère m'absoudre des liens conjugaux, mais notre union ne serait qu'un simple arrangement, et j'espère que vous ne parleriez pas à tort et à travers de nos problèmes personnels.

— Ce ne serait pas un arrangement temporaire, madame Brody.

— Mon prénom est Eve.

Il hocha légèrement la tête.

— Comme je le disais, ce serait un arrangement durable. Un divorce, c'est déjà bien assez, et je n'ai pas l'intention de vivre comme un moine toute ma vie. Compteriez-vous que je vous reste fidèle ?

— Je… je… Oui, j'y compterais.

Il eut un sourire pincé.

— Alors, vous feriez mieux de repenser les termes de notre arrangement, car je me vois obligé d'insister sur mes conditions à moi.

Il pivota et gagna la porte à grands pas. Il s'arrêta et la tint ouverte pour Eve, indiquant que l'entretien était terminé.

— Je réfléchirai sérieusement et vous donnerai ma réponse demain.

— Merci.

En repensant à la proposition d'Eve, Lucas se souvint

brusquement de l'époque où il avait épousé Maxine. Il réussissait alors dans ses affaires et avait décidé de se trouver une épouse, une belle femme à son côté pour agrémenter et illuminer sa maison, une femme qui réchaufferait son lit, emplirait ses bras, lui donnerait des enfants — surtout un fils. Ses efforts avaient été couronnés de succès sauf sur deux points : il avait choisi la mauvaise femme et celle-ci ne lui avait pas donné d'héritier. Lorsqu'il avait divorcé de Maxine, il avait su qu'un jour, s'il ne voulait pas mourir sans successeur, il devrait se remarier. Cette perspective ne le tentait pas, mais peut-être était-il temps qu'il l'envisage.

Il arpenta son cabinet de travail comme un lion en cage, maudissant le sort et lui-même. Les héritières étaient rares et se placer entre les mains de la veuve américaine était pour lui une abomination. Mais s'il acceptait la proposition de Mme Brody, il ne s'en sortirait pas trop mal. Cela pourrait être la solution à un problème qu'il ne voyait pas comment régler autrement.

En outre, la visite de Maxine à Laurel Court et sa tentative de le faire chanter lui avaient laissé un profond sentiment de malaise. S'il voulait s'assurer que ses enfants ne puissent jamais lui être enlevées par son ex-femme cupide et égoïste, épouser Mme Brody serait un excellent moyen de les garder avec lui dans un environnement familial stable et aimant.

Mais, pour l'heure, il était furieux de ne pas avoir le dessus. Il envisageait de troquer son lignage aristocratique contre l'avenir de ses enfants et l'argent de Mme Brody — une pratique couramment acceptée, mais qui lui donnait l'impression de s'abaisser.

6

Le lendemain matin, Eve fut convoquée dans le salon. Dans un bruissement de jupes, elle fit son entrée. L'atmosphère y était chargée d'une tension palpable et communicative. Lucas, qui se tenait près de la fenêtre, pivota vers elle, la fixant de son regard dur.

— Vous avez demandé à me voir, dit-elle, stupéfaite de pouvoir parler d'une voix qui ne tremblait pas.

Allant vers lui, elle parvint à sourire.

— Avez-vous considéré ma proposition ? interrogea-t-elle sans préambule.

— Oui.

Elle attendit qu'il continue, le silence lui mettant les nerfs à vif tandis qu'il l'observait d'un air rigide, l'air implacable et menaçant. Elle savait qu'il avait dû beaucoup réfléchir pour trouver le moyen d'échapper à un mariage avec elle, et elle savait aussi qu'il cachait sous sa façade contrôlée une vive colère d'avoir échoué. Mais elle savait également qu'il devait voir le côté raisonnable de sa proposition, et le fait qu'elle leur bénéficierait à tous les deux.

— Et ? insista-t-elle. Avez-vous renoncé à m'épouser ?

— Au contraire, répondit-il, ses paroles teintées

d'amertume tandis qu'il sentait le nœud coulant du mariage se refermer de nouveau autour de son cou, inexorablement. Vous me rendrez un grand service. J'accepte ce mariage. La raison principale étant d'assurer la sécurité et le bonheur de mes enfants — l'autre raison étant de me sortir du marasme actuel. Je devrais vous dire que mes embarras financiers ne sont que temporaires et que je prévois de refaire fortune dans l'avenir. Je vous promets qu'en temps voulu je redresserai ma situation et vous rendrai chaque penny emprunté avec intérêts.

— Ce n'est pas un prêt, Lucas. Je n'ignore pas que tout ce qu'une femme possède au moment de son mariage appartient à son mari de par la loi. Je sais que vous utiliserez sagement mon argent.

— Néanmoins, ce sera un arrangement d'affaires. J'ai encore plusieurs fers au feu, pour ainsi dire, et je compte dessus pour redevenir solvable. Malheureusement, les retours arriveront trop tard pour me sortir de ma situation actuelle.

— Alors, j'espère sincèrement que vous tirerez des profits de vos investissements, Lucas, et je suis heureuse de pouvoir vous aider pour l'instant.

Eve sourit légèrement et n'insista pas, car elle aurait beau discuter, Lucas Stainton était un homme d'une fierté farouche ; il n'était guère étonnant qu'il refuse de laisser une femme se charger de ses dettes sans condition.

— Pourquoi souriez-vous ? demanda-t-il.

— Parce que je savais quand je vous ai choisi que je ne me trompais pas sur votre caractère. Vous êtes un homme d'honneur, Lucas, un homme fier, et je vous admire pour cela. J'ai également confiance en vous. Prêt ou don, je suis satisfaite de cet arrangement.

Il se détourna et s'éloigna lentement d'elle en hochant

légèrement la tête. Son regard se ferma et son expression devint pensive et indéchiffrable.

— Quelque chose ne va pas ? demanda-t-elle, éprouvant un petit frisson alarmé.

— Non, même si vous ne le verrez peut-être pas ainsi quand je vous dirai que « l'arrangement » n'est pas aussi tranché que vous aimeriez le penser. J'ai moi aussi certaines attentes par rapport à ce mariage. J'ai une condition sur laquelle j'insisterai — et qui n'aura peut-être pas votre accord. Elle pourrait même vous faire changer d'avis sur le fait de devenir ma femme.

Se sentant soudain nerveuse et peu sûre d'elle, Eve déglutit péniblement.

— Quelle condition ? demanda-t-elle, observant son profil ciselé et essayant de deviner son humeur. Dites-moi.

Il pivota pour lui faire face et la regarda longuement et durement avant de déclarer :

— Je veux un héritier, un fils pour perpétuer le nom de Stainton et veiller sur Laurel Court quand je ne serai plus là.

Il garda les yeux rivés sur ceux d'Eve.

Elle secoua la tête avec obstination, rejetant sa requête. Elle sentit ses joues s'échauffer d'embarras à l'idée de devoir répéter l'une de ses propres conditions.

— Mais je vous ai dit…

— Je sais ce que vous avez dit, que notre mariage ne serait que de nom, mais ce n'est pas acceptable pour moi. Et si vos sentiments pour moi devaient friser quelque chose ressemblant à de l'amour, oubliez-les. L'amour est une idée stupide et romantique qui n'a pas de place dans ma vie. Je ne veux pas être aimé et n'ai pas d'amour à donner. Je n'ai pas besoin de vous. Je n'ai pas besoin d'une femme. Donnez-moi un fils et après coup vous pourrez faire ce que vous voudrez — dans les limites du raisonnable, bien sûr. Si vous avez la nostalgie de l'Amérique, vous pourrez y retourner — pour une longue visite, si vous le souhaitez. Vous pouvez même avoir une maison à vous ici, à Londres. Mais quoi qu'il advienne, vous resterez mariée avec moi — et je ne tolérerai pas que vous preniez un amant.

Confondue, Eve le regarda avec une incrédulité choquée.

— Retourner en Amérique ? Et si je devais le faire, laisseriez-vous *notre fils* venir avec moi ?

— Non. Il resterait avec moi.

— Et si je décide d'avoir une maison à moi ?

— La même chose vaudrait.

Muette de désarroi et d'horreur qu'il en soit venu là, qu'il ait tout considéré avec l'esprit froid et calculateur d'un homme habitué à prendre ses propres décisions et à tout faire à sa façon, Eve le fixa, les joues échauffées, tandis qu'il arpentait le tapis devant elle.

— Je suis sûr que vous comprenez qu'il devra en être ainsi.

— Et quelle sorte de mère cela ferait-il de moi, à votre avis, si j'acceptais une suggestion aussi grotesque, cruelle et dénuée de cœur ? Je ne vaudrais pas mieux que votre première femme. Un enfant est un engagement. Il a besoin de sa mère du jour de sa naissance à sa majorité.

— Je suis absolument d'accord et je serais heureux que vous restiez avec moi de façon permanente, mais cela dépendra entièrement de vous. Qui sait ? Je m'efforcerai de me rendre agréable à vos yeux, auquel cas vous trouverez peut-être qu'être mariée avec moi est ce que vous voulez, et n'aurez pas envie de partir.

Il cessa de faire les cent pas et vint se placer près d'elle, son regard pénétrant rivé une nouvelle fois au sien.

— En outre, poursuivit-il, je compterai sur vous pour m'octroyer vos faveurs au lit sans ressentiment. En d'autres termes, vous coopérerez de votre plein gré jusqu'à ce que vous conceviez un enfant.

— Et si l'enfant est une fille ?

— Nous continuerons à partager un lit jusqu'à ce que j'aie un fils.

— Mais cela pourrait prendre des années… ou je ne vous donnerai peut-être jamais de fils.

Il plissa les paupières et une lueur espiègle brilla dans ses yeux.

— Dans ce cas, songez au plaisir que nous prendrons à essayer.

S'étant jusque-là peu appesantie sur les aspects intimes du mariage auxquels Lucas aurait droit, Eve en resta bouche bée d'incrédulité.

— Mesurez-vous combien votre proposition vous fait paraître froid et sans cœur ?

Il fronça brusquement les sourcils, ses yeux bleu pâle menaçants.

— En reprenant vos propres paroles, Eve, dit-il d'une voix sourde et glaciale, vous disiez que notre mariage n'en serait pas un, mais un arrangement. C'est ainsi que je le traite, et cela me convient parfaitement.

Ce qu'il disait était vrai, et Eve commençait à regretter d'avoir prononcé ces mots. Il discutait vraiment des termes de leur mariage comme s'il s'agissait d'une association d'affaires — froidement et sans émotion.

— N'allez-vous pas reconsidérer cette condition

particulière ? demanda-t-il. Il est ridicule d'envisager que nous traversions la vie conjugale sans nous connaître charnellement.

Eve resta silencieuse, non parce qu'elle acquiesçait, mais parce qu'elle était déterminée à ne pas laisser ses émotions se mêler à tout ceci. Elle commençait à regretter de lui avoir demandé de l'épouser. Apparemment, la sérénité et le contentement auxquels elle aspirait seraient hors d'atteinte pour elle avec Lucas pour mari.

— L'idée de partager un lit avec moi vous paraît-elle si déplaisante ? demanda-t-il durement.

— C'est ce qui pourrait se produire dans ce lit qui m'inquiète, répondit-elle tranquillement.

Quelque part au fond d'elle-même, elle sentait frémir quelque chose qui avait été assoupi pendant ses cinq années de veuvage, et qui la mettait mal à l'aise. Elle pensait souvent à Andrew, sans s'en rendre compte, et les souvenirs de leur union n'étaient pas agréables.

Elle avait espéré que son mariage avec lord Stainton serait un mariage de convenance et que leur relation conjugale n'inclurait pas la chambre à coucher. Les détails humiliants de ses nuits avec Andrew lui revinrent avec une pénible clarté et elle se crispa. Il s'était servi d'elle comme si elle n'était qu'un animal dénué de sentiments ou d'émotions, indigne de tendresse. Cela avait été une expérience laide et blessante, et elle ne voulait pas revivre quelque chose de semblable.

Il était possible qu'à cause de ces souvenirs, elle éprouve de la répulsion lorsqu'elle serait de nouveau confrontée aux réalités intimes de la relation entre mari et femme, et si elle réagissait avec de la peur, l'expérience que Lucas avait des femmes serait-elle suffisante pour résoudre des problèmes de ce genre ? Se sentant aussi vulnérable qu'une enfant, elle baissa les yeux sous son regard scrutateur qui l'embarrassait.

La mâchoire de Lucas se durcit.

— Vous jouez les vierges effarouchées, quand nous savons tous les deux que cela n'a pas lieu d'être. Vous avez été mariée, vous avez un enfant, vous savez donc à quoi vous attendre. A moins, ajouta-t-il alors qu'une pensée subite lui venait à l'esprit — et il se demanda s'il n'avait pas découvert une faille dans son armure —, que le mariage avec votre premier mari ne vous ait paru si répugnant que vous ne souhaitez pas renouveler l'expérience.

La rougeur d'Eve s'accrut.

— Non… Je… Bien sûr que non, balbutia-t-elle, en s'efforçant de son mieux d'éviter son regard pénétrant. C'est juste que je pensais que vous préféreriez ne pas…

— Quoi ? Faire l'amour ?

Un sourire incurva ses lèvres sensuelles et une lueur s'alluma dans ses yeux. Depuis qu'il avait rencontré Eve Brody, elle l'avait affronté avec courage, le défiant sans arrêt. Il se rappela combien il l'avait fustigée durement lorsqu'elle lui avait proposé le mariage, comment elle avait haussé le menton, une sorte de fierté coléreuse dans les yeux. Maintenant, son visage ravissant reflétait la confusion, elle paraissait vulnérable et beaucoup plus jeune, et elle avait l'attrait innocent d'une enfant déroutée.

— Que ferez-vous si je refuse vos conditions ? demanda-t-elle d'une voix posée.

— Je rejetterai votre proposition, répondit-il froidement.

— Même si vous êtes dans une situation désespérée ?

— Oui.

Il enfonça les mains dans les poches de ses culottes ajustées et haussa un sourcil noir, sachant que ce qu'il allait dire sonnerait comme de la provocation.

— La question à poser, Eve, serait plutôt à quel point êtes-vous désespérée vous-même ? A quel point souhaitez-vous m'épouser ?

Transpercée par son regard, Eve le dévisagea. Dangereusement proche de perdre pied et incapable de l'ébranler, elle soupira et s'écarta de lui, lui tournant le dos pour considérer son dilemme. Elle avait déjà décidé qu'il y avait davantage en Lucas Stainton qu'elle l'avait pensé. Sous son dur vernis, il existait une force et un charisme puissants qui n'avaient rien à voir avec sa belle apparence ou son sourire railleur, et qui étaient enfermés derrière un mur infranchissable. Cela constituait son attrait — le défi qu'il lui posait. En dépit de leurs débuts explosifs, Lucas lui donnait envie de pénétrer ce mur, de découvrir le petit garçon qu'il avait été — comme à toutes les femmes qu'il connaissait, probablement.

— Accepteriez-vous un compromis ? murmura-t-elle enfin.

De l'intérêt s'alluma dans ses yeux plissés.

— Un compromis ? Peut-être. Allez-y, je vous écoute.

— Je me soumettrai à votre condition, mais je vous demande de me laisser du temps, de ne pas m'imposer vos exigences sur-le-champ.

Lucas réfléchit un moment.

— Combien de temps ? Une semaine, deux, un mois ?

— Quand… quand je serai prête, répondit-elle d'une

voix hésitante. Quand je penserai que le moment est venu.

Il la regarda durement, puis il hocha la tête.

— Très bien, à partir du moment où vous admettez que vous finirez par être ma femme dans tous les sens du terme. Et pas plus de six mois.

Ses yeux s'adoucirent.

— Je ne serai pas un mari cruel, Eve, je vous le promets.

Sa fierté quelque peu apaisée, Eve hésita et hocha la tête à son tour, sans s'engager.

— C'est une proposition très inhabituelle…

— Mais pas déraisonnable, observa-t-il.

— Non, je suppose, mais tout à coup j'ai l'impression que le risque est d'un seul côté.

Une lueur amusée s'alluma dans les yeux de Lucas.

— Pas complètement. Considérez le risque que je prends. Je pourrais perdre la tête et vous aimez à en devenir votre esclave. Alors, où en serais-je ?

Eve contempla cet homme froid et dénué de passion qui se tenait devant elle. Il paraissait si calme, si sûr de lui. Il lui semblait impossible qu'il la désire un jour, ou n'importe qui d'autre.

Elle sourit lentement.

— Je n'ose imaginer ce qui se passerait si une telle chose arrivait.

— Justement. Alors, quelle est votre réponse ? Avons-nous atteint un accord satisfaisant pour nous deux ?

Elle fit signe que oui.

— Certes, mais je ne me laisserai pas manipuler par vous, Lucas, je ne vous laisserai pas dicter ce qu'il adviendra de moi et de ma petite Estelle.

Penchant la tête sur le côté, elle lui sourit avec douceur.

— Alors, je m'efforcerai de ne pas être un mari autoritaire, accorda-t-il.

— Et bien sûr, vous devrez engager plus de personnel, ajouta-t-elle. Et que ferez-vous de cette maison ? Vous pourriez souhaiter la garder, maintenant.

— Je pourrais la retirer du marché, je suppose, mais pas avant notre mariage.

Eve haussa un sourcil, croisant son regard pénétrant.

— Pour le cas où quelque chose interviendrait pour l'empêcher ? Que je retire mon offre, par exemple ?

— Exactement.

— Je ne le ferai pas, affirma-t-elle. Nous avons tous les deux accepté cet arrangement et je ne reviendrai pas dessus.

— Je serai peut-être une acquisition que vous regretterez.

— Quels que soient vos défauts, je doute qu'ils soient différents de ceux de n'importe quel autre homme que je pourrais épouser, et à quoi est bonne une fortune si on ne peut s'en servir à son propre avantage ?

— Quand aimeriez-vous que la cérémonie ait lieu ?

— Quand vous voulez. Quand cela conviendra.

— Il reste encore une chose dont nous devons parler. Quand deux personnes doivent se marier, il est habituel qu'elles se fiancent d'abord.

— Oh ! Je n'y avais pas songé. Je suppose que vous avez raison. Que suggérez-vous ?

— Je suis invité au bal de lord Gradwell à Piccadilly la semaine prochaine. Nous irons ensemble.

— Vous soucieriez-vous beaucoup de ce que les gens penseraient si nous nous mariions simplement sans nous fiancer d'abord ?

— Vous vous trompez si vous croyez que j'accorde de l'importance à ce que les gens pensent. Mais après avoir été marié à une femme dénuée de principes, je me suis rendu compte depuis que nous nous connaissons que les principes sont importants pour vous. Il serait bon que nous fassions tout ce qui convient et que l'on nous voie ensemble en public. Pour rendre la chose officielle, je ferai en sorte que nos fiançailles soient annoncées dans les journaux le jour du bal, afin que tout le monde soit prévenu.

— Comment réagiront les gens, à votre avis, quand ils apprendront que vous épousez la nourrice de vos enfants ? demanda Eve avec un sourire taquin. Pensez-vous qu'il y aura une tempête de protestations de la part de vos amis et du reste de la société, qui estimeront que vous vous mariez au-dessous de votre position ?

— S'ils ne savent pas déjà que vous êtes une héritière américaine, ils le sauront bientôt.

— Ils ont dû être fort troublés quand je suis venue travailler pour vous. Ce n'est pas exactement la manière dont les choses se font, n'est-ce pas ? Ils penseront certainement que cela a été une question de conjoncture. Je ne veux pas d'agitation, Lucas. Autour du mariage, je veux dire.

— Il n'y en aura pas. Après le bal, quand tout le monde nous aura vus ensemble, nous fixerons une date pour la cérémonie et peu après nous partirons pour Laurel Court avec les enfants. Avez-vous des objections ?

Elle sourit largement.

— Certainement pas sur ce dernier point.

Lucas sourit à son tour devant l'enthousiasme qui se peignait toujours dans ses yeux quand il mentionnait Laurel Court.

— Je savais que vous n'en auriez pas. Alors, vous ne voyez pas d'inconvénient à ce que je procède sans tarder aux arrangements nécessaires ?

— Non, aucun, même si je pense que par souci des convenances Estelle et moi devrions retourner vivre chez Beth et William jusqu'au mariage.

Elle fronça soudain les sourcils.

— A condition que je puisse trouver quelqu'un pour s'occuper des enfants.

— Avez-vous une personne à l'esprit ?

— Oui, Sarah Lacy.

— Sarah ? Elle n'a pas une nouvelle place ?

— Je ne crois pas. Elle a écrit à Mme Coombs à propos de son mariage, mais pour l'heure je ne pense pas qu'elle ait pris un autre emploi. Nous pourrions peut-être la convaincre de revenir.

— Et son mari ?

— Eh bien, cela dépend. Il est chef palefrenier dans une grande propriété du Surrey. C'est une bonne place, mais je me souviens que Sarah m'a dit qu'il n'y était pas heureux. Toutefois, il ne partirait pas sauf pour une autre place de même importance et payée autant.

— Il serait stupide d'agir autrement.

— En effet.

Lucas fixa son regard pénétrant sur son visage.

— Que suggérez-vous ?

— Que… que vous lui offriez la même position ici.

— Que je l'emploie comme chef palefrenier.

— Vous n'en avez pas.

— Parce que j'ai dû réduire mes écuries quand ma situation a empiré. Je n'ai pas besoin d'un chef palefrenier — et je ne peux pas m'en payer un.

— Ce ne sera pas un problème quand nous serons mariés.

Eve prit une expression très sérieuse.

— Lucas, songez combien Sophie et Abigail seraient ravies de retrouver Sarah. Je l'ai vue avec vos enfants. Elle les aime et les comprend, et c'est une bonne travailleuse. Pour vos filles, permettez-moi de lui écrire, je vous en prie.

Il hocha la tête.

— Très bien. Mais vous devez envisager qu'elle refuse. Elle n'aura peut-être pas envie de revenir.

Eve sourit de soulagement.

— Oh, je pense que si !

Il allait être éprouvant de vivre avec cet homme et elle se sentait nerveuse à l'idée des nouvelles responsabilités qu'elle devrait assumer en tant que son épouse. Mais en regardant ses yeux bleu clair, elle passa un pacte avec elle-même, de ne jamais lui montrer ses craintes et d'encourager ses enfants à l'aimer et à lui faire confiance.

— Entre-temps, il serait plaisant d'apprendre à nous connaître un peu mieux avant de nous marier, Lucas. Après tout, je sais très peu de choses sur vous et votre famille.

Lucas alla brusquement à la fenêtre. Elle le suivit et posa impulsivement une main sur son bras.

— Lucas…

Il tourna la tête et baissa les yeux sur elle, plissant les paupières en contemplant ses longs doigts posés sur sa manche.

— Je sens que vous n'aimez pas parler de votre famille — ou de n'importe quel sujet personnel —, mais si nous devons nous marier, j'aimerais que vous me fassiez confiance.

Lucas considéra son visage plein d'attente et une petite pierre se détacha du mur d'indifférence qu'il avait érigé entre lui et les femmes depuis son divorce. Sa conscience retrouva soudain une voix après des années de silence, et il fut troublé par l'image qu'il s'était formée d'Eve.

A Laurel Court, elle lui avait parlé de sa famille et de sa proximité avec son père, et il avait noté la douceur qui teintait sa voix et l'éclat de son regard lorsqu'elle parlait de sa fille. Il avait été clair en l'entendant parler, même pour lui qui avait peu d'expérience des relations familiales aimantes, qu'Eve avait beaucoup aimé son père et qu'elle déplorait encore sa perte.

— Pourquoi me fixez-vous ainsi ? demanda-t-elle.

Il la fixait parce qu'elle avait des yeux du bleu le plus profond, la peau la plus lisse, la bouche la plus douce et la plus ravissante que toute autre femme qu'il ait connue. Et si la tendresse avec laquelle elle parlait de sa fille était une indication, elle avait aussi le cœur le plus aimant.

— J'ai une crise de conscience, répondit-il d'un ton dégoûté, et j'essaie de m'en accommoder.

Elle sourit.

— Cela ne vous arrive pas souvent ?

— Cela ne m'est jamais arrivé dans ces circonstances, déclara-t-il abruptement. Je mesure que vous avez provoqué cette situation, et je me méprise de profiter de votre offre.

— Vous n'avez pas à éprouver ce genre de chose, répondit Eve, troublée et mal à l'aise.

— La visite de Maxine et sa tentative de me faire chanter ont précipité ma décision de me remarier. C'est la seule chose sensée à faire dans les circonstances actuelles.

Il sourit soudain, la surprenant.

— Je pensais aussi que je vous trouve tout à fait charmante.

Ce compliment inattendu emplit Eve de plaisir.

— J'espère que vous continuerez à le penser, mais je suis inquiète que maintenant que vous avez accepté ma proposition — et moi la vôtre —, dit-elle en rosissant légèrement, vous ressentiez ce que ce mariage avec moi vous apportera.

— Ne vous inquiétez pas. Si mes enfants sont heureuses, il n'y aura pas de ressentiment.

— Très bien. Et maintenant, je pense que je ferais mieux d'aller retrouver les enfants, sans quoi Mme Coombs va me reprocher de tenir Nelly éloignée de ses devoirs dans la cuisine.

Elle alla à la porte, puis s'arrêta et lui jeta un coup d'œil en arrière.

— Tout à l'heure, vous avez dit que vous n'avez besoin de personne. Vous vous trompez. Tout le monde a besoin de quelqu'un. Les gens ne le savent peut-être pas toujours, mais c'est le cas.

— Vous savez, Eve, si vous m'aviez demandé le nom du dernier homme sur la Terre que je me serais attendue à vous voir épouser, j'aurais répondu sans hésiter Lucas Stainton, affirma Beth, les yeux écarquillés d'étonnement.

Eve lui avait annoncé la nouvelle une semaine plus tôt et elle avait toujours du mal à le croire.

Eve et Estelle étaient revenues vivre chez les Seagrove, dans leur maison de Berkeley Street, en attendant le mariage. Une Sarah enchantée était revenue elle aussi s'occuper des enfants du comte, et son mari Mark qui avait été engagé comme chef palefrenier l'avait suivie sans hésiter.

— Je comprends votre incrédulité. Je dois avouer qu'au début je ressentais la même chose, répondit Eve tandis qu'elles se promenaient bras dessus bras dessous dans le jardin. Mais quand j'ai pris la place de nourrice pour ses enfants et que je suis allée à Laurel Court, tout a changé, Beth. Soyez heureuse pour moi, voulez-vous ?

— Je le suis, Eve, et William aussi, mais j'espère simplement que lord Stainton sera un bon mari pour vous. Même s'il paraît très civilisé en surface, il y a en lui un côté implacable et sauvage. Il s'est gagné une certaine réputation dans les affaires — on dit que rien ne l'arrête quand il veut quelque chose. Pour le moment il veut votre argent, mais je ne peux m'empêcher de m'inquiéter de ce qu'il fera quand il l'aura.

— Lucas est convaincu que ses ennuis financiers ne sont que temporaires, Beth, et s'il possède vraiment le flair pour sélectionner les bons investissements, je suis sûre qu'il a raison.

— J'espère seulement que vous savez ce que vous faites, et que vous pensez que c'est bien. Vous souhaitez réellement l'épouser, n'est-ce pas, Eve ?

Voyant l'inquiétude de Beth pour elle — elle montrait toujours de la sollicitude pour les autres, et c'était un trait de sa nature qui en faisait la plus loyale des amies —, Eve s'empressa de la rassurer.

— Je ne l'aurais jamais suggéré dans le cas contraire. De grâce, ne vous en faites pas pour moi, Beth. C'est ce que je souhaite faire.

Beth poussa un soupir de soulagement et son expression s'éclaira.

— J'en suis si contente. Avez-vous décidé de la date du mariage ?

— Pas encore, mais ce sera assez rapide — et ce ne sera pas non plus un grand événement. Je veux aussi peu de tapage que possible, et ensuite disparaître à la campagne.

Devant la lueur excitée qui s'allumait dans les yeux de Beth, Eve rit et l'étreignit.

— Je suis parfaitement sérieuse, insista Eve, aussi ne faites pas de plans sans mon autorisation.

Lucas jeta un coup d'œil amusé à Henry et lui tendit un cognac.

— Je suppose que vous avez eu vent des nouvelles et que vous êtes ici pour me cuisiner sur le choix de ma nouvelle épouse, Henry.

— De fait, vous auriez pu me renverser d'un coup de plume quand j'ai entendu la rumeur que vous épousiez la nourrice américaine de vos enfants, une femme dont vous ne savez pratiquement rien — à part que c'est une héritière.

— En réalité, Eve est née en Angleterre et a été élevée en Amérique. Ainsi, vous voyez, Henry, je sais quelque chose d'elle — et je sais aussi qu'elle aime les enfants.

— Après votre désastreux mariage avec Maxine, je conçois que ce soit un soulagement. Mais cela ne vous ennuie-t-il pas de vous marier hors de votre classe ?

Après tout, elle a été votre domestique. Les ragots vont se déchaîner et le scandale sera énorme.

— Personnellement, je me moque de ce que les gens disent, en particulier les membres de la haute société qui ont pensé que j'étais à blâmer de mon divorce avec Maxine. Je m'inquiète seulement que le scandale blesse Eve, mais elle est forte et je crois qu'elle résistera à la tempête.

Un pli pensif barra soudain le front d'Henry.

— Lucas, j'ai cessé depuis longtemps de m'étonner de ce que vous pouvez faire, dit-il — son ton irrité démentait complètement le côté philosophe de ses paroles. J'ai été un observateur détaché de votre mariage avec Maxine et de vos liaisons avant et après. Et parce que j'ai toujours évité le mariage, vous pouvez penser que je manque d'expérience concernant l'esprit féminin.

— Où voulez-vous en venir, Henry ?

— J'ai cru comprendre que vous épousiez la délicieuse Mme Brody pour son argent. Je trouve étrange qu'avec la moitié des mâles de Londres, riches ou pauvres, à sa disposition, elle vous ait choisi, vous. Vous n'êtes pas épris d'elle, ni elle de vous. Alors, qu'a-t-elle à gagner ? Que veut-elle ?

— La sécurité pour sa fille et pour elle. Elle s'est aussi particulièrement attachée à Sophie et Abigail, et je ne puis vous dire ce que cela signifie pour moi. En outre, elle est tombée amoureuse de Laurel Court.

— Elle vous l'a dit ?

Lucas sourit largement.

— Elle n'en a pas eu besoin. Vous auriez dû voir son visage quand elle a découvert la maison. Elle était captivée.

— C'est un bel endroit, il n'y a pas à dire.

Henry plissa les paupières en regardant son ami.

— Vous allez vraiment l'épouser, n'est-ce pas, Lucas ?

Ce dernier hocha la tête et un doux sourire incurva ses lèvres tandis qu'il s'appuyait au bord de son bureau en une attitude détendue.

— De fait, elle est très belle et semble très jeune pour avoir une fille de cinq ans. Comme je l'ai dit, elle adore les enfants, ce qui me touche beaucoup. Je veux un fils, Henry, un héritier pour mon titre et mon domaine, déclara-t-il sans essayer de cacher son aspiration. J'ai l'intention de travailler dur pour restaurer la propriété et je veux la voir transmise à la génération suivante.

Dès l'instant où Henry avait entendu la rumeur que Lucas allait épouser Eve Brody, il en avait été à la fois choqué et surpris — pas désagréablement, cependant, car il considérait que le mariage était ce qu'il fallait à Lucas à ce moment-là. Depuis son divorce d'avec Maxine, Henry avait essayé de temps en temps d'aborder le sujet d'un remariage, mais Lucas n'était pas homme à écouter ou à se laisser raisonner quand il traversait un de ses fameux accès de mauvaise humeur — ce qui était fréquent.

— Je vous crois. Vous avez trouvé un trésor en Mme Brody — une fortune, une jeune épouse et une mère pour vos enfants, par-dessus le marché.

Le soir du bal où Lucas et Eve devaient apparaître pour la première fois en public comme un couple de fiancés était enfin arrivé. L'annonce avait paru le matin dans les journaux, suscitant une grande excitation dans la maison. Eve avait expliqué de son mieux à Estelle qu'elle allait se marier, mais la petite fille transportée était plus intéressée par le fait que Sophie et Abigail allaient être ses demi-sœurs que par le mariage de sa mère avec l'impressionnant lord Stainton.

Ne sachant que mettre, Eve examinait sa garde-robe en compagnie de Beth, considérant les toilettes à la mode qu'elle avait fait faire à son arrivée à Londres.

Beth étudia les robes d'un œil expert et appréciateur.

— Je dois dire que vous avez un goût parfait, Eve. Vous ne les avez pas encore portées, n'est-ce pas ?

— Je n'en ai pas eu l'occasion jusqu'à présent.

— Eh bien, le moment est venu. Laissez-moi voir, murmura pensivement la jeune femme, complètement absorbée par la tâche de choisir pour Eve la robe qui conviendrait le mieux à ce qui était à ses yeux l'événement le plus important de la vie de son amie.

Eve avait vingt-trois ans, elle n'était plus une jeune première. Elle devait donc porter quelque chose de féminin et de simple à la fois, pour ne pas gâcher sa fraîcheur naturelle et son teint clair. Par ailleurs, sa chevelure était si vibrante qu'elle méritait une couleur qui la mette en valeur.

D'un commun accord, elles écartèrent les tons crème et pastel, se décidant finalement pour une robe bleu paon qui faisait ressortir les yeux d'Eve et moulait les courbes de son corps mince. Une heure seulement avant l'arrivée de Lucas, Beth et Cassie, la soubrette qui s'était occupée d'Eve depuis son arrivée chez les Seagrove, entreprirent de rendre la fiancée présentable.

La robe de soi à taille haute avait un corselet décolleté dont l'ourlet était délicatement brodé d'un bleu plus foncé et de fil d'or. Quand Cassie présenta un jupon, Beth secoua la tête, déterminée à ne pas abîmer la silhouette d'Eve et la ligne de ses longues jambes fuselées.

Eve trouva cela assez audacieux. Elle se sentait seulement à moitié habillée, mais Beth connaissait visiblement son affaire et elle ne fit aucun commentaire.

Devinant les pensées de son amie et percevant son embarras, Beth sourit.

— Il n'y a pas de honte à montrer votre beauté, Eve, dit-elle en se reculant pour admirer son œuvre.

Avec l'aide de Cassie, elle avait réussi à transformer une belle jeune femme en une déesse sublime. Son apparence ne montrait aucun défaut. La robe faisait ressortir l'éclat de ses cheveux, qui étaient relevés sur sa tête en une masse de boucles lustrées. Un élégant petit toupet en plumes dorées, des pantoufles en satin et des gants assortis à la robe, qui montaient jusqu'aux coudes, complétaient l'ensemble.

— Là, n'êtes-vous pas satisfaite de votre apparence, Eve ? demanda Beth en la plaçant devant la psyché.

Tandis qu'elle contemplait son reflet, les lèvres d'Eve s'entrouvrirent de plaisir et d'incrédulité. Elle ne parvenait pas à croire à cette transformation.

— Vous avez fait des miracles, Beth, et vous aussi, Cassie. Je n'arrive pas à croire que c'est moi.

— Sottise. Vous êtes ravissante de toute façon, et à présent vous êtes spectaculaire. Vous allez éclipser toutes les autres femmes, déclara Beth. Quand vous arriverez au bal au bras de lord Stainton, toutes les têtes vont se tourner et les conversations cesseront — et vous ferez l'envie de chaque dame qui aura convoité votre fiancé.

Au fond, ce n'étaient pas les autres femmes que Beth avait à l'esprit. C'était lord Stainton, et elle espérait voir si Eve, dans toute sa splendeur, produirait un effet remarquable sur cet homme aux abords si froids.

De la fenêtre du vestibule, Beth observa le brillant coupé noir de lord Stainton qui s'arrêtait devant la maison. Elle alla aussitôt en informer Eve et fut surprise de la voir déjà descendre l'escalier.

— Lord Stainton est arrivé, annonça-t-elle, les joues avivées par l'excitation.

— Je sais. Je l'ai vu de la fenêtre de ma chambre.

Eve prit une profonde inspiration pour se donner du courage et saisit l'éventail que Beth lui tendait.

— Souhaitez-moi bonne chance. J'en aurai besoin ce soir. Il va y avoir tous ces gens de la haute société qui doivent penser que Lucas se marie au-dessous de sa position. Mais je refuse de me laisser atteindre. Peu importe ce que pensent les autres. Ce qui compte, c'est que Lucas et moi allons nous marier et que les enfants bénéficieront d'un environnement stable et aimant.

— Bien sûr, et tout ira bien pour vous. Comme je voudrais que nous ayons été invités, pour assister à votre entrée ! Tout Londres va bourdonner de commentaires sur vos fiançailles et mourir d'envie de poser les yeux sur la femme qui a réussi à capturer lord Stainton.

— Capturer est le mot juste, Beth, car c'est exactement ce que j'ai fait. Quant aux ragots, ils cesseront dès qu'autre chose piquera l'intérêt de ces persifleurs.

L'enthousiasme ravi de Beth, qui n'avait fait que croître toute la journée, était si contagieux qu'Eve ne put s'empêcher de sourire en marchant vers la porte. Elle ne put réprimer non plus la joie inexplicable qui l'envahit quand Lucas fut introduit. Sa cape du soir, doublée de soie rouge, reposait légèrement sur ses épaules, et son habit noir assorti à ses cheveux contrastait superbement avec sa chemise immaculée et accentuait les lignes sveltes de sa silhouette.

Eve remarqua de nouveau combien ses yeux bleus étaient perçants. Il lui était impossible de rester indifférente à cet homme — son magnétisme viril dominait l'atmosphère.

Lucas regarda automatiquement du côté d'Eve, et ce qu'il vit lui coupa le souffle. La créature exotique vêtue de soie bleu paon qui lui faisait face, avec ses cheveux brillants, ses pommettes hautes, sa bouche généreuse, son nez parfait et la lueur chaude dans ses yeux d'un bleu profond, était provocante et sensuelle — et il ne pouvait détacher les yeux d'elle. Il imaginait fort bien la réaction du grand monde quand elle apparaîtrait au bal de lord Gradwell et qu'il la présenterait comme sa fiancée.

De l'endroit où elle se tenait, Beth éprouva une bouffée de soulagement et de satisfaction quand elle observa l'expression de lord Stainton. Son visage s'était adouci tandis qu'il contemplait Eve, et cette douceur faisait fondre son attitude de défi, son obstination et sa farouche détermination à tout plier à ses envies. Malgré le côté arrangé de leur mariage, ces deux-là avaient beaucoup en commun. Il fallait espérer que tout irait bien pour eux.

Sans détacher le regard de son visage, Lucas prit les mains gantées d'Eve dans les siennes, les yeux gentiment appréciateurs.

— Vous êtes splendide, Eve, dit-il à voix basse.

Eve lui décocha un coup d'œil espiègle.

— Vous êtes assez magnifique aussi, milord.

Se tournant vers Beth, Lucas inclina la tête et serra la main de William, qui était sorti de son cabinet de travail pour le saluer. Ils échangèrent des plaisanteries, William et Beth les félicitant de leurs fiançailles.

Lucas pivota vers Eve et posa la cape de satin dorée, que Beth lui avait tendue, sur ses épaules.

— Etes-vous prête à partir ?

Elle hocha la tête et, plein de sollicitude, il la guida vers la voiture qui attendait. Captivée par ses beaux yeux bleu clair quand il l'aida à monter dans l'habitacle, Eve céda à la tentation de se laisser aller à profiter de la soirée, qui promettait d'être enchanteresse.

Quand la porte se fut refermée, Beth poussa un soupir mélancolique. William passa un bras sur ses épaules et l'attira à lui, posant un baiser affectueux sur sa joue.

— Cessez de vous inquiéter pour elle. Elle sait ce qu'elle fait, et je suis sûr qu'elle est entre de bonnes mains.

— Je sais que vous avez raison, William. Je crains juste qu'elle donne son cœur à lord Stainton et qu'elle en soit profondément blessée.

— Quoi qu'il advienne, Beth, c'est à eux de régler cela. Eve est une femme adulte qui sait ce qu'elle veut. Nous n'avons pas à intervenir.

Eve s'adossa au siège et se détendit tandis que la voiture se mettait en branle. Le soleil couchant semait ses rayons dorés sur les toits et la cime des arbres, prodiguant une lumière chaude qui éclairait le beau visage de Lucas. Elle se rendit compte qu'il la regardait d'un air détaché.

— Comment va Alice ? demanda-t-elle. S'est-elle habituée à la nurserie ?

Il hocha la tête.

— Sans aucune difficulté, et elle est florissante. Sophie et Abigail l'adorent.

— Ressemble-t-elle à sa mère ? osa s'enquérir Eve.

Il fit signe que non, son expression se durcissant.

— Elle tient davantage de Stephen.

— Je suis si impatiente de revoir les enfants. Je me suis renseignée au sujet d'une jeune fille qui aiderait Mlle Lacy à la nurserie. L'une des soubrettes de Beth a une sœur qui aimerait se présenter pour la place. Elle se nomme Miriam Clegg. Elle a travaillé comme nourrice, et connaît donc les enfants.

— Alors, je vous laisse juge. Si vous pensez qu'elle convient, vous pouvez l'engager.

Heureuse d'être en sa compagnie, Eve remarqua à peine qu'il quittait son siège pour s'asseoir à côté d'elle. Quand elle tourna la tête pour le regarder, il vit son coup d'œil anxieux et sourit.

— J'ai quelque chose pour vous. J'aimerais que vous l'ayez avant que nous arrivions chez lord Gradwell.

Il tenait à la main un écrin de velours noir. Il l'ouvrit et en retira un collier de diamants, avec un gros solitaire en pendentif au milieu. C'était le plus beau collier qu'Eve eût jamais vu. Le faisant couler entre ses doigts, il le leva pour qu'il accroche la lumière.

— Vous plaît-il ?

— Il est magnifique.

— Tournez-vous.

— Pardon ?

— Je vous ai dit de vous tourner pour que je puisse vous le mettre. Ce collier est mon cadeau de fiançailles pour ma future épouse — afin de sceller notre marché.

Voyant les traits d'Eve se raidir, il sourit d'un air d'excuse.

— Notre engagement, corrigea-t-il. Maintenant, tournez-vous.

Sans un mot, Eve pivota et abaissa le col de sa cape. Le contact de ses longs doigts sur sa nuque fit passer de petits frissons le long de son dos quand il fixa le fermoir en diamant. Le pendentif se nicha juste au-dessus de la chair crémeuse révélée par son décolleté, et le contact sur sa peau était frais. Refaisant face à Lucas, elle effleura le bijou d'une main et sourit d'un air embarrassé.

— Merci, Lucas. Je n'ai jamais vu un collier aussi splendide.

— C'est un bijou de famille, expliqua-t-il. Il a appartenu à ma mère et à ma grand-mère.

Eve le regarda, mal à l'aise de recevoir un cadeau qui devait avoir une valeur sentimentale et familiale.

— Alors, vous n'auriez pas dû me l'offrir. Je ne peux pas l'accepter. Il devrait être donné à…

— Ma femme.

— J'allais dire à votre fille aînée, Sophie, quand elle sera grande.

— Ne me privez pas du plaisir de vous faire des cadeaux, Eve. Il y a d'autres bijoux de famille qui iront à Sophie et Abigail — et c'est vous qu'elles doivent remercier s'ils ne doivent pas être vendus pour payer les créanciers de mon frère. Je veux que vous ayez ce collier, en particulier, dit-il en baissant les yeux sur le solitaire, et Eve fut profondément touchée qu'il la juge digne d'un présent de cette valeur alors qu'il la connaissait depuis si peu de temps.

— Dans ce cas, que puis-je dire ?

Lucas eut un sourire nonchalant. Il avait la réponse parfaite, car avec son beau visage levé vers lui, son parfum suave et la proximité de son corps séduisant, elle agissait sur lui comme un puissant aphrodisiaque. Tout ce qu'il savait était qu'il souhaitait désespérément la prendre dans ses bras, sentir ses lèvres sur les siennes. Il ne lui vint pas à l'idée de se demander si c'était prudent.

Plus tard, en y réfléchissant, il n'aurait su dire ce qui s'était passé ensuite.

— Vous pourriez me remercier... par un baiser, suggéra-t-il doucement.

Elle haussa les sourcils et ses lèvres s'incurvèrent en un sourire nerveux.

— Un baiser ? Lucas, il semble que je doive vous rappeler notre arrangement, que nous avons accepté tous les deux et que j'espérais que vous respecteriez. Et voilà que vous essayez d'utiliser votre cadeau de prix pour me séduire.

L'expression des yeux de Lucas changea un instant, puis ses prunelles s'obscurcirent de nouveau.

— Vous allez être ma femme.

Sa voix était douce, mais son sourire la réprimandait légèrement. Tendant la main, il toucha sa joue d'un geste insouciant et intime à la fois, sans avoir conscience du trouble que sa requête avait provoqué en elle.

— Il n'est pas si inhabituel que deux personnes qui viennent de se fiancer scellent leur engagement par un baiser — surtout quand le fiancé vient d'offrir un magnifique collier en diamants à sa future épouse.

Eve n'hésita qu'un moment, un moment où elle se rappela les baisers brutaux qu'Andrew lui avait imposés, mais pour une étrange raison elle n'éprouvait pas de répulsion envers Lucas.

— Très bien. Un baiser en échange du collier.

Tandis qu'elle se penchait vers lui, son regard se focalisa sur sa bouche, sur ses lèvres sensuelles légèrement entrouvertes. Une curieuse excitation la parcourut et ses sens parurent s'enflammer. Il l'observait, la mettant silencieusement au défi de l'embrasser, ses yeux acérés fixés sur sa bouche qui souriait légèrement, et elle oublia rapidement ses raisons de l'épouser.

Elle se secoua, s'ordonnant de ne pas céder si aisément à l'attrait de sa séduction et de son corps svelte. D'un geste embarrassé, elle pressa un baiser sur sa joue lisse et bien rasée, trouvant le parfum de son eau de Cologne frais et agréable. Puis elle se redressa et vit son expression renfrognée.

Inclinant la tête sur le côté, elle le taquina avec coquetterie.

— Qu'est-ce qui ne va pas ? Ce n'est pas ce à quoi vous êtes habitué ?

— Votre baiser était pathétique, madame Brody, lui reprocha-t-il, les yeux rivés sur sa bouche. Je suis sûr que vous pouvez mieux faire.

Il passa son pouce sur les lèvres d'Eve, un contact chaud et doux, et elle cessa de respirer dans l'attente et l'appréhension du baiser qu'il allait lui donner, elle le savait.

— Que faites-vous ? murmura-t-elle, voyant quelque chose de primitif et de dangereux briller dans ses yeux.

— Je vais vous embrasser comme vous devez être embrassée, répondit-il, en prenant son visage dans ses mains. Et de grâce, pas de protestations, chuchota-t-il quand il la sentit prête à s'écarter.

Avant qu'Eve comprenne ce qui se passait, il l'avait attirée à lui et s'était emparé de ses lèvres avec une soudaine insistance, en un baiser brûlant et dur qui la pétrifia. Elle tenta de se libérer, mais ses mains fortes la maintenaient fermement, et alors une chaleur intense se répandit en elle, la réchauffant en des endroits délicieux dont elle ne soupçonnait pas la sensibilité.

Ce fut un baiser profond, exigeant, et il l'embrassa avec une sûre expertise, ses lèvres bougeant sur les siennes avec une ardeur avide. Eve était impuissante à lui résister et elle se demanda si d'autres femmes se sentaient aussi enivrées, aussi submergées par ses attentions. « Dieu du ciel, faites que nous arrivions bientôt », implora-t-elle en silence, sinon elle n'osait pas penser aux libertés qu'il pourrait prendre avec elle sur cette banquette.

C'était une chose d'être attirée par l'homme qu'elle avait demandé en mariage et une autre d'insister sur une période d'abstinence. Admettre qu'il l'attirait reviendrait à annoncer que l'arrangement qu'ils avaient conclu était nul et non avenu et à le laisser faire ce qui lui plaisait, ce qui était impensable pour elle. Un baiser était une chose, mais tout autre geste plus intime ne lui inspirait que de la répulsion, pour le moment.

Après ce qui lui sembla une éternité, Lucas lâcha ses lèvres. Inspirant longuement, il s'adossa au siège. Eve le regarda, attendrie, échauffée et les yeux brillants.

— Je vous demande pardon, murmura-t-il. Je n'aurais pas dû faire cela. C'était une erreur.

— Que vous regrettez ?

— Pas le moins du monde. Et vous ?

Elle secoua la tête.

— Non, mais notre arrangement tient toujours. Le baiser était en remerciement de ce magnifique collier, dit-elle en touchant les pierres étincelantes, et rien de plus. En outre, je n'étais pas en danger d'être séduite.

Une raillerie nonchalante s'alluma dans les yeux de Lucas.

— Et vous en êtes sûre, n'est-ce pas ?

Eve n'en était pas sûre du tout. Elle essaya désespérément de contrôler ses émotions turbulentes et d'imiter son détachement.

— Absolument.

— Alors, je suggère que vous ôtiez cette expression charmeuse de vos yeux et que vous vous écartiez de moi avant que je sois tenté de vous démontrer combien vous vous trompez.

Elle glissa le long du siège et regarda par la fenêtre. En voyant qu'ils approchaient de Piccadilly, elle esquissa un sourire triomphant.

— Je crains que vous n'en ayez pas le temps. Nous arrivons.

Il eut une expression coquine.

— Je pourrais demander à Shepherd de continuer.

— Je ne pense pas. Songez à la déception de la haute société si nous n'apparaissions pas.

— Au moins, cela leur donnerait de quoi jaser.

Il soupira et se détendit dans le coin de la voiture. Il la parcourut des yeux avec une lueur d'appréciation non dissimulée. La fierté et la possessivité étaient évidentes dans son regard et l'estomac d'Eve se noua. Il ne l'avait jamais regardée ainsi auparavant — comme si elle était un morceau appétissant qu'il projetait de dévorer quand bon lui semblerait.

— Savez-vous, Eve, vous avez la capacité fort déconcertante d'avoir l'air d'une harpie et de vous conduire comme telle un moment, et de paraître une jeune femme vulnérable et terriblement attirante le suivant.

— Merci, répondit-elle d'un ton incertain. Du moins, je pense. Etait-ce un compliment ?

— Oui, assura-t-il. Mais peut-être ne l'ai-je pas

exprimé comme j'en avais l'intention. Je serai plus précautionneux la prochaine fois.

Eve fut touchée par cette indication qu'il comptait essayer de changer pour lui plaire, mais elle doutait que sa décision dure plus longtemps que la soirée.

En un rien de temps, leur attelage rejoignit une file continue de luxueuses voitures qui déposaient la crème de la société londonienne devant les splendides grilles de la demeure de lord Gradwell. La lumière du soir était diaprée de nuances dorées, pêche et bleu pâle, et les arbres formaient des taches sombres. Eve se percha sur le bord du siège, nerveuse et tendue. Lucas surprit son regard anxieux et lui prit la main.

— Ne soyez pas nerveuse. Vous allez tous les mettre en émoi, dit-il doucement.

Eve eut un sourire tremblant.

— J'espère sincèrement que non. Je ne suis pas du genre à m'exhiber. Je souhaite rester le moins visible possible — de préférence dans un coin et derrière des rideaux.

Lucas rit et elle le regarda tandis qu'il portait ses doigts à ses lèvres et en baisait lentement le bout. Malgré ses gants, la gentillesse de ce geste troubla étrangement son cœur et suscita en elle une aspiration douce-amère qu'elle réprima aussitôt. Les yeux bleus de Lucas caressèrent son visage délicat avec douceur.

— Il n'en est pas question. Je pense que nous ferions mieux d'entrer avant que je décide vraiment de renoncer au bal et demande à Shepherd de continuer.

Eve attendit tandis qu'il descendait agilement de voiture, puis il en fit le tour et vint lui offrir sa main. Bien que tout contact avec lui emballait son sang dans ses veines, elle accepta son soutien jusqu'à la porte de la résidence. Une fois dans le vaste vestibule, impressionnant de grandeur, Lucas ôta sa propre cape et retira celle d'Eve pour les tendre au valet. Ensuite, il lui prit la main et la conduisit vers la salle de bal. De hautes portes-fenêtres étaient ouvertes sur de grands jardins, où de petites lanternes clignotaient dans les arbres.

Sur le seuil, le majordome s'avança devant eux et les annonça cérémonieusement. Les deux cents convives présents, tous vêtus de soie, de velours et de satin, parés de bijoux qui scintillaient à la lumière des chandeliers, se tournèrent comme un seul homme pour les regarder. On avait beaucoup parlé des fiançailles de lord Stainton et spéculé sur sa fiancée. Des invités avides d'apaiser leur curiosité levèrent leur lorgnon pour examiner cette femme qui avait été la domestique du comte et avait réussi à capturer cet homme froid, cynique et inapprochable. Leur curiosité était mêlée d'envie, pour les femmes, et d'une admiration non dissimulée, de la part des hommes.

Eve vit cette mer de visages prête à déferler sur elle. Elle se demanda si elle se l'imaginait, ou si réellement les conversations cessaient dans la vaste pièce blanche et dorée tandis qu'elle apparaissait au bras de Lucas. Ce dernier la couvrit d'un regard appréciateur, ses yeux s'attardant sur ses boucles auburn et ses traits ravissants. Toutes les autres femmes paraissaient insipides à côté de sa beauté vibrante et de sa vitalité.

La gardant fièrement à son côté, en une attitude protectrice, Lucas s'avança nonchalamment parmi la foule. Eve nota avec amusement le nombre de femmes qui suivaient des yeux chacun de ses gestes, et elle ne pouvait les en blâmer. Avec ses épais cheveux noirs, ses yeux bleus perçants et sa haute silhouette athlétique, Lucas Stainton était magnifique.

Conscient de la tension de sa compagne, Lucas pencha la tête vers elle.

— Ils meurent tous de curiosité. La nouvelle de nos fiançailles s'est répandue, comme je m'y attendais. La première règle pour survivre en société dans ce genre d'événement est de présenter un front calme et uni. Aussi, murmura-t-il, souriez et amusez-vous.

— C'est plus facile à dire qu'à faire, répondit Eve à mi-voix.

Mais en s'en tenant à cette règle, elle lui sourit comme s'il n'y avait rien d'extraordinaire à son arrivée ostentatoire au bras du superbe et insaisissable Lucas Stainton, un homme qui la traitait avec la familiarité possessive d'un fiancé.

— A nous deux, nous devrions pouvoir les épater, ajouta-t-il doucement.

7

Tous les cous se dévissaient pour voir Eve, grande, fière et ravissante, marcher au côté de Lucas. Les plis de sa robe moulaient son corps mince jusqu'à ses pieds parfaits, et son collier étincelait.

Impressionnée et amusée par la suprême indifférence de Lucas à l'excitation causée par leur apparition, Eve l'observa tandis qu'il s'inclinait pour saluer des amis et des connaissances, la présentant à ce qui lui sembla être des dizaines de personnes. Une coterie admirative de jeunes dandys s'attroupa autour d'elle et elle inscrivit leur nom sur son carnet de bal avec tiédeur, reconnaissant ceux qui avaient laissé leur carte à Berkeley Street à son arrivée en Angleterre, dans l'espoir qu'elle accepterait leur cour.

Lord Gradwell, un veuf qui ne semblait pas pressé de se remarier, était un homme d'âge moyen, imposant, doté d'une affabilité détendue due à son style de vie protégé et à son illustre lignée. Ses soirées et ses bals étaient toujours populaires et exempts de cérémonie, les gens se bousculant pour y être invités.

Lucas prit deux flûtes de champagne sur le plateau d'un valet et en tendit une à Eve. Il lui porta un toast.

— A l'avenir, Eve.

Consciente des invités qui les observaient, elle lui décocha un grand sourire.

— A l'avenir, murmura-t-elle en s'empressant de boire, s'avisant que sa main tremblait légèrement.

Alors qu'elle croisait son regard, elle se remémora le baiser qu'il lui avait donné. Elle n'aurait jamais dû le permettre. Quelle chose stupide, inhabituelle et impulsive elle avait faite là ! Mais cela avait été un baiser si merveilleux — même si elle était mal à l'aise en se retrouvant si proche d'un homme au bout de cinq ans. Sa bouche avait couvert la sienne avec une habileté désinvolte et une exigence croissante, et quand il avait relevé la tête pour mettre fin à ce baiser, il l'avait regardée dans les yeux avec la promesse tacite de la séduire.

Les joues d'Eve s'échauffèrent d'embarras et, brusquement, elle fut saisie d'une panique aveugle. Quelque part dans son esprit, une voix lui criait qu'elle commettait une terrible erreur et que ce qu'elle faisait était de la folie — s'engager pour le reste de sa vie avec un homme qu'elle n'aimait pas, un homme qui lui avait déclaré clairement qu'il ne voulait pas être aimé et n'avait pas d'amour à donner, qu'il n'avait pas besoin d'elle et que cela ne changerait jamais.

C'était le début, et lorsqu'ils auraient prononcé leurs vœux, il n'y aurait pas de retour en arrière possible. Lucas lui dit quelque chose et elle leva les yeux vers lui, rencontrant son regard. Elle se demanda s'il ressentait la même chose qu'elle, l'impression d'être emporté par un destin implacable, et que quoi que l'avenir leur réserve, ils devraient le supporter ensemble jusqu'à la fin de leurs jours.

— Pardon, Lucas. Je n'écoutais pas. Que disiez-vous ?

— Que vous êtes délicieuse et de loin la plus belle femme de la soirée.

Il jeta un coup d'œil à travers la salle, notant les hommes qui la regardaient. Il devina que leurs pensées n'étaient pas très différentes des siennes. Il lui offrit son bras d'un air digne.

— Venez, on nous observe, et j'aimerais avoir cette danse avant que vous soyez enlevée par quelque soupirant empressé.

Il l'entraîna sur la piste, et les invités s'écartèrent pour les laisser passer tandis que l'orchestre entamait une valse.

Dans les bras de Lucas, Eve sentit la froideur de son cœur et ses doutes se dissiper, et la danse passa tel un rêve euphorique. Elle leva les yeux vers le beau visage régulier et distingué de son fiancé, ses propres traits adoucis et réchauffés par la gratitude. Les prunelles bleu pâle qui la contemplaient sous des paupières mi-closes lui parurent préoccupées et pensives.

— Quelqu'un vous a-t-il jamais dit que vous êtes plutôt galant et aimable ? demanda-t-elle, se sentant intrépide après sa flûte de champagne.

— Certainement pas, répondit-il, feignant d'être offensé. L'opinion générale est que je suis froid, sans cœur et implacable. De fait, je me souviens qu'en une occasion une certaine jeune dame m'a pris à parti dans ma propre maison, m'accusant d'être un lord arrogant, manquant d'égards et bouffi d'orgueil — oh ! et avec des manières de barbare.

La réponse d'Eve fut un gloussement irrépressible. Elle savait fort bien qu'il se référait à elle, mais elle prétendit l'ignorer.

— Eh bien, je suis offusquée par une telle injustice.

Il est clair pour moi que vous devez être le gentleman le plus calomnié, le plus mal jugé et le plus incompris au monde.

Ses yeux bleu foncé pétillèrent d'humour, et elle esquissa un sourire ironique.

— Comment quelqu'un pourrait-il vous accuser d'être autre chose qu'aimable, attentionné et… gentil ?

Il parut piqué au vif, mais tenta de réprimer un sourire.

— Gentil ? C'est une chose que je ne suis pas. Je peux accepter implacable et arrogant, sans oublier mon côté barbare, mais gentil ? Jamais, affirma-t-il en l'emportant dans un tourbillon qui lui donna le tournis et fit paraître les autres couples gauches comparés à eux.

Il suffisait de les regarder pour se rendre compte qu'ils étaient en accord. De fait, cela amusa beaucoup la crème de la haute société de voir le distant et austère Lucas Stainton sourire presque tendrement à sa fiancée tandis qu'il la faisait valser à travers la pièce.

Conscient de l'attention qu'ils attiraient, Lucas sourit au visage d'Eve levé vers le sien.

— Vous mesurez que l'annonce de nos fiançailles va susciter des invitations de tous les côtés, n'est-ce pas, Eve ?

— Vraiment ?

— Absolument, aussi préparez-vous à être envahie. Demain matin, la maison des Seagrove et la mienne vont regorger de cartes de visite et d'invitations à ceci ou cela.

Elle plissa le nez.

— L'un des aspects les plus déprimants de mon introduction dans la société londonienne a été que cela m'a paru une corvée. Pour moi, la fameuse Saison qui excite tant de gens ressemble à une course d'obstacles. Il y a de si nombreux événements qui doivent être honorés, pour se plier à la règle, et ils doivent être horriblement pénibles pour les participants. Personnellement, j'ai trouvé certaines de ces soirées insupportables et affreusement ennuyeuses.

— New York n'est pas très différente dans les couches supérieures de la société. Votre père devait évoluer dans ce genre de cercle.

— Oui, et je l'accompagnais de temps en temps, mais en général nous vivions tranquillement. Avant de venir en Angleterre, je dois avouer que j'ai essayé de me familiariser avec tout ce qui est anglais, en me plongeant dans la lecture de vos journaux pour pouvoir parler d'affaires courantes et de politique britannique. Avec William travaillant pour le ministère des Affaires étrangères, je pensais que je rencontrerais inévitablement des politiciens.

— Et en avez-vous rencontré ?

— Quelques-uns, et tout ce dont ils semblent vouloir parler est de l'Amérique. J'ai même passé des heures à étudier tout ce que je pouvais trouver à propos des pairs anglais, afin de me familiariser avec l'aristocratie, mais cela m'a paru si compliqué qu'à la fin j'ai abandonné.

Captivé, Lucas la regarda gravement, étrangement touché qu'elle ait avoué avoir cherché à tout connaître des Anglais avant de quitter l'Amérique.

— C'était la chose sage à faire, étant donné que l'aristocratie anglaise emplit de confusion les personnes les plus avisées — y compris les nobles eux-mêmes.

— Même vous ? demanda-t-elle, scrutant ses yeux bleus indéchiffrables et discernant le cynisme qui se cachait au fond.

— Même moi.

— Juste ciel ! Alors, nous devons convenir de ne jamais parler de ce sujet quand nous serons mariés.

Les yeux de Lucas brillèrent d'amusement.

— Je promets de le noter, dit-il en riant. Je n'aborderai jamais cette question.

Ils passèrent le reste de la danse à parler de tout et de rien, et Lucas confirma son opinion au sujet d'Eve. Elle était très cultivée, intelligente et spirituelle, et néanmoins il y avait en elle une candeur qu'il trouvait très attirante.

La valse se termina trop tôt à son gré et il s'apprêtait à l'entraîner dans la danse suivante, quand un jeune dandy à la toilette élaborée, du nom de John Forsyth, apparut et s'inclina devant Eve.

— Excusez-moi, lord Stainton, mais je crois qu'il s'agit de ma danse.

Avant que Lucas puisse protester, sa fiancée lui fut enlevée.

Contrarié un instant, il s'appuya de l'épaule à un pilier et se contenta de regarder Eve évoluer sur la piste en une danse campagnarde enjouée. A côté de lui, Henry Channing l'observait avec amusement.

— Votre future épouse est en passe de devenir très populaire, Lucas. Félicitations, à propos. Je l'ai lu dans le *Times,* si vous vous posez la question.

— Rien de tel que de rendre les choses officielles, Henry, répondit sèchement Lucas, sans détacher les yeux d'Eve.

— Et vous êtes venus au bal de lord Gradwell pour fêter l'événement.

Lucas eut un sourire sardonique.

— Le mariage n'est pas vraiment sur ma liste de choses à célébrer, vous devriez le savoir.

Il fronça les sourcils d'un air réprobateur quand la danse s'acheva et qu'Eve resta sur la piste pour une autre ronde campagnarde avec le même jeune homme.

— Que je sois damné si elle ne danse pas de nouveau avec Forsyth, grommela-t-il. Elle ignore visiblement qu'il est inconvenant de danser deux fois avec le même cavalier.

— Et vous commencez à réagir comme un mari jaloux, observa Henry en lui jetant un coup d'œil amusé.

Lucas l'ignora.

Quand Eve quitta finalement la piste de danse, cherchant un refuge pour reprendre son souffle, elle se rendit au cabinet de toilette des dames et ferma la porte. Lorsqu'elle se fut rafraîchie et eut vérifié son apparence dans le miroir, satisfaite de constater qu'elle paraissait posée et détendue, elle allait ressortir quand elle entendit deux femmes parler dans la pièce voisine.

— Qui eût pensé que lord Stainton serait là ce soir ? remarqua l'une d'elles. Et plus beau que jamais, n'êtes-vous pas d'accord ?

Eve s'arrêta. Elle détestait écouter aux portes, mais elle se sentait poussée à attendre ce qui allait suivre.

— Certainement. Dommage qu'il soit ruiné. Je n'ai rien vu causer autant d'agitation que ses fiançailles, depuis son scandaleux divorce d'avec Maxine. Personne ne pensait qu'il se remarierait et j'ai eu un vrai choc quand maman l'a lu dans le *Times* ce matin — avec une Américaine, de surcroît, et qui a été la nourrice de ses enfants. Bien sûr, maman a toujours dit qu'il ne s'est jamais détaché de Maxine.

— Alors, il n'aurait pas dû divorcer d'elle. Pauvre

Maxine. Il l'a ridiculisée. Elle a subi une terrible humiliation. Elle ne pensait pas qu'il irait jusqu'au bout avec le divorce.

— Que pouvait-il faire ? Continuer à fermer les yeux sur ses liaisons ? Je n'ai aucune sympathie pour elle, quoi qu'en dise votre mère. Lord Stainton est trop fier pour passer pour un cocu.

— Néanmoins, le divorce a été très rapide — souvent, cela prend des années.

— C'est parce que l'adultère de Maxine a été prouvé sans difficulté et qu'il a refusé de porter plainte contre son propre frère. Il était la partie innocente et il n'y a pas de raison qu'il ne puisse se remarier.

— Je suppose, et cette Américaine est superbe, ne pensez-vous pas, malgré ses cheveux roux qui ne sont pas à la mode ?

— Les cheveux roux feront peut-être fureur la semaine prochaine. La mode va et vient. Elle est très riche, aussi, à ce que l'on dit. Pourquoi elle s'occupait de ses enfants reste un mystère, mais je gage que c'est son argent qui a attiré lord Stainton.

— Vous avez sûrement raison, néanmoins on ne peut se tromper sur l'éclat de ses yeux quand il la regarde, et le regard qu'il a lancé à sir John Forsyth quand elle est restée sur la piste pour danser de nouveau avec lui était assez brûlant pour le réduire en cendres. Je crois que Maxine ne l'a pas encore rencontrée. Il sera intéressant de voir ce qui se produira quand elle arrivera avec sir Alfred. Il y aura des étincelles, à mon avis.

— Ils sont invités ?

— Naturellement, mais vous connaissez Maxine : elle adore faire une entrée remarquée. Je ne serais pas surprise du tout qu'elle essaie de reconquérir son mari.

Jugeant qu'elle en avait assez entendu, Eve ouvrit la porte et sortit, les joues en feu, son moral légèrement abattu par l'échange qu'elle avait surpris. Lucas se tenait au bord de la piste de danse, non loin des portes-fenêtres qui donnaient sur la terrasse. Se dirigeant vers lui, elle fut arrêtée par Henry Channing, qu'elle se souvenait d'avoir vu chez lady Ellesmere. En l'entendant l'interpeller, elle s'arrêta.

— Avez-vous décidé de conquérir la haute société comme vous avez conquis mon ténébreux ami, madame Brody ? demanda-t-il affable.

Eve rit à son visage poupin.

— Je ne crois pas. Je pense qu'il est quasiment impossible de conquérir Lucas. Je suis heureuse de vous revoir, sir — dans des circonstances plus favorables, je m'empresse de le préciser. Venez-vous d'arriver ?

Il hocha la tête.

— Il y a un petit moment. Cependant, je viens d'entendre qu'une dame que Lucas ne sera pas enchanté de voir est arrivée à l'instant.

Il rit doucement.

— Je pense que lord Gradwell les a invités tous les deux pour causer du grabuge.

— Oh ? Quelle dame ?

Eve se rappela soudain ce qu'elle avait entendu et pâlit.

— Sa femme ?

— Son ex-femme, oui, je le crains. J'ai le sentiment qu'elle va être difficile à amadouer, comme d'habitude.

Ils se tournèrent ensemble vers la porte.

Maxine faisait son entrée tardive et hardie. Petite femme pleine d'assurance, elle glissa dans la pièce, un bras possessif passé sous celui du terne sir Alfred Hutton. Tous les yeux se tournèrent dans sa direction. Une robe de fine soie émeraude enveloppait son corps voluptueux, flottant autour d'elle et révélant audacieusement sa poitrine. Elle alla de l'avant, très consciente de l'agitation qu'elle créait et l'appréciant visiblement. Eve jeta un coup d'œil à Lucas. S'il était embarrassé par son arrivée, il n'en montrait rien.

Les yeux de Maxine se rivèrent aussitôt sur son ex-mari et elle plissa les paupières. Comme tout le monde à Londres, elle avait appris ses fiançailles avec une héritière américaine et sa colère à son égard avait atteint des sommets. Elle ne s'attendait pas à ce que Lucas se remarie. Pas du tout. Elle se dirigea vers lui en vacillant légèrement ; sir Alfred, manifestement mal à l'aise, la suivait.

— Eh bien, eh bien, Lucas. Nous revoilà.

Lucas se raidit et la regarda, un pli ironique sur ses lèvres bien dessinées, le visage froid.

— Maxine.

Il la parcourut des yeux avec mépris.

— Vous avez bu.

Lui tournant le dos, il sortit sur la terrasse, loin des regards inquisiteurs et des langues avides de scandale.

Maxine sourit d'un air crispé et le suivit.

— Oui, et j'ai l'intention de boire encore avant de partir.

Eve les observa, détaillant cette femme qui levait les yeux vers Lucas. C'était une très belle blonde, avec des diamants semés dans ses boucles brillantes. Cette femme avait été son épouse, l'avait connu intimement et lui avait donné deux enfants. Son cœur chavira.

— Ainsi, c'est Maxine.

— J'en ai peur, répondit Henry.

— Ils forment un couple magnifique.

— Autrefois, peut-être, mais c'est du passé.

— Vraiment ? murmura Eve, ses yeux se voilant tandis qu'elle se remémorait cette voix dans le cabinet de toilette qui disait que Maxime pourrait essayer de reconquérir son mari.

Elle éprouva une douloureuse pointe de jalousie en les voyant ensemble. Mais, se rappela-t-elle, Lucas avait divorcé de Maxine et allait l'épouser, elle.

— On ne peut nier qu'elle est très belle.

Henry haussa les sourcils d'un air moqueur.

— Dans le cas de Maxine, la beauté n'est que superficielle. Si cela ne vous ennuie pas, je pense que je ferais bien d'intervenir et d'essayer d'alléger une situation qui pourrait devenir embarrassante pour tout le monde.

Curieuse de rencontrer la femme dont les enfants seraient bientôt ses belles-filles, Eve le suivit. Comme elle s'approchait, elle fut soumise à un examen en règle de la part de l'ex-femme de Lucas, le regard froid et inflexible. Elle se plaça près de Lucas. C'était un homme fier dont le mariage avait été plein d'acrimonie. Elle savait combien il était en colère contre Maxine, et elle pouvait voir qu'il se retenait difficilement d'éclater.

— Vous devez être madame Brody, déclara Maxine, sans attendre que Lucas les présente.

Ses yeux pâles parcoururent insolemment sa rivale, et elle ajouta comme si Eve n'était pas là :

— Eh bien, Lucas, cette dame est absolument divine — et je gage que son argent la rend plus désirable encore. A ce que l'on dit, elle est très riche. Son père lui a laissé une grande fortune, paraît-il — est-ce exact, madame Brody ?

Les yeux de Maxine s'avivèrent d'un nouvel éclat. Eve était habituée aux gens, hommes et femmes, qui feignaient l'amitié parce qu'ils étaient attirés par sa fortune, et elle reconnut la cupidité dans le regard de la belle blonde.

— Cela se peut, répondit-elle, aussi froide que la femme à qui elle s'adressait. Pour moi, cela n'a que peu d'intérêt. Je laisse le soin aux autres de spéculer dessus.

Elle sourit.

— Mais il est sûr que je jouis d'un certain confort.

Maxine plissa les paupières et ses lèvres se pincèrent.

— Vous avez l'esprit vif, madame Brody, mais seriez-vous assez maligne, je me le demande, pour capturer un homme comme Lucas sans votre argent ?

— Il suffit maintenant, coupa Lucas qui fit un pas vers elle, les poings serrés.

Eve posa une main sur son bras pour le retenir.

— Non, Lucas. Qu'elle dise ce qu'elle a à dire.

Elle inspira à fond, mais ses yeux ne fléchirent pas en soutenant ceux de lady Irvine.

— Laissez-moi vous assurer, lady Irvine, que je possède d'autres atouts assez séduisants. C'est bien lady Irvine, n'est-ce pas ? Je crois que vous avez repris votre nom de jeune fille après votre divorce.

Maxine n'essaya pas de cacher un petit sourire narquois.

— Naturellement.

Elle porta son regard sur Lucas.

— Une lady Lucas Stainton suffit. Je suis vraiment surprise, Lucas. Qui aurait pensé que vous vous lieriez à une Américaine ?

Il la regarda, les yeux durs, son visage sinistre exprimant une colère intense.

— Vous vous donnez en spectacle, Maxine, et vous vous montrez très indiscrète, très immature et très grossière avec Mme Brody. Partez avant qu'un autre scandale n'éclate. J'espérais que nous en avions fini avec tout cela.

Maxine lui décocha un regard virulent.

— Je pourrais vous rappeler, Lucas, que vous n'avez plus à me donner des ordres — ni maintenant ni jamais. Vous savez ce que je veux de vous et je ne vous laisserai pas de répit avant de l'obtenir.

Eve jeta un coup d'œil à Lucas et vit que son expression était devenue farouche.

— Allez au diable, Maxine.

— Alors, je continuerai à vous harceler. Ne pensez pas que je ne le ferai pas. Je vous ai dit quand nous avons divorcé que je ne partirais pas tranquillement.

— Je vous ai convenablement dédommagée lors du règlement du divorce. Si vous avez dilapidé cette somme, tant pis pour vous. Je n'ai plus aucune obligation légale de me tenir responsable de ce que vous faites.

— Légalement peut-être, mais qu'en est-il de votre devoir moral ? C'est une autre histoire.

— A cause des enfants ? Elles ne sont que des instruments de marchandage pour vous, Maxine. Toutes les trois.

Maxine parut déstabilisée et elle le regarda avec surprise, l'air mal à l'aise.

— Toutes les trois ? Vous parlez comme si vous étiez déjà familier de la fille de Stephen, Lucas.

— Elle est dans ma nurserie avec Sophie et Abigail.

Je l'ai sauvée du taudis pouilleux de St Giles où vous l'aviez abandonnée.

Il la fusilla du regard avec mépris.

— Vous auriez aussi bien pu la jeter sur un tas d'ordures.

— Ainsi, vous avez fouiné, Lucas, et en êtes sorti gagnant. J'aurais dû savoir que vous ne vous calmeriez pas avant de la trouver.

— Cela n'a pas été difficile.

— J'ai vu votre fille, intervint Eve. J'étais avec Lucas quand nous l'avons trouvée — mal nourrie et couverte de poux. Vous êtes sa mère. Ne vous souciez-vous pas d'elle ?

Maxine lui lança un regard dur.

— Non, madame Brody, très franchement je ne m'en soucie pas. Je n'avais pas l'argent nécessaire pour la garder — et ne vous ridiculisez pas en me disant que vous auriez été plus qu'heureux de couvrir ces dépenses, Lucas. Vous êtes ruiné, rappelez-vous. Vous n'avez plus le sou.

Elle tourna son visage ricanant vers Eve.

— Alors, que faites-vous ? Vous épousez une héritière américaine qui, pour une raison curieuse, s'occupait de nos enfants. Comme c'est dégradant pour elle et sensé de votre part de sceller cette alliance. Méfiez-vous, madame Brody. Il a divorcé de moi. Lorsqu'il aura mis la main sur votre argent, il pourrait se débarrasser de vous de la même façon.

Eve s'empressa de préciser la situation.

— Je laisserai Lucas libre de prendre toute décision, bien sûr. Il a encore le temps de réfléchir. Mais lorsque nous serons mariés, il ne divorcera jamais de moi. Je vous en fais le serment.

— Je sais combien cela est difficile pour vous deux, intervint Henry, mais vous feriez bien de vous rappeler que vous êtes les invités de lord Gradwell et que des gens vous regardent. En outre, nous ne sommes pas ici pour soupeser les tenants et les aboutissants de votre premier mariage, Lucas, mais pour célébrer l'imminence du second.

Eve fut impressionnée par la gravité d'Henry et par sa perception de la situation, qui lui prouvait qu'il connaissait bien les deux époux. Elle se demanda combien de fois il avait eu à calmer les choses entre Lucas et son ex-femme, par le passé.

Maxine se redressa et regarda Henry.

— Vous avez toujours été le pacificateur, Henry.

Paraissant très mal à l'aise sous le regard de lord Stainton, qui le dominait, sir Alfred prit le bras de Maxine sans douceur.

— Venez, Maxine, allons manger quelque chose. Lord Stainton a raison. Vous vous donnez en spectacle, la fustigea-t-il d'un ton irrité. Il n'y a rien à gagner de ce genre d'entretien.

Elle chassa sa main avec colère et lui jeta un regard noir.

— Qu'en savez-vous, Alfred ?

Elle porta les yeux sur Eve et Lucas, puis rejeta la tête en arrière d'un air de défi.

— J'ai plein d'autres choses à dire, mais pour l'heure je vais vous souhaiter bonne chance, Lucas. Il sera intéressant de voir comment vous supporterez d'être un homme entretenu, totalement dépendant de votre femme. Ce sera une nouvelle expérience pour vous — et guère agréable.

Passant le bras sous celui de son compagnon, elle s'éloigna d'un pas nonchalant.

Les musiciens attaquèrent une autre valse et Lucas, le visage sombre et tendu, se tourna vers Eve et Henry.

— Henry, je vous saurais gré si vous vouliez faire danser Eve. Je pense que je vais faire un tour dans le jardin.

Eve le regarda, alarmée.

— Mais… n'aimeriez-vous pas que je reste avec vous, Lucas ?

— Non, merci, répondit-il avec raideur, en évitant ses yeux. J'apprécierais un moment de solitude.

— Très bien. Si vous en êtes sûr.

Elle sourit à Henry.

— Venez, monsieur Channing. Montrez-moi comme vous valsez bien.

Henry jeta un coup d'œil soucieux à Lucas, puis, pensant qu'il avait besoin d'être seul, il offrit son bras à Eve avec un grand sourire.

— Ce sera avec plaisir. Je suis désolé de cette scène déplaisante, Eve. Puis-je vous appeler Eve ?

— Bien sûr.

— Et vous devez m'appeler Henry.

Ils dansèrent un moment en silence, avant qu'il reprenne la parole.

— Que pensez-vous de lui, Eve ? Il n'est pas l'homme le plus facile à côtoyer.

Elle eut un sourire nerveux.

— Il… gagne à être connu, je pense, déclara-t-elle avec précaution. Et il est réservé sur ce qu'il pense et fait.

— Et le trouvez-vous beau ?

Elle rit, surprise.

— Il est extrêmement séduisant. D'après les regards qu'on lui a jetés ce soir, je ne suis pas la seule femme à le penser.

— Il en a toujours été ainsi. Où qu'il aille, il attire l'attention sans avoir à ouvrir la bouche. Vous savez, Eve, Lucas est un homme très bien — l'un des meilleurs qui soient. Avant ce désastre, il était un homme envié — toujours à prendre des risques, un joueur, si vous voulez —, quelque chose que je n'oserais jamais faire. Mais c'était son propre argent qu'il jouait dans ses investissements. Certains pourraient prétendre qu'ils n'étaient pas sûrs, mais il a toujours eu de la chance.

— Ou bien il s'est montré clairvoyant, rectifia Eve, une lueur de fierté dans les yeux pour l'homme qu'elle allait épouser.

— Cette affaire avec Maxine l'a ruiné, mais il retrouvera sa situation. J'en suis certain. Il n'est pas du genre à rester sur un échec. Il placera les mauvais moments derrière lui et repartira de l'avant. C'est ce que j'admire chez lui.

— Vous êtes un bon ami pour lui, Henry.

— Nous sommes amis depuis longtemps. Il possède une force formidable, d'esprit et de volonté. Je ne peux l'égaler, et il rencontre rarement l'opposition de quelqu'un.

— Sauf de Maxine, murmura Eve.

— Oui, sauf de Maxine. Elle l'a blessé cruellement quand elle est partie sans un mot, le laissant seul avec les enfants. Elle n'a jamais essayé de cacher qu'elle n'aimait pas ses filles. Elle ne les avait pas voulues et elles lui ont pesé dès leur naissance. Parfois, quand une femme quitte son mari, elle n'a plus de place en société, plus d'avenir, mais Maxine est déterminée à ne pas se laisser exclure. Lucas trouve toujours cette hideuse affaire entre Stephen et Maxine pénible et difficile à admettre, et cela l'a irrévocablement détourné du mariage — aussi ai-je été très surpris quand j'ai appris qu'il allait vous épouser.

La curiosité d'Eve prit le pas sur sa volonté de ne pas se montrer trop indiscrète.

— Quel genre d'homme était son frère ?

— Etrangement, j'aimais bien Stephen — mais c'est Lucas qui doit vous en parler. Cela a été une vilaine histoire et ce n'est pas à moi de divulguer des questions personnelles qu'il n'a peut-être pas envie de voir resurgir.

Henry sourit.

— Mais je crois qu'il vous le dira un jour. Il m'a parlé des circonstances qui vous ont réunis, Eve. J'espère que cela ne vous ennuie pas.

— Non, pas du tout. Et j'espère que vous ne désapprouvez pas, Henry.

Henry sourit de nouveau en la guidant adroitement vers un endroit moins encombré de la piste de danse.

— Si mon humble approbation peut vous réconforter, Eve, je vous la donne volontiers.

Elle sourit à son tour. Elle savait qu'elle verrait souvent Henry à l'avenir et en était contente. Elle parviendrait toujours à s'entendre avec lui.

— Merci. Cela signifie beaucoup pour moi — et savoir que je compte un ami en vous me donne le courage d'affronter un avenir incertain.

— Quelles que soient les raisons qui vous ont réunis, Lucas et vous, j'espère sincèrement que vous serez heureux. Lucas le mérite. Il a besoin qu'on lui apprenne à aimer de nouveau, et à faire confiance, et je pense que vous êtes assez belle et raisonnable pour avoir une chance d'y arriver.

Peu convaincue, Eve eut un petit sourire ironique.

— Lucas et moi ne nous marions pas par amour, Henry. J'irais même jusqu'à dire que c'est un mariage forcé pour lui, et que les sentiments que je lui inspire, loin de ressembler à de l'amour, sont plus proches de la colère et du ressentiment.

— Je crois que vous commencez à connaître Lucas et à déchiffrer ses humeurs. Pour le moment votre situation est forte, la sienne faible, et c'est de là que vient son ressentiment. Mais il n'en sera pas toujours ainsi. Je connais Lucas. Il se redressera, je vous le promets.

— J'espère que vous avez raison, Henry, sinon nous serons horriblement malheureux.

— Vous devez rester optimiste. Je pense que c'est une bonne chose que vous l'épousiez. Maintenant, la question est de faire de votre mariage un succès. Il est pratique pour vous deux, mais cela ne veut pas dire que l'affection, la tolérance et même l'amour ne s'épanouiront pas une fois que le marché sera conclu. J'aimerais vous donner un conseil.

— Oh ? Et quel est-il ?

— Après la cérémonie, faites-le retourner à Laurel Court. Il adore cet endroit. Il travaille seize heures par jours depuis des mois, maintenant, pour essayer de redresser sa situation — et il y parviendra. Je lui fais confiance. Mais passer quelque temps loin de Londres lui fera du bien.

— Je m'en souviendrai, Henry, et je vous remercie de vous montrer si ouvert avec moi.

— Avec plaisir.

Il sourit à son visage levé vers lui et dit d'un ton plus léger :

— Vous dansez divinement bien, madame Brody. De fait, vous dansez si bien que j'insisterai pour être votre cavalier une fois encore avant que nous partions.

Quand la danse s'acheva, Eve alla rejoindre Lucas sur la terrasse. Le sourire qu'elle arborait s'estompa légèrement quand elle vit la dureté de sa mâchoire et la froideur de son regard. Son cœur s'emplit de compassion et de compréhension.

— Lucas ? Quelque chose ne va pas ?

A la douceur avec laquelle elle utilisa son prénom, les muscles de son visage se contractèrent et un nerf frémit dans sa joue.

— Quelque chose ? répéta-t-il d'un ton cynique. La seule chose qui ne va pas, c'est moi. Maxine avait raison.

— Quoi ? Lucas, est-ce parce qu'elle vous a traité d'homme entretenu ? Si c'est le cas, de grâce, ignorez ce qu'elle a dit.

— Je ne peux pas, Eve, maugréa-t-il. C'est le problème.

Saisie, elle leva les yeux vers les siens, et trouva un nouveau sens à son expression dure et sombre. Sa bouche s'assécha et son cœur s'emballa de crainte en sentant que Lucas s'était éloigné d'elle, comme si la proximité qu'ils avaient partagée durant la soirée n'avait jamais existé. De toute évidence, il se débattait pour survivre et attaquait comme un animal pris au piège.

— Me dites-vous que vous ne m'épouserez pas ? Si oui, je peux le comprendre.

— Nos raisons de nous marier ne sont guère les raisons sur lesquelles on fonde un mariage solide.

Eve inspira profondément, ne sachant que dire, mais elle sentait la morsure d'une vérité cruelle dans ses paroles.

— Dieu sait que je ne souhaite pas vous épouser, poursuivit-il. Je ne veux épouser personne, mais en ce moment je n'ai pas le choix.

— Et vous vous détestez pour cela, n'est-ce pas ?

Quand il la regarda, elle recula, alarmée, devant la violence inexpliquée qui brillait dans ses yeux.

— Oui.

Le froncement de sourcils qui accompagna sa réponse courroucée surprit Eve. Elle contempla son visage. Sans prévenir, le côté sombre de son humeur était revenu, et elle regrettait déjà la disparition du Lucas Stainton frivole et léger qu'elle avait aperçu si brièvement.

— Peut-être avez-vous agi hâtivement quand vous avez accepté ma proposition.

— Non, Eve. J'ai agi par cupidité.

— Se quereller sur des mots ne nous apportera rien. Faut-il que vous soyez si fier ? Ce mariage ne sera pas obligatoirement un désastre. Acceptez le fait que vous avez besoin de mon argent. Bien sûr, je pourrais toujours retirer mon offre, lança-t-elle avec colère, et se détestant de le faire.

Leurs fiançailles étaient officielles. Le scandale qui s'ensuivrait s'ils se rétractaient serait horrible ; en outre, Eve ne pouvait oublier qu'il y avait des enfants en jeu, ses enfants, qui avaient un père et une mère qui ne voulait pas d'elles.

— A vous de voir, rétorqua-t-il froidement. En ce qui me concerne, l'arrangement tient toujours et j'ai l'intention d'en tirer le meilleur. Venez. Nous n'allons pas parler de cela maintenant. Ce n'est ni le moment ni l'endroit. Retournons danser et essayons de passer le reste de la soirée de notre mieux.

Eve le laissa l'escorter à l'intérieur et sur la piste de danse où tournoyaient des couples. Soudain, elle avait l'impression qu'il avait dressé un solide mur de pierre entre eux. Quand elle lui avait proposé le mariage, elle avait prévu dans sa tête quelle sorte d'arrangement serait leur mariage, croyant naïvement que Lucas serait si soulagé qu'il accepterait ses plans. Mais quelque part entre sa proposition et leur premier baiser, elle avait découvert qu'elle aimait être avec lui, et elle avait envie de mettre à bas ce mur de pierre, de fouiller dans les décombres et de trouver l'homme qui se cachait dessous.

Quand ce fut l'heure de partir, Eve, qui sortait du cabinet de toilette, se trouva de nouveau confrontée à Maxine. Elle fut péniblement consciente de la proximité de cette dernière qui lui barrait le chemin, déterminée à l'empêcher de passer. Eve la regarda. C'était une femme superbe qui possédait une certaine élégance et un certain charme, mais ses manières avaient quelque chose de brutal et ses yeux trahissaient sa vraie nature. Ils étaient petits et calculateurs, enfoncés, dangereux et perpétuellement sur le qui-vive.

— Je vois que vous partez, madame Brody ? J'espère que ce n'est pas à cause de quelque chose que j'ai dit.

— Pas du tout, lady Irvine. Je vous en prie, laissez-moi passer. Je ne pense pas que nous ayons autre chose à nous dire.

— Bien sûr. Je ne vous retiendrai pas. Avez-vous décidé de la date de l'heureux événement ?

— Pas encore.

Maxine la mesura longuement du regard et sourit, une lueur calculatrice dans les yeux.

— Vous savez, dit-elle en tapotant le bras d'Eve de son éventail, votre mariage pourrait s'avérer profitable.

— Pour vous ?

— Qui d'autre ? Lucas m'a très mal traitée.

Eve la considéra avec incrédulité.

— Ce qui s'est passé entre Lucas et vous ne me regarde pas, mais je suis d'avis qu'il n'était pas à blâmer. Vous l'avez quitté. Vous l'avez humilié, et je crois que vous l'avez presque ruiné. Ce n'est pas lui qui vous a fait cela. Vous l'avez fait vous-même.

Maxine la regarda. Cette Américaine était trop hardie pour être menacée ou intimidée. Son assurance vacilla devant ces jeunes yeux brillants et sans pitié.

— Vous êtes arrogante, madame Brody, dit-elle dans un sifflement.

Elle avait le souffle court et commençait à ressentir les effets du vin qu'elle avait bu tout au long de la soirée.

— Si vous pensez qu'épouser Lucas est comme se jeter sur un lit de roses, songez aux épines et faites attention de ne pas vous piquer. Rappelez-vous que je parle d'expérience — et rappelez-vous aussi que puisque vous devez être la belle-mère de mes filles, je n'ai pas l'intention de vous le laisser oublier.

Les yeux d'Eve rencontrèrent ceux de Maxine et un défi silencieux flamba entre elles. « Cette femme ne va pas s'en aller, pensa Eve. Elle va nous causer des ennuis toute sa vie, si elle le peut. » Durant ce qui sembla durer une éternité, Maxine ne bougea pas. Son sourire se fit plus froid, plus malveillant, puis elle s'écarta enfin pour laisser passer Eve. Celle-ci s'éloigna, perturbée par quelque chose qu'elle ne comprenait pas complètement. Dans le silence qui suivit, cet incident désagréable resta gravé dans son esprit, l'emplissant de nombreuses questions qui la troublaient.

Le trajet de retour à Berkeley Street fut bien différent de l'aller. Lucas détournait son visage d'Eve, son profil figé en un masque dur et ciselé. Sa confrontation avec Maxine avait créé entre eux un fossé qui ne serait peut-être jamais comblé. Il était furieux. La remarque mordante de Maxine le traitant d'homme entretenu avait été humiliante et l'avait blessé dans sa fierté, ajoutant une tension supplémentaire à ses émotions déjà à cran, et il avait tourné son ressentiment contre Eve.

Il était très tard quand le cocher arrêta les vifs chevaux bais devant la maison des Seagrove. Ni Lucas ni Eve n'avaient dit un mot depuis qu'ils avaient quitté le bal. Lucas bondit hors de la voiture et lui tendit la main. Elle la prit, descendit et leva les yeux vers lui.

— Merci pour cette charmante soirée, Lucas. J'attendrai que vous preniez contact avec moi.

— Bonne nuit, Eve. Je vous fais mes excuses pour cet incident désagréable avec Maxine.

Elle haussa les épaules.

— Ce n'était pas votre faute. Vous ne pouviez pas savoir qu'elle serait là.

Incapable de supporter un instant de plus l'atmosphère tendue qui régnait entre eux, Eve lui souhaita une bonne nuit et entra dans la maison.

Lucas la regarda monter les marches du perron et disparaître dans l'entrée avant de remonter dans la voiture.

8

Six semaines après le jour où ils avaient conclu leur accord, Eve et Lucas se marièrent enfin. Quand ils avaient appris les fiançailles de leur maître — et que le comte allait épouser la nouvelle nourrice — les domestiques d'Upper Brook Street avaient été abasourdis, puis, une fois le choc passé, enchantés. Mme Coombs sortit sa précieuse bouteille de xérès et insista pour que tout le monde porte un toast aux fiancés, en déclarant qu'après le premier mariage désastreux du comte, elle n'aurait jamais pensé voir l'heureux jour où il se remarierait.

C'était une journée chaude et ensoleillée. Un bon présage ? Eve l'espérait sincèrement. Chez les Seagrove, les préparatifs avaient pris toute la matinée. La cérémonie, qui eut lieu avant midi à l'église St George d'Hanover Square, ne dura que dix minutes. Lucas et Eve s'étaient mis d'accord sur un mariage discret, avec juste une poignée d'amis de Lucas et la famille Seagrove. Quelque chose de plus élaboré n'aurait pas été approprié aux circonstances.

Malgré les efforts d'Eve pour l'ignorer, son mariage fut auréolé d'irréalité et de tension. Au bord d'une nouvelle vie, elle ne comprenait pas pourquoi ses sentiments oscillaient entre l'excitation et la tristesse.

Avant la cérémonie, William se tenait juste à l'entrée de l'église, attendant de pouvoir la conduire à l'autel. Il lui sourit pour tenter de la dérider et de la rassurer.

— Vous souffrez de nouveau d'une migraine, Eve ? demanda-t-il à mi-voix. Si oui, dites-le à Beth. Elle fait des merveilles avec ce genre de chose.

Il lui adressa un clin d'œil complice.

— Elle pourrait même vous donner un de ses sachets de poudre.

Sachant que William essayait de la détendre, Eve lui en fut reconnaissante. Son humeur s'allégea et elle rit doucement.

— Surtout pas. Je tiens à rester éveillée et debout quand je prononcerai mes vœux.

La main passée sous le bras de William, elle remonta lentement l'allée centrale jusqu'à Lucas, qui se tenait devant le pasteur. Estelle, Sophie et Abigail — toutes les trois demoiselles d'honneur dans des robes lavande, avec des rubans assortis dans les cheveux et des bouquets de fleurs d'été, comme celui d'Eve — étaient transportées par ce mariage et les changements qu'il apporterait dans leur vie.

Henry figurait parmi les invités, attendant d'assister à cette étrange union entre l'héritière américaine et lord Stainton — un homme qu'elle connaissait à peine et à qui elle s'apprêtait cependant à confier sa vie et tout ce qu'elle possédait. Sarah Lacy, portant une Alice qui gazouillait, avait les yeux humides d'émotion, et se disait avec joie que sa nouvelle maîtresse serait aussi heureuse qu'elle avec son Mark bien-aimé.

Eve nota tout cela au dernier moment, alors qu'elle approchait de Lucas. Il était magnifique dans un habit de velours bleu nuit avec une chemise et une écharpe blanches. Sa haute silhouette et ses larges épaules jetaient une ombre sur l'allée. Il émanait de lui une autorité et un pouvoir indéniables.

Il se tourna à demi pour la regarder s'avancer vers lui. Son visage était grave et semblait sculpté dans du granit. Eve ne soupçonnait pas combien il luttait pour contrôler la vive bouffée d'émotion qui le saisit en la voyant, car elle était radieuse, de ses cheveux soyeux jusqu'à l'ourlet de sa robe en satin ivoire, brodée de fil de soie.

Toutefois, il éprouva un certain malaise quand il rencontra son regard scrutateur, qui ne cillait pas. C'était comme si elle examinait l'homme qu'elle avait acheté et se demandait si elle en aurait pour son argent. Cette pensée le fit se raidir, et il releva la tête d'un air hautain et carra les épaules.

Puis, incroyablement, il vit qu'elle lui souriait et son cœur et son âme lui donnèrent l'impression d'être soulevés par ce sourire d'une beauté stupéfiante. Son malaise d'un instant se dissipa. Il n'avait jamais rencontré une femme comme Eve Brody, une femme qui s'apprêtait à se donner avec tout ce qu'elle possédait à un homme qu'elle connaissait à peine. Un homme qu'elle n'aimait pas d'amour, qui ne l'aimait pas et ne l'aimerait jamais — du moins au sens romantique du terme.

Prenant place à côté de Lucas et remettant son bouquet à Estelle, qui essayait de paraître adulte, Eve fut transportée pendant un moment en arrière, à son mariage avec Andrew, quand son père avait placé sa main dans celle du jeune homme qui devait disparaître si rapidement et si tragiquement de sa vie. Elle prit une profonde inspiration, écarta ce souvenir et essaya de retrouver le sourire qui avait enchanté Lucas, mais elle n'y parvint pas. Ce mariage était différent, c'était elle qui l'avait voulu. Dans quelques minutes, elle deviendrait lady Lucas Stainton et ce serait définitif.

Le pasteur était un homme discret, troublé par l'attitude des jeunes mariés l'un envers l'autre. Il avait l'habitude de célébrer des mariages, mais c'était la première fois qu'il mariait une veuve et un homme divorcé, un homme qui avait déjà promis une fois d'aimer une femme jusqu'à sa mort et qui allait recommencer avec une autre. Ce mariage n'avait rien d'illégal, mais il n'était pas conforme à ce qu'un serviteur de Dieu approuvait.

L'homme d'Eglise leur faisait face, semblant regarder à travers eux. D'un ton sépulcral, il se mit à lire les mots de la cérémonie de mariage, des mots qui lieraient à jamais Eve à Lucas, et elle entendit son fiancé les répéter de sa belle voix grave. Il parlait d'un air sincère, comme s'il pensait vraiment chaque mot. Puis il la regarda, plongeant les yeux dans les siens avec une expression indéfinissable, et il passa l'alliance en or à son annulaire, doucement mais fermement — à ce doigt qui avait porté la bague d'Andrew jusqu'à ses fiançailles.

Quand le pasteur les déclara mari et femme, Lucas se pencha pour poser un léger baiser sur les lèvres d'Eve afin de sceller leur union. A part lui prendre la main pour l'aider à monter en voiture ou en descendre quand ils se rendaient quelque part, ou glisser l'alliance à son doigt, c'était le premier contact physique qu'ils partageaient depuis qu'il l'avait embrassée le soir de leurs fiançailles. Sa bouche était douce sur la sienne, comme cela seyait à l'occasion en présence de témoins. Le temps de la passion, entre eux, ne viendrait pas encore.

Son devoir rempli, le pasteur marmonna des félicitations et regarda les jeunes mariés partir dans leur voiture pour la maison du comte et le repas de noce.

A la maison, Henry embrassa la joue d'Eve.

— Félicitations, Eve, et à vous aussi, Lucas. J'espère sincèrement que vous serez heureux ensemble.

— Ma chère Eve, s'exclama Beth en se précipitant vers elle pour l'enlacer, tandis que les invités se pressaient autour des jeunes époux. Vous êtes une jeune mariée ravissante et je vous souhaite à tous les deux le plus grand bonheur.

— Moi de même.

William embrassa Eve sur la joue et serra la main de Lucas.

Le mari de Beth ne paraissait pas aussi sûr de lui qu'Eve l'aurait aimé. Elle savait qu'il avait des doutes sur ce qu'elle avait fait et n'approuvait pas totalement sa décision. Mais il la respectait néanmoins, et Eve lui en était reconnaissante. Pendant que Mme Coombs houspillait les domestiques, en leur disant que leur nouvelle maîtresse serait une excellente épouse pour le comte, Estelle vint étreindre sa mère, son joli visage rayonnant d'excitation. Eve la souleva de terre et la serra contre elle.

— Vous êtes très belle, maman, lui murmura-t-elle à l'oreille.

— Toi aussi, Estelle. Et vous également, répondit Eve en attirant Sophie et Abigail à elle et en les embrassant affectueusement.

Sarah, qui tenait dans ses bras une Alice parfaitement réveillée, paraissait sur le point d'exploser de bonheur. Incapable de résister à cette charmante addition à sa famille, Eve posa un baiser sur la joue rebondie du bébé.

— Vous ressemblez toutes à des princesses de conte de fées et je n'aurais pu souhaiter des demoiselles d'honneur plus jolies. Maintenant, décampez. Je crois que Thomas et David attendent que vous leur montriez la maison, mais ne soyez pas longues. Nous allons bientôt nous mettre à table.

Lorsque les petites filles eurent quitté la pièce en courant, Eve alla prendre place à côté de son mari avec une étrange sensation d'irréalité. Elle était sensible à ses humeurs et pouvait déchiffrer toutes les nuances de son regard bleu clair, et savait qu'en cet instant il aurait préféré être n'importe où ailleurs. L'attirant à lui, il posa sa main sur la sienne, recouvrant son alliance. Il la regarda dans les yeux et elle sentit chavirer son cœur. Jamais, auparavant, elle n'avait vu une telle tendresse sur ses traits fiers. Mais ils savaient tous les deux que ce mariage était un arrangement d'affaires et ne devait pas être considéré comme quelque chose de romantique.

Lucas avait observé la scène touchante avec les enfants et éprouvait une émotion qu'il n'avait pas ressentie depuis très longtemps. Eve semblait douée pour la maternité. Elle était chaleureuse, aimante, charnelle, et ne craignait jamais de montrer ses sentiments. Il ressentit une pointe de regret. Il ne se souvenait pas de quelqu'un embrassant ses enfants, ou d'avoir vu leur visage s'éclairer de joie comme lorsqu'elles étaient avec Eve.

Il regarda sa jeune femme comme s'il la voyait pour la première fois. Il sourit, surpris par des pensées agréables dont la chaleur et l'humour se peignirent sur son visage — ce qui lui avait manqué jusqu'à présent ce jour-là. La bouche d'Eve était pulpeuse et d'un ravissant rose foncé. Il nota aussi qu'elle avait une taille extrêmement fine et un long cou gracieux. Ses yeux étaient du bleu le plus profond, presque violets, très grands, et leur forme en amande faisait ressortir ses pommettes hautes. Sa peau était lisse et crémeuse, translucide, et il se demanda si elle était ainsi sous le satin ivoire de sa robe. Cette question alluma une lueur de convoitise dans ses yeux.

De fait, son épouse était ravissante et rejetait dans l'ombre toutes les pâles roses anglaises minaudières et avides qui faisaient leur sortie dans le monde à chaque Saison. Lorsqu'elle lui avait fait cette outrageuse demande en mariage, il avait voulu tout savoir d'elle avant de s'engager, et était allé trouver William au ministère des Affaires étrangères, avant de s'entretenir avec son avoué.

William lui avait dit que dès que sa période de deuil avait été terminée, Eve avait reçu des propositions de mariage de plusieurs gentlemen en vue — un comte français, un millionnaire italien —, et été l'objet de l'admiration de tous les célibataires de la haute société new-yorkaise. Toutefois, elle n'était ni gâtée ni trop choyée, et son père s'était assuré de ne pas la protéger contre toutes les vicissitudes de la vie. Par ailleurs, elle était si habituée à la richesse que la fortune ne signifiait rien pour elle.

Et s'il était honnête, Lucas devait reconnaître qu'il l'avait admirée dès leurs premières rencontres dans le parc ou chez lui ; une jeune femme courageuse et obstinée qui ne le craignait pas, et qui avait dédaigné l'attitude de Maxine lorsqu'elle lui avait été confrontée. Elle était consciente des risques qu'elle prenait en l'épousant, mais elle était prête à lui faire confiance, à mettre en jeu tout ce à quoi son père avait travaillé. Soudain, il ressentit le poids du fardeau qu'elle avait placé sur ses épaules et sut que c'était à lui de faire en sorte qu'elle soit toujours en sécurité. Conformément à leur accord, il était prêt à attendre aussi patiemment qu'il le pourrait qu'Eve devienne son épouse dans tous les sens du terme. Ce qui, si cela ne tenait qu'à lui, ne tarderait pas.

Leurs regards se rencontrèrent, ignorant tout le reste autour d'eux. Lucas se surprit à aspirer à l'avenir pour la première fois depuis longtemps. Ils restèrent ainsi de longues minutes : ils auraient tout aussi bien pu être tous les deux seuls dans la pièce…

— Eh bien, nous voilà remariés, tous les deux, dit-il.

— Mais nous n'étions pas mariés l'un à l'autre.

— Alors, nous devrons apprendre à vivre ensemble, déclara gravement Lucas.

Eve baissa les yeux sur leurs mains jointes, les doigts forts de son mari enveloppant les siens.

— Ce qui, je l'espère, ne sera pas trop difficile — étant donné votre tempérament imprévisible, milord.

— Je promets d'essayer d'être la patience personnifiée, à l'avenir.

Peut-être était-ce l'occasion et tout ce qu'elle impliquait, ou l'étrange mélange de gentillesse et de solennité dans ses yeux bleu clair fixés sur les siens, mais, en tout état de cause, le cœur d'Eve s'accéléra.

— Quel que soit le fondement de notre mariage et quelles que soient nos différences, pourrions-nous mettre cela de côté, pensez-vous, et nous conduire comme n'importe quel couple de jeunes mariés à son repas de noce ?

Médusée, Eve scruta son regard énigmatique pendant que sa voix grave et douce paraissait la caresser et la prendre sous son charme. Pour une raison quelconque, sa requête entama largement sa résistance. Elle finit par hocher la tête doucement.

— Comme vous voudrez.

— Vous êtes délicieuse, Eve, reprit-il avec un sourire en coin, en lui tendant une flûte de champagne. Ou peut-être devrais-je dire lady Stainton. Quel effet cela vous fait-il d'être une dame titrée ?

— Je ne me sens pas différente de ce que j'étais il y a un quart d'heure.

— L'ordinaire Mme Brody ?

Eve fit une grimace.

— J'aimerais penser que Mme Brody n'a jamais été ordinaire.

Cela fit glousser Lucas, ce qui aida Eve à se détendre. C'était la première trace d'humour qu'elle voyait chez lui depuis le soir de leurs fiançailles.

— Vous avez raison. Elle était courageuse, chaleureuse, aimable et avait un magnifique sourire.

Le rire d'Eve pétilla comme une source d'eau claire.

— Voilà que vous me flattez. Un tel compliment venant de vous éveille mes soupçons et je n'en deviens que plus méfiante.

Les yeux clairs de Lucas la parcoururent légèrement, puis ils soutinrent les siens avec une chaleur souriante.

— Ne le soyez pas. Je ne dis jamais rien que je ne pense pas. Vous possédez maintes qualités que j'admire, Eve, et je suis ravi en particulier que vous aimiez autant les enfants.

— Le contraire serait difficile quand j'ai la chance d'avoir une fille à moi et trois adorables belles-filles, en comptant Alice. Vous ne pouvez imaginer combien Estelle est heureuse d'avoir des sœurs avec qui jouer.

Il haussa un sourcil bien dessiné et lui décocha un regard entendu.

— Et plus tard un frère.

Peut-être Eve n'aurait-elle pas dû se tenir si près de lui. Il lui était très difficile de cacher sa rougeur embarrassée en feignant la nonchalance, car ses pensées s'enlisaient dans le fait qu'alors qu'elle insistait pour faire respecter sa part de leur accord, il lui rappelait le sien.

— Je... je l'espère. Je sais que je suis liée par ma parole et j'ai bien l'intention de remplir ma partie de nos vœux, mais je vous ai demandé du temps et vous me l'avez accordé.

— En effet, et soyez assurée que vous n'avez rien à craindre de moi. J'accepte que les choses soient ce qu'elles sont entre nous, mais vous ne pouvez me blâmer d'espérer un changement. Je veux un héritier, et je ne peux imaginer de plus grande satisfaction que de vous voir porter mon fils.

Il la regarda, les paupières plissées, avec une expression malicieuse.

— Vous êtes ma femme, à présent. N'avez-vous pas fait le serment de m'aimer, de m'honorer et de m'obéir, de partager votre vie avec moi, ainsi que vos biens matériels ?

— Dois-je vous rappeler que vous avez promis la même chose, lord Stainton ?

Un sourire espiègle jouait sur ses lèvres.

Lucas sourit à son tour, largement.

— Touché ! Même si je considère que j'ai eu la meilleure part.

— Financièrement peut-être, murmura-t-elle, son attention attirée par les trois petites filles qui entraient, le visage rose et rayonnant de plaisir. Mais je suis satisfaite de ma partie du marché. Nos filles sont vraiment charmantes. C'est la première fois qu'Estelle est demoiselle d'honneur.

— Sophie et Abigail aussi. Elles n'ont jamais connu une telle excitation dans leur vie.

— J'ai le sentiment que toute cette joie va les épuiser et que d'ici ce soir nous aurons trois enfants moulues de fatigue.

La collation de noce avait été préparée par Mme Coombs. La longue table était festonnée de fleurs et il y avait abondance de nourriture et de champagne pour la trentaine d'invités. Le repas eût été très calme sans la présence des enfants, que Lucas n'approuvait pas mais sur laquelle Eve avait insisté. Leurs rires et leurs bavardages excités allégeaient l'atmosphère, enveloppant les adultes.

Cela se termina trop tôt au gré d'Eve et les convives s'en allèrent. Les enfants se trouvaient dans la nurserie et Eve était seule avec son époux. Ils allaient partager une dernière flûte de champagne avant de se retirer dans leurs chambres respectives, quand un valet les informa qu'un certain M. Edward Barstow voulait les voir.

— Je l'ai fait entrer dans votre cabinet de travail, milord.

Lucas prit un air pensif.

— Barstow ? N'est-ce pas votre avoué, Eve ?

Une ombre d'appréhension passa sur les traits d'Eve.

— Si. Je me demande ce qu'il veut.

— Allons voir.

L'avoué était assis devant le bureau. Quand la porte s'ouvrit, il se leva vivement, jetant un regard rapide et appréciateur au brun lord Stainton et à sa superbe jeune épouse. Les yeux pénétrants de Lucas fixés sur lui, il déglutit nerveusement pendant que le maître de maison contournait le bureau et, d'un signe de tête, l'invitait à parler.

Eve, en qui la patience avait été péniblement instillée — et pas toujours complètement —, attendit avec difficulté que M. Barstow s'exprime. Un nœud dur lui opprimait la poitrine, et elle avait beau faire, elle ne parvenait pas à s'en débarrasser.

L'avoué s'éclaircit la gorge.

— Bonsoir, lord Stainton, lady Stainton. Je vous présente mes excuses d'être venu vous voir sans avoir pris de rendez-vous — aujourd'hui en particulier —, mais il m'a semblé que mes nouvelles ne pouvaient attendre.

Eve lui rendit son salut, trouvant étrange qu'il ne les félicite pas.

— Bonsoir, monsieur Barstow. Voulez-vous une tasse de thé ?

— Non, non, merci.

Il jeta un coup d'œil à Eve, puis détourna les yeux, le poids de ce qu'il avait à lui dire lui paraissant écrasant. Il posa sa serviette sur le bureau et en sortit une feuille de papier.

— J'ai reçu cette lettre dans la journée — d'un certain M. Pilger, qui comme vous le savez travaille sur les affaires de votre père à New York.

Il la lui tendit.

— J'ai pensé, vu la gravité de son contenu, que je devais vous la communiquer tout de suite, ainsi qu'à lord Stainton.

Eve regarda la lettre, intriguée.

— Voulez-vous la lire, lady Stainton ? demanda l'avoué tandis qu'elle lui jetait un regard interrogateur.

Eve se mit à lire, et plus elle lisait, plus elle devenait glacée. Quand elle fut parvenue au bout, elle ne put saisir le sens de ces mots et les relut. Puis elle prit un moment pour contempler la lettre avec des yeux horrifiés et incrédules, toujours incapable d'assimiler ce qu'elle venait de lire.

Rendu soucieux par sa soudaine pâleur, Lucas alla à elle.

— Eve ? Qu'y a-t-il ?

La fixant d'un regard intense, il tendit la main vers la lettre. Celle d'Eve tremblait quand elle la lui donna.

— Veuillez la lire, Lucas. Peut-être y comprendrez-vous quelque chose.

Lucas le fit. A part son expression légèrement contractée, il ne montra pas de réaction visible à ces nouvelles accablantes, ou à leurs terribles implications. Regardant M. Barstow dans un silence compassé, il lui rendit la lettre.

Réprimant des mots de sympathie que lord Stainton rejetterait, il le savait, l'avoué porta les yeux sur son épouse.

— Je… je mesure quel choc terrible ceci doit être pour vous, lady Stainton. J'en suis infiniment navré.

— Mais… cela ne se peut pas, monsieur Barstow. Il doit y avoir une erreur. Il le faut. Mes instructions étaient simples : je vous ai informé que mes biens financiers devaient être transférés à mon mari lors de notre mariage. Il est maintenant légalement en possession de tout l'argent que je possède.

— Vous n'avez plus cet argent à votre disposition — du moins pas autant que ce que vous escomptiez, loin de là.

Eve était atterrée.

— Mais mon père était un homme riche. Il avait amassé une fortune. Elle ne peut avoir disparu !

— Il semble qu'une partie substantielle de ses avoirs ait fondu, lady Stainton.

— Mais cela n'a pas pu se produire du jour au lendemain !

— Ses biens ont diminué régulièrement depuis quelque temps et, comme vous le savez peut-être, toutes les branches de l'économie américaine ont beaucoup souffert ces derniers mois. Ce qui, à mon avis, est la raison pour laquelle vous n'avez pas pu accéder plus tôt à votre héritage. Dans leur lutte pour se sauver, les banques ont rappelé leurs prêts d'une manière si implacable que de nombreuses entreprises — et d'individus, dont votre père — sont ruinés.

— M. Brody était-il au courant avant sa mort ? s'enquit Lucas, étonné par le calme de sa propre voix.

— Je le pense. Il a vendu certains de ses investissements quand les choses ont commencé à péricliter. Peut-être que s'il avait vécu, étant le genre d'homme qu'il était, il se serait redressé, mais là…

— Il est mort, murmura Eve.

Elle regarda les traits tendus de son mari.

— Lucas, je n'en avais aucune idée. Vous devez me croire. Y a-t-il… des dettes, des créanciers à payer ? demanda-t-elle à l'avoué qui refermait sa serviette.

— Pas à ma connaissance. M. Pilger est en train de clore les affaires de votre père en Amérique et me transmettra les papiers en temps voulu.

Lucas le dévisagea.

— Y a-t-il autre chose ?

— Non, sir. Je vais me retirer.

Le bruit de ses pas qui s'éloignaient résonna dans le couloir. Eve n'alla vers Lucas que lorsque la porte d'entrée se referma. Il lui tournait le dos, les mains appuyées sur le manteau de la cheminée, la tête basse, les épaules raides. On n'entendait que le bruissement de ses jupes. Elle s'arrêta à quelques pieds de lui, marquant une pause pour rassembler ses esprits avant de parler. Elle essaya de trouver par où commencer, et comme elle était anéantie par l'émotion, elle dit la première chose qui lui passa par la tête.

— Vous êtes en colère, Lucas, et vous avez toutes les raisons de l'être.

Elle vit ses épaules se crisper au son de sa voix. Quand il se redressa et pivota pour la regarder, son expression ne la rassura pas. Ses yeux étaient deux fentes rageuses dans son visage sinistre, et elle percevait l'effort qu'il fournissait pour se contrôler. Il porta son regard sur elle, ses prunelles bleu clair prenant un éclat métallique et glacial.

— Vous avez raison, dit-il d'un ton âpre, la bouche pincée en un pli amer, les sourcils froncés. Il semble que vous m'ayez épousé sous de faux prétextes, lady Stainton.

Eve tressaillit en l'entendant énoncer son nouveau titre, qui sonnait creux.

— Apparemment. Je vous ai promis une fortune. Je ne puis croire qu'elle n'existe plus. Qu'elle se soit envolée. Vous n'aviez aucune raison de m'épouser, finalement.

— En effet, lâcha-t-il d'une voix coupante, en allant à son bureau et en tirant son fauteuil pour s'asseoir. Aucune. Au nom du ciel, pourquoi vous ai-je crue sur parole au sujet de votre richesse ?

Pourquoi avait-il été si naïf ? Après tout ce qui s'était passé avec Maxine, n'en avait-il pas tiré de leçon ?

— Lucas, vous devez me croire quand je vous dis que je ne me doutais de rien. Je ne comprends pas comment cela a pu se produire.

— Qu'y a-t-il à comprendre ? C'est assez simple.

Votre père a perdu son argent. Que ce soit à cause d'une mauvaise gestion ou de l'état des banques américaines, cela ne fait guère de différence.

Ses lèvres esquissèrent un sourire amer et cynique.

— Il semble que votre père et moi ayons beaucoup de choses en commun, ma chère. Avant de vous rencontrer, je n'avais à m'occuper que de mes filles et de moi. Maintenant, avec une femme et une autre enfant à ma charge, je me retrouve avec des responsabilités dont je me serais passé.

Ses paroles cruelles touchèrent Eve en plein cœur. Avec une bouffée de colère, elle haussa le menton d'un air belliqueux, nouée par la tension, pour prendre la défense de sa fille chérie.

— Puisque vous nous voyez comme de pitoyables fardeaux…

— C'est vous qui le dites, coupa-t-il durement.

— Néanmoins, c'est ce que vous pensez, fulmina-t-elle d'une voix glaciale, en se campant devant lui. Et comme je le disais, si c'est ainsi que vous nous voyez, je vais quitter votre maison sur-le-champ avec Estelle.

— Sûrement pas. Je vais vous donner un avertissement, Eve, et écoutez-moi bien, dit-il d'une voix terrible. Ne songez pas à quitter cette maison définitivement. Vous êtes ma femme et vous ne partirez pas sans ma permission. Vous resterez ici avec moi jusqu'à ce que nous partions pour Laurel Court, et ne vous avisez pas de me désobéir.

La fureur flamba dans les yeux d'Eve. Elle s'avança, posa les mains à plat sur son bureau et se pencha en avant.

— Comment osez-vous, Lucas Stainton ? Je n'ai pas besoin de votre permission pour faire quoi que ce soit, et si je veux un avis, je ne vous demanderai pas le vôtre. Comment vous permettez-vous de me rappeler mes vœux ? Aimeriez-vous que je vous rappelle les vôtres, milord ?

Il plissa les paupières et la fusilla d'un regard meurtrier. Aucune femme n'avait jamais osé lui parler sur ce ton ou le regarder avec des étincelles dans les yeux. Il y eut un profond et terrible silence, un silence si menaçant, empli d'une détermination si infaillible des deux époux de se blesser et de se détruire, que la tension était palpable.

Lucas repoussa bruyamment son fauteuil, mais Eve ne flancha pas. Leurs yeux se joignirent en un farouche combat. Ni l'un ni l'autre ne voulaient céder.

— Ne me provoquez pas et ne me défiez pas, Eve, sinon vous n'apprécierez pas ce qui se produira, croyez-moi, dit-il dangereusement.

Quand elle répondit, sa voix était méprisante.

— Je ne suis pas votre propriété et je ne serai pas traitée comme telle. Ce qui s'est passé est infortuné, mais ce n'est pas obligatoirement la fin du monde.

L'expression de son mari était difficile à déchiffrer, mais une ombre noire passa dans ses yeux.

Glissant les doigts dans ses cheveux d'un geste rageur, il se détourna d'elle comme s'il ne supportait pas de la regarder ou d'être près d'elle, et alla à la fenêtre. Il inspira longuement, luttant pour contrôler sa colère. Lorsqu'il reprit la parole, il semblait plus calme.

— Les dégâts, quels qu'ils soient, se sont déjà produits. Je suis à blâmer. Connaissant l'état de l'économie américaine, j'aurais dû enquêter plus soigneusement sur les affaires de votre père avant de m'engager à ce mariage. J'espère simplement que mon banquier se montrera plus compréhensif. Vous vous moquez peut-être complètement de mes sentiments…

— Bien sûr que non ! se récria Eve, souhaitant pouvoir faire ou dire quelque chose pour arranger les choses.

Il eut un sourire cinglant.

— Mesurez-vous ce qui se passera si ceci est divulgué ? Cela causera le plus grand scandale à Londres depuis mon divorce d'avec Maxine. Cela apportera encore plus de discrédit à ma famille.

L'impuissance d'être une femme complètement à la merci de son mari frappa Eve avec force. Puis son ramour-propre s'enflamma. Les manières de Lucas et sa cruauté délibérée la courrouçaient. Pensait-il que c'était facile pour elle, qu'elle ne souffrait pas aussi ?

— Votre famille est à présent la mienne, Lucas, alors cela nous affecte tous les deux, s'insurgea-t-elle, les joues brûlantes de colère. Pour l'amour du ciel, que voulez-vous que je fasse ? Que voulez-vous que je dise ? J'ignorais la gravité de la situation. Imaginez-vous à quel point ceci est dur pour moi ?

— Oui, oui, bien sûr.

— Lucas…, commença-t-elle en avançant d'un pas, puis en s'arrêtant quand elle ne reçut de lui qu'un regard glacial et méprisant.

Elle reprit d'une voix tremblante d'émotion, tandis qu'elle cherchait un moyen de l'atteindre, de dissiper sa fureur et de contenir la sienne :

— Je me rends compte que vous devez me détester pour ceci, mais pensez-vous que j'aurais pu me tenir à votre côté aujourd'hui et promettre ce que j'ai promis si j'avais su ce qu'il en était ? Si j'avais soupçonné que ceci arriverait ? Je vous l'aurais dit.

— Je ne vous déteste pas et je ne vous blâme pas. Je me blâme moi-même.

Lucas ne voyait pas l'utilité de s'en prendre à elle. Elle était aussi dévastée que lui, mais avec tout le personnel qualifié que son père employait pour s'occuper de ses affaires, pourquoi diable n'avait-elle pas été informée qu'il était face à la ruine ?

Eve prit une inspiration tremblante et se risqua à avancer d'un autre pas.

— Je sais que je vous ai terriblement blessé et j'en suis désolée, mais je ne peux rien y faire. Si vous vous attendez à me voir crier et pleurer, vous perdez votre temps. Je ne suis pas encline à l'hystérie.

Lucas la regarda, voyant la blessure et le désespoir dans ses yeux. Il éprouva quelque chose en lui, une étrange émotion qu'il ne reconnaissait pas, et inconsciemment il tendit la main vers elle. Son expression devint mitigée, curieusement gentille, et ses yeux bleus s'adoucirent. Emplis de peine et de compassion, ils lui dirent son regret qu'elle ait à souffrir de ce désastre. Mais Eve ne voulait ni de sa pitié ni de sa sollicitude, et son regard froid le lui indiqua.

— Eve, je sais à quel point vous devez être bouleversée…

— Le savez-vous, Lucas ? Réellement ? Je ne pense pas. Ce n'est pas juste à propos de vous, et si les choses doivent être ainsi entre nous, je suppose que je l'endurerai. Ce qui est fait est fait et nous devrons trouver le moyen de vivre en harmonie avec, sinon la seule solution sera de faire annuler notre mariage ou de divorcer.

Lucas se figea, ses yeux la transperçant avec dureté. Il s'avança lentement vers elle comme un dangereux prédateur.

— Eve, laissez-moi établir clairement une chose. Je le dirai cette fois et cette fois seulement, et vous allez m'écouter. Ne mentionnez plus jamais le divorce. Premièrement, notre mariage ne sera pas annulé et, deuxièmement, nous ne divorcerons pas. Le divorce, je l'ai découvert à mes frais, est une affaire coûteuse réservée aux gens riches. Je ne le suis pas. Cela mis à part, Eve, même si j'étais l'homme le plus riche du royaume, je refuserais de repasser par là ou de souiller davantage le nom de ma famille en recommençant. Suis-je clair ?

— Oui, parfaitement.

— Bien. Maintenant, allez vous coucher, dit-il, les dents serrées.

Eve avait envie de rester et de continuer à discuter, mais la colère froide de son mari l'en dissuada.

Elle rejeta fièrement la tête en arrière et se détourna pour gagner la porte.

— Tant que vous êtes dans cet état d'esprit, je pense que c'est le mieux, lui lança-t-elle. Nous pourrons discuter de cette affaire raisonnablement et posément demain matin. Bonne nuit, Lucas.

D'ordinaire, lui rappela son esprit terrifié, Lucas avait un tempérament explosif. Mais il était si furieux de voir la fortune qu'il espérait lui échapper qu'au lieu de se mettre en rage il était d'une froideur mortelle, et cela l'alarmait davantage qu'un de ses éclats habituels.

Quand elle le quitta, elle se sentait physiquement malade. Elle monta dans la chambre qui devait être la sienne au premier étage. Lucas lui avait laissé le choix et elle avait choisi celle-là parce qu'elle était proche de celle des enfants.

Passant devant la nurserie, elle regarda à l'intérieur

et fut soulagée de voir que les petites filles dormaient profondément. Se sentant impuissante et misérable, elle entra chez elle et fut heureuse qu'il n'y ait personne pour l'attendre. La journée avait été longue, et en voyant ses draps rabattus, sa chemise de nuit posée sur une chaise et le feu qui brûlait dans la cheminée, la pièce lui parut accueillante.

Elle était encore en état de choc lorsqu'elle commença à se déshabiller, tirant sur les innombrables crochets qui fermaient sa robe dans le dos, et dénouant ses cheveux. Elle les secoua à deux mains et ils s'écroulèrent dans son dos en une épaisse cascade cuivrée, puis elle se mit au lit.

Submergée par les nouvelles alarmantes qu'elle avait reçues et incapable d'y croire, elle ferma les yeux, retenant ses larmes du mieux qu'elle pouvait.

Elle resta éveillée un long moment, allongée, torturée par des doutes au sujet de l'avenir et par la crainte atroce que Lucas, malgré ce qu'il avait dit, ne décide de mettre fin à leur mariage quand il considérerait la chose à la froide lumière du jour.

Lucas vida le verre de cognac qu'il tenait à la main et s'en servit un autre. Mais il avait beau vouloir s'enivrer pour oublier, jamais il ne pourrait boire assez d'alcool pour dissiper la fureur qui l'envahissait.

Malgré toute son expérience, malgré ce qui s'était passé avec Maxine et Stephen, il s'était laissé capturer par une femme qui devait lui apporter la fortune, alors qu'en fait elle était dans une situation pire que la sienne. Bonté divine ! pensa-t-il, résistant à l'envie de lancer son verre dans la cheminée. Si ce n'était pas si grave, il rirait de sa crédulité. Il but une autre gorgée de cognac. S'il avait eu le moindre bon sens, il aurait jeté Eve hors de chez lui avant qu'elle lui fasse cette maudite proposition.

La rage bouillonnait en lui comme de l'acide, détruisant tout sentiment de tendresse qu'il pouvait avoir pour elle. Maudite soit cette femme. Maudit soit son cœur d'intrigante. Elle n'avait rien apporté dans le mariage, et pour ajouter l'insulte à la blessure, elle lui refusait le plaisir de son corps tant qu'elle ne serait pas prête à se soumettre à lui. Au diable ce qu'elle voulait, se dit-il en vidant son verre. Puisqu'elle ne pouvait remplir sa part du marché, il ne remplirait pas la sienne non plus. Et si elle ne se pliait pas à sa volonté, il la briserait.

Il ne pouvait songer à rien d'autre qu'à son besoin de la posséder, d'assouvir son désir, de l'écraser, de lui faire mal, de réclamer son corps de toutes les façons qu'elle choisirait de le lui livrer.

Eve glissait déjà dans le sommeil quand elle eut l'étrange impression d'être observée ; quelqu'un se trouvait dans sa chambre ! Affolée, elle ouvrit brusquement les yeux. Lucas se tenait immobile au pied de son lit, éclairé par la lueur des braises derrière lui. Avec ses cheveux noirs emmêlés, sa chemise ouverte jusqu'à la taille et les manches roulées sur ses avant-bras, il paraissait étrangement menaçant, aussi figé qu'une statue, toute son attention rivée sur elle.

Poussant un cri indigné, elle s'assit et sortit de son lit, attrapant une robe de chambre de soie bleue drapée sur le dossier d'un fauteuil.

— Lucas ! Que faites-vous ici ?

Elle avait l'esprit aux abois. Elle ne pouvait imaginer

pourquoi il était venu dans sa chambre. Sans répondre, il s'avança vers elle. Grand et mince, les épaules musclées, Lucas Stainton était indubitablement un très bel homme, mais en cet instant son visage était trop dur dans la pénombre, sa bouche trop obstinée et son menton trop arrogant au goût d'Eve. De fait, le pouvoir qui émanait de lui lui faisait voleter l'estomac. Elle percevait l'odeur du cognac qu'il avait bu, ses yeux brillaient d'un éclat inquiétant. Il s'arrêta à quelques pouces d'elle, un sourire moqueur sur les lèvres.

— Voyons, Eve, qui d'autre pensiez-vous que ce serait lors de notre nuit de noces ? demanda-t-il d'un ton traînant. Un vagabond, peut-être ?

— Je n'en ai aucune idée. Lucas, il est très tard et vous devriez être au lit.

Son sourire se fit concupiscent tandis qu'il la parcourait d'un regard brûlant et insolent, s'arrêtant avec étonnement sur la lourde masse auburn qui tombait dans son dos jusqu'au creux de ses reins, vibrante à la lueur des flammes.

— Je sais, c'est pourquoi je suis ici.

N'ayant pas conscience de la vision qu'elle offrait dans sa robe de chambre moulante, ses cheveux défaits sur ses épaules, Eve sentit ses joues s'enflammer. Son cœur manqua un battement, sans qu'elle sache si c'était d'indignation ou d'anticipation. Le sens de ses paroles n'était que trop clair. Et elle ne savait pas trop comment réagir à cela.

— Je voulais dire dans votre lit, pas dans le mien, précisa-t-elle le plus fermement qu'elle put.

— Je sais, mais j'ai décidé que votre lit serait bien plus confortable que le mien, et me voici.

Sa froide raillerie fit céder le fragile contrôle qu'Eve

exerçait sur elle-même. Plantant ses mains sur sa taille, elle le fusilla d'un regard courroucé.

— En effet, Lucas, et vous êtes encouragé par une bonne dose de cognac et d'entêtement naturel. A présent, partez, s'il vous plaît. Vous êtes ivre.

— Oui, et avec de bonnes raisons. Maintenant, mettez-vous au lit et cessez de jouer les vierges outragées, quand nous savons tous les deux que vous ne l'êtes pas. Vous avez été mariée et vous avez un enfant, vous n'êtes donc pas ignorante de ces choses-là. En outre, il est habituel que les mariages soient consommés durant la nuit de noces.

Un petit nœud de tension commença à se former dans la poitrine d'Eve.

— Mais vous avez dit…

— Oubliez ce que j'ai dit, grommela-t-il. Les vœux d'une épouse impliquent qu'elle se soumette en tout à son mari, et cela comprend le fait de le satisfaire au lit.

— Vous satisfaire ? Et qu'en est-il de moi ?

Il eut un sourire lascif.

— Je me fie à ma capacité de vous satisfaire aussi, Eve.

— Dois-je vous rappeler notre accord ?

Il haussa un sourcil sceptique.

— Ah, notre accord. Et vous êtes toujours absolument certaine que c'est ce que vous voulez entre nous ?

Elle hocha la tête.

— Parfaitement.

— Et si je refuse ?

— Alors, je ferai ce que vous demandez et me soumettrai à vous.

— Vous soumettre ? répéta-t-il, irrité par ce mot. Je

ne veux pas que vous vous *soumettiez* à moi, que vous vous donniez avec réticence.

Eve riva ses yeux sur les siens et répondit vivement :

— Alors, ne me pressez pas.

Une pointe de désespoir perçait dans sa voix.

— Vous avez promis de me laisser du temps. Nous avons conclu un accord et je vous croyais assez gentleman pour le respecter.

— Je ne suis pas un gentleman et c'était avant les malheureux événements de la soirée. Les choses ont changé, déclara-t-il froidement. L'arrangement est caduc, ma douce.

— Et vous pensez manifestement que je suis une compensation pour une dette non payée, lui lança-t-elle avec colère.

— Exactement.

Il leva la tête et Eve fut alarmée par l'éclat prédateur de ses yeux, qui paraissaient sombres dans la faible lumière. Il fit un pas vers elle, puis un autre, et elle recula d'autant, jusqu'à ce que ses jambes butent contre le lit. Ne pouvant avancer et ne voulant surtout pas tomber sur le lit, elle resta figée dans un silence rebelle, son cœur tambourinant dans sa poitrine. Lucas s'arrêta et fronça les sourcils.

— Maintenant, si vous me disiez pourquoi la perspective de coucher avec moi vous effraie ?

— Je ne suis pas effrayée. Je n'ai pas peur de vous — vraiment. Simplement, je ne veux pas que vous me touchiez, énonça-t-elle, rendue mal à l'aise par son audace.

Des lambeaux d'anxiété s'enroulaient autour de son cœur.

— Vous êtes ivre, Lucas. De grâce, partez. Ne faites pas quelque chose que vous pourrez regretter demain matin.

Elle pivota pour s'éloigner de lui, mais, frustré qu'elle continue à le repousser, Lucas tendit les mains vers elle, la saisit par la taille et la retourna rudement face à lui. Puis il l'attira dans ses bras et la pressa contre son corps dur et musclé.

— Assez de ces sottises, murmura-t-il d'un ton bref, excité et avide d'aller plus loin.

Le cœur d'Eve se brisa quand il courba la tête et prit ses lèvres en un baiser dur, destiné à la faire taire. Fermement plaquée contre lui, elle était une masse de rébellion frémissante. Elle n'avait conscience que de sa vigueur, de son pouvoir, du léger parfum de son eau de Cologne et de l'odeur d'alcool qui imprégnait son haleine. Posant les mains sur son torse, elle s'arracha à ses lèvres et détourna son visage, offusquée par son effronterie.

— Arrêtez ! dit-elle, le souffle court, profondément choquée par son assaut. Ne faites pas cela, Lucas, je vous en prie, pas comme cela. Je ne veux pas.

— Tenez-vous tranquille, marmonna-t-il, prenant son menton dans ses doigts et l'obligeant à tourner la tête pour rencontrer ses yeux.

Il vit son regard méfiant sous ses longs cils recourbés et admira la douce rougeur qui avivait ses joues crémeuses, son petit nez droit, ses lèvres au dessin délicat qui semblaient appeler les siennes.

— Je ne connais qu'une façon d'embrasser une femme, Eve, murmura-t-il d'une voix suave, ses doigts devenant plus doux sur sa mâchoire.

Il promena sa bouche entrouverte sur la peau satinée de son cou mince, en soupirant de désir.

— Et je n'ai jamais eu de plainte jusqu'ici. Je commence à penser que vous prenez plaisir à m'appâter, car vous le faites mieux qu'aucune femme de ma connaissance.

Autour d'eux, la chambre était silencieuse, emplie d'ombres et immobile. Les mains de Lucas glissèrent sur elle d'un geste possessif. Les efforts qu'elle faisait pour se libérer l'excitaient encore plus et il se saisit de ses seins, leur pointe frémissant sous ses paumes dures. Ensuite, il caressa son dos et la douce courbe de son postérieur, conscient que son corps tremblant était nu sous sa fine chemise, ne désirant rien d'autre que de la dévêtir, de l'allonger sur le lit et de se perdre en elle.

Incapable de détendre son corps rigide, Eve se débattait toujours contre lui, se jetant sur le côté, essayant d'échapper à ses mains avides. Elle était de plus en plus effrayée, sa réserve naturelle et sa pudeur face à cette agression masculine la rendaient froide, car ce qu'il faisait, sans se soucier de ce qu'elle ressentait, était un rappel vivace de la cruauté d'Andrew et lui donnait l'impression que l'histoire se répétait.

Toutefois, même à ce moment-là, quelque chose lui disait qu'avec du temps et de la patience, s'il laissait ses sens s'habituer à ce pouvoir viril qui envahissait le monde féminin qu'elle avait si longtemps protégé, elle pourrait devenir ce qu'il voulait qu'elle soit, et en être aussi satisfaite qu'il semblait l'être.

— Lucas, je ne peux pas…, protesta-t-elle, mais il la fit taire d'un nouveau baiser.

Tandis que la passion de Lucas s'accroissait, sa conscience se réveillait et avec elle la terrible et coupable prémonition que ce qu'il faisait était mal. Quand il revint à un semblant de réalité, il détacha brusquement ses lèvres de celles d'Eve et s'écarta, constatant que son visage était un masque angoissé. Profondément choqué, il tressaillit de remords. Comment avait-il pu lui faire cela ? Comment pourrait-il jamais la blesser ? Se passant une main dans les cheveux, il éprouva de la colère et du dégoût pour lui-même. Incapable de la regarder une seconde de plus, il pivota et rejoignit la porte à grands pas. Puis il s'arrêta, se tourna vers elle et l'étudia en silence.

— Ce qui vient de se passer est ma faute et je vous prie de m'en excuser, dit-il enfin, sur un ton si calme qu'il surprit Eve. Cela n'avait rien à voir avec le fait que vous me provoquiez. Le contenu de la lettre de M. Barstow a annulé notre arrangement et m'a simplement fourni une excuse pour faire ce que je souhaitais faire depuis un certain temps.

— Lucas… Si je vous ai blessé…

— Eve, la seule blessure qui a été infligée ce soir l'a été à ma fierté. L'échec de notre marché me rend furieux, et cela m'irrite au-delà de toute mesure de dormir dans un lit vide lors de ma nuit de noces. Il ne devrait pas en être ainsi entre nous. Votre propre fierté est-elle si grande que vous ne pouvez l'écarter quelques heures — juste cette fois ?

Une boule d'émotion serra la gorge d'Eve, et même si elle ne lui avait pas pardonné de s'être introduit dans sa chambre et d'avoir essayé de s'imposer à elle, elle était touchée par la façon dont il avait reculé et s'était excusé. Elle sentit quelque chose frémir dans sa poitrine : la sensation descendit au creux de son ventre et y resta logée, chaude et confortable. Elle détailla le visage de

Lucas, incapable d'en détourner les yeux, retenue par quelque chose qu'elle ne savait nommer, mais que son corps de femme reconnaissait.

Elle avait vu cette expression jadis quand un homme avait voulu la prendre dans son lit, mais alors elle l'avait crainte, et à juste titre. Toutefois, elle trouvait étrange de ne pas avoir peur de la façon dont Lucas la regardait à présent. Bien au contraire. Car elle n'était pas préparée à la force des sentiments qui la balayaient, et elle savait qu'elle était en grand danger, pas de la part de son mari, mais d'elle-même. La perspective de feindre durant quelques heures qu'elle était une jeune épouse aimée et lui un mari amoureux ne lui semblait pas seulement inoffensive, mais terriblement attirante — au point qu'elle fut tentée de lui demander de coucher avec elle. Mais quelque chose en elle la retint.

Finalement, elle prit une longue inspiration et répondit :

— Oui.

Ce seul mot, prononcé avec une tranquille conviction, frappa Lucas de son caractère définitif.

— Alors, je vais vous souhaiter une bonne nuit.

Il se détourna et quitta sa chambre, le cœur contracté par ce qu'il avait fait — s'imposer froidement à elle comme le scélérat qu'il était.

Anéantie par ce qui venait de se passer, Eve regagna son lit comme une somnambule. Gardant sa robe de chambre, elle se coula entre les draps et se roula en boule, serrant ses genoux entre ses bras. Mais le contact des lèvres de Lucas et de son corps pressé contre le sien la hantait, comme un souvenir brûlant inscrit au fin fond de son être.

9

Le lendemain matin, Eve s'habilla et descendit. La maison était étonnamment tranquille, compte tenu que quatre enfants y vivaient, si différente du foyer des Seagrove où des voix et des rires d'enfants résonnaient en permanence. Quand elle atteignit le vestibule, elle fut informée par un valet que Lucas voulait la voir. En se dirigeant vers le cabinet de travail, elle s'avisa qu'il allait être plus difficile qu'elle ne s'y attendait de saluer son mari avec désinvolture après ce qui s'était passé entre eux la veille au soir.

Lorsqu'elle s'était rendue à la nurserie, un peu plus tôt, Sarah l'avait regardée posément, et elle avait été soulagée que la jeune femme soit assez délicate pour ne pas lui parler de sa nuit de noces. Mais elle n'avait aucune idée de ce que Sarah penserait si elle lui disait que Lucas et elle avaient dormi dans leur lit respectif.

Lucas travaillait à son grand bureau, entouré de dossiers et de papiers, et il ne leva pas les yeux, même quand elle ferma la porte. Il était rasé de près, sobre, soigné, et son beau visage était impénétrable.

— Je vous en prie, asseyez-vous, dit-il d'une voix froide et impersonnelle.

Gardant les yeux baissés, il lui désigna d'un geste de la main un fauteuil à oreillettes sur le côté du bureau.

— Je suis à vous dans un instant.

S'asseyant sur le bord du fauteuil, le dos bien droit, Eve se demanda comment il pouvait paraître si calme et détaché après la nuit précédente. Il semblait capable de l'écarter complètement. Elle resta immobile, osant à peine remuer, retenant son souffle, le grattement de la plume sur le papier emplissant le silence de la pièce. Au bout de deux bonnes minutes, il jeta soudain sa plume et leva la tête. Toutes pensées de revanche et de fierté blessée l'ayant poussé à venir dans sa chambre la veille étaient oubliées, apparemment, tandis qu'Eve luttait pour avoir l'air à peu près normal.

Elle fut néanmoins surprise de constater qu'il ne semblait plus cynique ou en colère, ce qui la soulagea.

— Vous vouliez me voir, Lucas.

— Oui, répondit-il platement, en repoussant son fauteuil pour se lever. Vous êtes pâle, Eve. N'avez-vous pas bien dormi ?

— Si — mais ça m'a pris un certain temps.

Il ne s'excusa pas d'être entré chez elle, même s'il ne le pensait pas, et, bien qu'il souriait, ce sourire n'atteignait pas ses yeux. N'ayant guère envie d'aborder le sujet de toute manière, Eve se leva.

— Pourquoi vouliez-vous me parler ? demanda-t-elle, prête à prendre congé à tout instant.

— Je voulais vous dire que je compte partir pour Laurel Court demain matin. J'ai l'intention de garder cette maison, pour l'instant. Sans occupant, elle ne demandera pas beaucoup d'entretien. Veuillez vous assurer que les enfants soient prêtes à partir à 9 heures.

Pendant un moment, la surprise laissa Eve muette. C'était la dernière chose à laquelle elle s'attendait.

— Laurel Court ? Mais… les domestiques ne devraient-ils pas être envoyés en avant pour préparer la maison ?

— Nous n'avons pas le temps. Nous voyagerons ensemble. Vous aimez Laurel Court, autant que je m'en souvienne, aussi je suppose que vous n'aurez pas d'objection.

— Rien ne me plairait plus que d'y retourner. Mais quelques jours de préparatifs ne seraient sûrement pas de trop.

— Non, Eve, dit-il abruptement, et de grâce ne discutez pas. J'ai des affaires urgentes à traiter dans le Nord-Est et je ne veux pas vous laisser seule à Londres avec les enfants.

— Mais vous suggérez que nous resterons seules à la campagne.

— Pourquoi pas ? Vous y serez parfaitement en sécurité. Laurel Court convient beaucoup mieux aux enfants que la vie en ville.

Comme elle ne répondait pas, il déclara d'un ton traînant et plein d'ennui :

— Au moins, à Laurel Court, ma présence vous sera épargnée. Ne me dites pas que vous vous attendiez à ce que je reste avec vous et joue à la famille heureuse. Vous n'êtes pas aussi naïve, n'est-ce pas ?

Tressaillant à son intonation froide et mordante, Eve observa son visage dur. L'arrivée de M. Barstow la veille avait détruit tout espoir qu'elle avait pu avoir de rejoindre Lucas sur un terrain commun. Cela l'avait emplie de confusion et avait sérieusement diminué son estime d'elle-même. Elle n'avait pas tenu ses engagements envers lui. Elle déglutit nerveusement, puis secoua la tête.

— Après les événements d'hier, je ne savais pas à quoi m'attendre, mais je ne pensais pas que vous ignoreriez ce qui s'est passé, déclara-t-elle avec honnêteté.

— Bien. Au moins, nous sommes d'accord là-dessus. Il y a eu assez de tromperie et de malentendus entre nous.

Soudain, Eve éprouva une irritation brûlante devant son attitude, et tout son ressentiment envers Lucas et les circonstances qui avaient changé sa vie aussi incommensurablement enfla en elle en une colère farouche.

— Je ne vous ai pas trompé volontairement, Lucas. Alors, si vous devez continuer à me punir pour quelque chose qui a échappé à mon contrôle, faites-le si cela peut vous faire vous sentir mieux. Pour ma part, je suis soulagée que vous vouliez mettre une certaine distance entre nous. J'espère seulement que le Nord-Est est assez loin.

Les yeux de Lucas s'obscurcirent de colère.

— Je n'ai pas l'intention de vous punir et je ne vous blâme pas non plus de ce qui s'est passé, déclara-t-il avec une patience qui s'amenuisait. Je fais tout ce que je peux pour m'adapter aux circonstances infortunées qui ont provoqué cette débâcle, tout en essayant de trouver une solution pour nous sauver de la ruine complète.

— Et vous pensez le faire en vous en allant ?

— C'est possible.

Elle haussa le menton.

— Très bien. Si vous voulez m'excuser, je vais informer Sarah qu'il faut faire les bagages.

*
* *

Lucas la regarda partir avec une admiration secrète. La situation devait être dévastatrice pour elle, s'avisa-t-il soudain. Elle aussi avait tout perdu et maintenant elle était forcée d'affronter une nouvelle façon de vivre aux côtés d'un mari qui lui avait déclaré clairement qu'il ne voulait pas d'elle.

Mais ce n'était pas entièrement vrai. Il la désirait. C'était le problème. Si une part de lui ne voulait rien avoir à faire avec elle, une autre — de loin la plus importante — avait envie de la prendre dans ses bras et d'éveiller une passion délicieuse et inconnue dans son corps ravissant. Elle suscitait en lui des émotions charnelles contre lesquelles il devrait lutter farouchement s'il voulait garder ses distances avec elle. Et cependant il savait combien son contrôle était fragile quand il était près d'elle.

Lucas se leva quand Eve entra dans la salle à manger. C'était leur première soirée à Laurel Court. Il avait un verre de vin à la main et y faisait tournoyer le liquide cramoisi en fixant le feu d'un air maussade. Il pivota lentement vers elle, posa son verre et lui en servit un.

— Eh bien, Eve, êtes-vous contente d'être de retour à Laurel Court ?

— Oui, je l'avoue. Je me suis attachée à cette maison, et les enfants sont très heureuses d'être revenues.

Il lui décocha un regard acéré.

— Vous mesurez que je risque de perdre cette propriété si rien n'est fait pour compenser mes pertes, lui rappela-t-il, semant délibérément les graines de la discorde.

Contenant son humeur au prix d'un effort surhumain, Eve parvint à lui répondre calmement.

— L'effondrement des finances de mon père a été un rude coup pour vous, Lucas. Je le sais sans que vous ayez à me le rappeler en permanence.

— Et cela ne manque jamais de vous mettre en colère, observa-t-il, admirant la façon dont l'irritation faisait virer ses yeux au bleu nuit.

— Vous avez le don de me faire enrager plus que personne d'autre. En tant que maîtresse de cette superbe maison, je ferai tout mon possible pour vous aider autant que je le pourrai.

— Vous trouverez beaucoup à faire au cours des jours et des semaines que vous passerez ici. Le personnel est réduit et nous ne pouvons nous permettre de l'augmenter, aussi vos tâches seront-elles nombreuses. Montez-vous à cheval, à propos ?

— Oui, répondit-elle avec raideur. J'adore monter.

— Alors, je vous montrerai la propriété dans la matinée — dans l'état où elle se trouve.

— Cela me plairait beaucoup. Quand comptez-vous partir ?

— Dans deux ou trois semaines. Je veux m'assurer que vous soyez bien installées avant mon départ.

— Et vous absenterez-vous longtemps ?

— Je n'en ai aucune idée.

Quand on les servit, il la guida à la table. Leurs couverts avaient été placés côte à côte, Lucas en bout de table et Eve à sa droite, afin qu'ils puissent se parler plus aisément. La lueur des bougies brillait sur la surface cirée et faisait scintiller les verres en cristal.

Ils mangèrent dans un silence compassé. Mais le vin et le délicieux consommé au poulet et aux oignons aidant,

Eve commençait à se détendre, anticipant le plaisir de ses papilles lorsqu'elle dégusterait le bœuf braisé qui viendrait en plat de résistance et le soufflé au citron.

— Je me demande toujours comment, avec si peu de provisions, Mme Coombs arrive à concocter ces merveilles, commenta-t-elle en avalant une cuillerée de potage.

— Elle a conscience que nous dînons seuls ensemble pour la première fois en tant que mari et femme, et elle a mis les petits plats dans les grands pour faire de ce repas un événement mémorable. Aussi, même si nous savons tous les deux qu'il n'aura pas l'effet escompté, profitez-en et veillez à la remercier plus tard.

— Je n'ai pas besoin que l'on me rappelle les bonnes manières, Lucas, rétorqua vertement Eve, mais je pense que je devrais vous les rappeler. Là d'où je viens, il est considéré comme mal élevé de se quereller à table.

Sa réprimande amusa Lucas et, dûment remis à sa place, il déclara :

— Vous avez raison. J'aurais dû être mieux avisé et je vous fais mes excuses.

Ayant terminé son consommé, il posa sa cuillère, s'adossa à sa chaise et la contempla d'un air méditatif.

— Que va-t-il advenir de nous, Eve ? Rien ne se passe comme prévu, n'est-ce pas ? Nous avons tous les deux beaucoup perdu et en payons le prix. Mais il pourrait exister d'autres solutions.

Eve haussa les sourcils, un petit sourire sur les lèvres.

— Vous ne songez pas, par hasard, à cambrioler une banque ?

Il sourit largement.

— Rien de si radical.

— Cela a-t-il à voir avec votre voyage précipité dans le Nord-Est ?

Il hocha la tête.

— Je vais me rendre à Newcastle. J'ai hérité d'une parcelle de terrain, là-bas. La terre elle-même n'a pas grande valeur, mais il se pourrait qu'elle en prenne. Il s'y trouve une mine abandonnée.

Eve le regarda, surprise.

— Une mine de charbon ?

Lucas acquiesça.

— Quand je l'ai appris peu après la mort de mon frère, j'ai engagé un ingénieur des Mines pour l'inspecter. Il a examiné ce qu'il a pu, bien que la mine soit inondée et le puits en mauvais état, comme le système de pompage, mais il m'assure qu'il reste encore de riches filons à exploiter.

— Mais sans les capitaux nécessaires pour la moderniser et la remettre en activité, comment peut-elle être rouverte ?

— J'irai trouver tous les banquiers et tous les hommes d'affaires qui pourraient accepter de me prêter l'argent, et n'oubliez pas que je possède cette propriété comme garantie.

— Mais vous y connaissez-vous dans l'exploitation du charbon ?

— Non, mais je peux apprendre. Par chance, le domaine familial d'Henry se trouve près de Newcastle. Il m'a aimablement offert son hospitalité. Il doit venir ici la veille de mon départ et nous voyagerons ensemble.

Lucas continua à parler de son voyage dans le Nord. Le service du plat suivant l'interrompit un temps, et il ne reprit la parole que lorsqu'ils furent de nouveau seuls.

— Comment se passe votre installation ? Avez-vous

choisi des pièces pour vous ? s'enquit Lucas en coupant le succulent morceau de bœuf.

— Oui, la charmante suite qui donne sur les jardins. Je l'ai choisie en partie parce qu'elle est proche de la nurserie. Cela vous convient-il ?

Il plissa les paupières et la regarda avec un petit sourire suggestif.

— Très certainement, dit-il doucement.

Haussant un sourcil, il contempla sa femme un long moment au point qu'elle se sentit irritée par son air goguenard. Soupçonneuse, elle le dévisagea à son tour. Qu'avait-il donc en tête ? Qu'y avait-il de si amusant dans le fait qu'elle ait choisi cette suite ? Une sensation singulière s'empara d'elle, se logeant dans son estomac.

— Vous trouvez visiblement mon choix divertissant, Lucas. Voudriez-vous partager votre amusement avec moi ? Si vous pensez que cette suite ne convient pas, peut-être pourriez-vous me suggérer autre chose.

— Je ne voudrais pas vous priver de cette chambre et de ce boudoir. Ce sont ceux que j'aurais choisis pour vous moi-même. Il me convient tout à fait de vous avoir si près de moi.

Tardivement, elle comprit ce qui l'amusait tant et serra les dents à la pensée de sa propre sottise.

— Voulez-vous dire que parmi toutes les pièces disponibles dans cette immense maison, j'ai choisi celles qui sont proches des vôtres ?

— Exactement. Et il y a une porte qui fait communiquer votre chambre avec la mienne — ce qui est très pratique.

Elle lui jeta un regard acéré.

— Pas trop pratique, j'espère. Et j'espère aussi qu'il y a un verrou sur la porte.

Il s'arrêta de manger et l'examina d'un air détaché.

— Il y en a un, de mon côté. Je crains que vous avoir si près ne détruise complètement mes bonnes intentions. Mais si cela devait arriver, j'espère que vous ne vous opposeriez pas aussi fortement à mes actions que vous l'avez fait hier soir. La dernière chose que je souhaite est que vous vous soumettiez à moi, mais je pense qu'il ne serait pas si difficile d'avoir envie de moi, Eve.

Elle s'empourpra. La tranquille émotion qui perçait dans sa voix la troubla et elle détourna les yeux. C'était un défi, énoncé avec douceur, et elle serra sa serviette sur ses genoux pour empêcher ses mains de trembler. Il avait l'intention de faire bonne contenance et attendait la même chose d'elle. Si seulement tout ceci n'était pas un arrangement entre eux…

Lucas était très séduisant et l'attirait d'une manière qu'elle n'aurait jamais crue possible. Même s'il n'existait pas entre eux de tendres émotions, ni d'amour, ils auraient au moins pu vivre un bon mariage, partager du plaisir ensemble. Néanmoins, la trivialité de leur arrangement, le souvenir de Maxine qui restait ancré dans la mémoire de Lucas ; tout cela avait érigé une barrière entre eux, et Eve se sentait trop fière pour la franchir. Elle pouvait seulement espérer que Lucas continuerait à réprimer ses ardeurs et que sa résistance ne serait pas mise à l'épreuve comme la veille.

Conscient de son trouble, Lucas ne put retenir un sourire.

— Quand vous aurez besoin de mes services, ne vous gênez pas pour frapper à la porte. Vous trouverez votre mari plus que disposé à partager votre lit.

— Je n'ai pas l'intention de faire une chose pareille.

— Pourquoi ? Serait-ce un devoir si pénible ?

Son sourire s'élargit, ce qui exaspéra Eve.

— Vous avez les joues échauffées, Eve. Ne vous sentez-vous pas bien ?

— Je vais très bien, Lucas, répondit-elle d'un ton sec. Mais si vous comptez encore essayer d'abattre mes défenses comme vous l'avez fait hier soir, je vous en prie, renoncez-y.

Lucas sourit en lui-même. Il avait pris la mesure de son adorable épouse et savait que sa façade n'était pas une indication de ce qu'elle était à l'intérieur. C'était une femme intelligente, certes, mais elle n'avait pas encore appris que la résistance ou toute forme d'opposition ne ferait que le pousser dans la direction qu'elle ne voulait pas lui voir prendre.

— C'est de la bêtise, vous le savez, Eve.

— De la bêtise ?

— De vous tenir à l'écart de moi. Vous êtes ma femme et un jour vous devrez porter mes enfants — même si cette idée vous paraît déplaisante maintenant. Résister à l'inévitable est comme nager à contre-courant. Un jour, vous devrez abandonner votre résistance et laisser le courant vous emporter où il veut.

— Alors quand ce jour viendra, Lucas — que ce soit demain, la semaine prochaine ou le mois prochain —, je vous le ferai savoir.

Elle continua à manger en silence. Lucas lui avait donné beaucoup à réfléchir et le fait qu'il ait si facilement accès à elle l'inquiétait terriblement.

Tandis qu'il la regardait savourer son bœuf, Lucas fut frappé de nouveau par sa beauté. Il était déjà difficile pour lui de garder à l'esprit que leur mariage n'était qu'un arrangement. Il n'imaginait même pas ce que ce serait de devoir se contrôler avec elle à proximité. Un exercice de force d'âme, pensa-t-il avec ironie, qui allait être extrêmement éprouvant.

L'esprit d'Eve suivait à peu près la même direction. Elle avait l'impression de ne plus maîtriser son corps en présence de Lucas. Sa redingote vert foncé et ses culottes ajustées, gris clair, moulaient les contours de son torse musclé et de ses longues et belles jambes, la rendant pleinement consciente de sa puissante virilité. Elle avait de plus en plus de mal à se renfermer dans une froide réserve quand elle était près de lui, surtout quand le souvenir de ses baisers brûlants, suaves et pleins d'ardeur lui revenait en tête.

Se fustigeant de laisser ses pensées suggérer ce que son corps avait envie d'expérimenter, elle fut soulagée quand le repas se termina. Elle déclina le café, invoquant la fatigue, et s'excusa. Elle monta vivement l'escalier pour se réfugier dans la sécurité de sa chambre. A ce moment-là seulement, elle reprit son souffle. Soulagement d'avoir échappé à son mari, précipitation ou crainte, elle était incapable de dire pour quelle raison son cœur tambourinait si fort dans sa poitrine.

A son arrivée, une des soubrettes préparait le lit. Elle resta, juste pour l'aider à se dévêtir et à enfiler sa chemise de nuit. Lorsqu'elle se fut retirée en toute discrétion, sans bruit, le silence retomba dans la pièce. Seule face à ses peurs, Eve fixait la porte de l'offense. Elle s'en approcha et tourna le bouton. Elle était fermée à clé. Mais elle ne doutait pas que la clé se trouvait du côté de Lucas. En s'écartant, elle pria désespérément pour avoir la force et la fermeté nécessaires pour affronter la situation si jamais son mari décidait d'exercer ses droits conjugaux et de déverrouiller cette porte.

Si Lucas s'introduisait dans sa chambre et essayait de finir ce qu'il avait commencé la veille, elle était absolument certaine qu'elle ne pourrait résister à ses assauts persuasifs et implacables. Ce qu'elle avait éprouvé dans ses bras avait été neuf pour elle. Il avait fait naître en elle des sentiments et des émotions qu'Andrew ne lui avait jamais fait connaître, et elle n'avait aucune idée de la façon de s'en accommoder.

Au bout d'un moment elle se mit au lit, guettant chaque bruit de la grande maison. Elle entendit Lucas entrer dans sa chambre. Le souffle court, aussi raide qu'une statue, elle écouta le bruit de ses pas nonchalants, s'attendant à le voir surgir d'une minute à l'autre. Finalement, le silence s'installa, mais elle eut autant de mal à chasser son mari de son esprit que si elle avait un loup à la gorge.

Le lendemain, quand Eve s'éveilla, la soubrette était en train d'écarter les lourds rideaux, laissant pénétrer à flots la lumière brillante du soleil. S'arrachant lentement au sommeil, elle cligna des paupières et s'enfouit sous les couvertures, pas décidée à se lever — jusqu'à ce qu'elle jette un coup d'œil à la pendule et voie qu'il était 9 heures.

Elle n'avait quasiment pas dormi. Mais Lucas ne remarqua rien d'anormal lorsqu'il fit irruption par la porte de communication quelques instants plus tard. Assise à sa coiffeuse, Eve se brossait les cheveux. Elle interrompit son geste et le considéra, les yeux écarquillés de stupéfaction, incrédule. Comment osait-il entrer chez elle sans frapper ? Vêtu d'une chemise immaculée, de culottes d'équitation fauves et de bottes noires étincelantes, il était magnifique et paraissait parfaitement à l'aise. L'indignation cédant à la colère, elle se retint pour ne pas exploser.

— Bonjour, Eve.

— Bonjour, Lucas, répondit-elle malgré elle, tandis que la soubrette s'empressait de sortir. Ne frappez-vous jamais ?

Il haussa les sourcils avec dérision.

— A la porte de ma femme ? Jamais, aussi feriez-vous mieux de vous y habituer.

Il eut un sourire nonchalant en la parcourant du regard.

— Très jolie, murmura-t-il.

Il s'appuya de la hanche à la coiffeuse et l'observa, fasciné, tandis qu'elle brossait sa superbe chevelure.

— Cette couleur vous va bien.

Ses yeux bleu clair capturèrent les siens et les retinrent pendant ce qui sembla durer une éternité.

— Que voulez-vous ? demanda-t-elle abruptement, les joues échauffées.

Elle continua à se concentrer sur ses cheveux, essayant d'ignorer l'effet que sa présence produisait sur le rythme de son cœur, et s'efforçant de ne pas regarder les longs muscles durs de ses cuisses qui jouaient sous l'étoffe de ses culottes.

— Je suis venu voir si la vue est plus belle ici que dans ma chambre.

Les coins de sa bouche se relevèrent et ses yeux brillèrent.

— Je suis heureux de vous informer que c'est le cas.

D'un geste nonchalant, il tendit la main, saisit une

lourde boucle et l'enroula autour de son doigt, long et mince.

— Vous avez des cheveux magnifiques, Eve. C'est un crime de les nouer comme vous le faites tout le temps.

— Lucas ! protesta-t-elle en lui retirant sa mèche et en entreprenant d'enrouler et d'épingler ses cheveux sur sa nuque. C'est une question de praticité, c'est tout.

— Vous ne semblez pas avoir souffert de votre première nuit comme maîtresse de Laurel Court, ajouta-t-il sans cesser de la regarder.

— De fait, j'ai très bien dormi, mentit-elle.

— Malgré la présence du grand méchant loup de l'autre côté de la porte ?

— Oui, Lucas, malgré cela, confirma-t-elle. Il doit y avoir longtemps que la maison n'a pas eu de maîtresse, poursuivit-elle, désireuse d'amener la conversation sur un terrain moins glissant.

— En effet. Stephen a entretenu ma femme ici, mais comme vous le savez il ne l'a jamais épousée. Ma mère a été la dernière maîtresse des lieux.

Il sourit.

— Vous lui auriez plu. Elle accordait une grande importance à la famille et aurait vu en vous un espoir de la perpétuer. Elle aurait été impatiente que nous engendrions un héritier.

Et voilà, il y revenait ! Eve avait le sentiment qu'il se moquait d'elle, mais cela ne l'amusait pas. Elle souhaitait éviter ce sujet. Ne le voyait-il pas ? Son silence parla pour elle.

Lucas esquissa un demi-sourire.

— Comme moi. Bien sûr, tout homme désire un fils et vous semblez remplir admirablement les conditions pour être la mère du mien. Vous êtes belle et intelligente, Eve. Notre fils aura de la chance.

Exaspérée, elle piqua une dernière épingle dans son chignon.

— Est-ce censé être un compliment ? Est-ce tout ce que vous voyez en moi — une sorte de jument de reproduction ?

— Que vous portiez mon fils faisait partie de notre arrangement. Avec trois enfants à nous deux, je ne doute pas que nous puissions avoir d'autres rejetons.

Rougissant furieusement, Eve évita ses yeux.

— Nous avons trois filles, Lucas, et votre frère a eu Alice, ne l'oubliez pas. Avoir un fils pourrait être une autre paire de manches. Je ne pense pas que vous voudriez une autre fille.

— Au contraire. J'aime beaucoup les petites filles. Ma propre estime a besoin de réconfort, en un sens, et je ne puis songer à un plus grand réconfort que de vous voir porter mon enfant — fille ou garçon.

Aussi rapidement qu'elle s'était empourprée, la couleur se retira du visage d'Eve.

— Je sais que je suis liée par ma parole, et je la respecterai, mais je vous demande de m'accorder encore un peu de temps.

Il soutint son regard.

— A condition que ce ne soit pas trop long. Les choses changent, Eve, comme les termes de notre arrangement. Je suis sûr que votre père aurait voulu que vous ayez une vie pleine et riche, et c'est ce que j'ai l'intention de vous donner.

Il parlait si sérieusement qu'Eve ramena sur lui des yeux étonnés.

— Vous le pensez vraiment ?

Il haussa les épaules, touchant légèrement sa brosse.

— Pourquoi pas ? Un mariage de convenance n'est pas obligatoirement condamné au désastre.

— Je l'espère, même si je doute de pouvoir oublier que notre union est une union de convenance et que vous ne me voyez pas précisément sous un éclairage romantique.

— Est-ce que je perçois une note de regret ?

Il sourit largement, dévoilant ses dents blanches.

— Malgré votre éducation américaine, vous êtes très anglaise. Si vous avez l'impression d'avoir manqué la cour traditionnelle avant notre mariage précipité, nous pourrions feindre de ne pas être mariés et je commencerais à vous courtiser sur-le-champ.

Soupçonneuse à l'égard de tout ce qu'il disait et faisait, Eve le regarda, ne sachant s'il plaisantait ou non.

— Je ne pense pas, Lucas. Je suis d'accord qu'une relation civilisée serait très agréable, mais je ne tiens pas à renoncer à notre arrangement.

Elle sourit d'un air suave.

— Maintenant, descendons-nous prendre notre petit déjeuner, avant que vous me montriez les merveilles de Laurel Court ?

Lucas la suivit, appréciant la façon dont ses hanches ondulaient avec une provocation naturelle pleine de grâce.

— Je crois, ma douce, dit-il d'un ton aimable, que vous avez un penchant à me mettre à l'épreuve, ainsi que ma capacité à vous résister. Je serai ravi de vous montrer le domaine, et le fait que vous refusez de renoncer à notre arrangement pique mon intérêt — aussi vous conseillerai-je de prendre garde, Eve.

Elle tourna la tête pour le regarder et vit l'étincelle significative qui brillait dans ses yeux bleu clair.

Eve ne fut pas déçue par Laurel Court; la propriété ancestrale des Stainton comprenait des bois, un parc et des champs fertiles. C'était le foyer de Lucas, l'endroit où il était né et était devenu un homme.

Quand elle fut en selle, il amena son cheval à la hauteur de sa jument qui caracolait, impatiente de partir.

— Y allons-nous ?

La journée était chaude et agréable. Des coups de vent faisaient gonfler la jupe de la tenue d'équitation vert jade d'Eve et agitaient des mèches autour de son visage. Sa monture était vive et nerveuse et avait besoin d'une main ferme et attentive. Malgré tout, Eve avait conscience de son compagnon qui chevauchait à côté d'elle, laissant son corps suivre souplement les mouvements de son puissant étalon.

Lucas jeta un coup d'œil admiratif à sa femme. Il contempla son profil, dessinant du regard ses beaux traits classiques, ses cils épais, d'un noir d'ébène, la ligne délicate de sa joue. Elle incarnait tout ce qu'il y avait de plus désirable en une femme. Elle montait bien, avec une assurance élégante et contrôlée, apparemment inconsciente de l'examen auquel il la soumettait. Il sentit son sang s'emballer dans ses veines, une sensation familière. Comme elle était vivante et énergique. Le soleil faisait resplendir ses cheveux relevés en chignon et surmontés d'un séduisant chapeau orné d'une plume blanche, coquettement porté incliné sur le côté… Un ravissement.

Ils s'arrêtèrent pour reposer les chevaux près d'un

petit lac au-delà d'une pente herbeuse, et les laissèrent paître au bord de l'eau. Le lac tranquille, bordé de saules qui plongeaient leurs branches dans l'eau, formait un décor paisible et parfait. Deux cygnes glissaient à la surface et des nénuphars blancs flottaient tels de petits radeaux circulaires. Ils se promenèrent le long de la berge, baignés par la chaleur du soleil.

Eve inspira profondément, se pénétrant de l'atmosphère.

— C'est un endroit ravissant. Vous avez eu tellement de chance de grandir avec tout ceci à portée de main. New York est si différent. Je me souviens qu'en été, nous allions chez des amis à Long Island, mais cela n'avait rien de comparable.

Lucas tourna la tête pour la regarder. Elle était délicieuse avec son teint éclatant de santé, ses joues avivées et ses yeux d'un bleu intense, exprimant sa joie d'être à Laurel Court.

— Je suppose que j'étais fortuné, mais je trouvais cela normal. Je ne suis pas venu ici depuis un certain temps — c'était difficile quand Maxine m'a quitté pour vivre avec Stephen. Cela me semble étrange d'être de retour. Il y a beaucoup à faire, mais les choses devront attendre que je reconstitue un peu le capital que j'ai perdu.

— Je peux comprendre combien cela a été pénible pour vous. Vous dites que vous avez hérité de ce terrain dans le Nord-Est. Avez-vous des parents à Newcastle ?

— Pas que je sache. L'acte de propriété a été trouvé dans les papiers de mon frère quand il est mort. C'est une des rares choses qu'il a gagnées au jeu.

— Vous ne voulez pas me parler de lui ? demanda posément Eve.

— Mieux vaut ne rien savoir, croyez-moi.

— J'aimerais, pourtant.

— Vous avez déjà dû entendre dire quel homme il était.

— J'ai entendu des choses à son sujet, oui, mais je ne peux me former une opinion sur quelqu'un que je n'ai pas connu. Etait-il beaucoup plus âgé que vous ?

— De dix ans.

— Et il ne s'est jamais marié ?

— Il était trop occupé à chercher son plaisir. Nous n'étions pas proches. Des années de boisson ne l'ont pas arrangé. Sa santé en a pâti et son foie le faisait tant souffrir que cela provoquait souvent chez lui de brusques changements d'humeur. Les longues périodes d'exaltation quand il buvait étaient suivies par une inexorable poussée d'insatisfaction et de remords, jusqu'à la dépression. Pourtant, malgré tous ses défauts, il possédait un charme irrésistible. Son sourire en coin et ses yeux bleus pétillants étaient capables de faire fondre même le cœur de femme le plus froid — et il n'y avait pas plus froid que celui de Maxine.

— Votre ex-femme — comment est-elle réellement ?

— Vous l'avez rencontrée. Vous avez vu par vous-même à quoi elle ressemble. Je vous épargnerai les détails les plus nauséabonds.

Il fit suivre sa réponse d'une question impatiente :

— Eve, êtes-vous toujours aussi curieuse ?

C'était une réprimande voilée et un avertissement de ne pas aller plus loin, mais Eve ne pouvait l'accepter.

— Je préférerais que vous ne m'épargniez pas et oui, je suis curieuse de nature, déclara-t-elle en le surprenant. Mais ce n'est pas seulement cela. J'aimerais qu'il y ait entre nous vérité et honnêteté.

— Très bien. Pour Maxine, la conception du mariage n'incluait pas la fidélité. Elle a succombé au charme de Stephen, se tournant vers lui pour trouver l'excitation à laquelle elle aspirait après la naissance de nos deux enfants. Elle croyait à tort qu'en tant qu'aîné il ne serait jamais à court d'argent.

— Stephen a-t-il été son seul amant ?

Il secoua la tête.

— Je crois qu'il y en a eu d'autres.

— Je pensais que dans les maisons les plus nobles l'adultère était accepté, à condition bien sûr que la liaison soit conduite avec discrétion.

— Pas chez moi, et pas quand mon rival était mon propre frère. Ni l'un ni l'autre n'ont pris la peine de cacher leur affaire.

— Et les enfants ? Le comportement de votre épouse ne vous a-t-il jamais fait douter sur votre paternité ?

— Elles sont de moi, cela j'en suis sûr. N'ayant pu me donner un héritier, Maxine a ignoré nos deux filles et pensé qu'elle serait alors libre de s'amuser comme il lui plaisait. Elle est partie alors qu'Abigail était encore au berceau.

Il se tut soudain et Eve baissa les yeux, honteuse et pleine de remords de l'avoir obligé à parler de son frère et de son ex-femme, rouvrant ainsi d'anciennes blessures.

— Je suis navrée de vous avoir interrogé, dit-elle doucement, mais merci de m'avoir répondu.

Ils continuèrent à marcher dans un silence détendu. Un superbe martin-pêcheur vint effleurer la surface de l'eau tandis qu'un courlis criait au-dessus d'eux.

— Parlez-moi de votre mari, dit Lucas au bout d'un moment. Qui était-il ?

Eve tourna la tête et lui jeta un regard acéré. Elle était très consciente qu'il l'étudiait, délibérément et longuement, et le trouble qu'il suscitait en elle lui fit détourner les yeux. Elle était prise de court par sa question, mais il l'avait posée poliment et avec un intérêt subtil, aussi ne vit-elle aucune raison de ne pas satisfaire sa curiosité. De fait, elle était surprise qu'il ne l'ait pas questionnée plus tôt au sujet d'Andrew.

— Andrew ? Nos familles étaient amies depuis toujours. Il était plus âgé que moi — près de dix ans — et célèbre pour son charme et ses bonnes manières.

— Quel âge aviez-vous quand vous vous êtes mariée ?

— Dix-sept ans.

— Naïve et virginale, murmura doucement Lucas, les yeux rivés sur son visage échauffé.

— Oui, je l'étais. Je pense qu'il me considérait comme une enfant.

— Et vous l'aimiez, bien sûr ?

Elle tourna la tête et le regarda d'un air consterné.

— Pourquoi « bien sûr » ?

— La passion n'est-elle pas censée être la caractéristique des jeunes filles de dix-sept ans ? Ne sont-elles pas toutes amoureuses, à cet âge-là ?

— La passion, peut-être. Les idées claires, non.

Elle eut un sourire réticent.

— Je m'en souviens très bien. Je n'aimais pas Andrew. Nous étions… des amis. Je le respectais, mais il n'y avait pas d'amour entre nous.

— Alors, pourquoi l'avez-vous épousé ?

— Parce que nos familles étaient amies. C'est ce que tout le monde… attendait de nous.

— Et agissiez-vous toujours pour faire plaisir aux autres ?

— Oui, mais en ce qui concerne mon mariage avec Andrew, j'aurais dû écouter ma tête.

Elle sourit d'un air crispé.

— Je ne pense pas qu'on puisse considérer six mois de vie conjugale comme un véritable mariage, mais à cette époque-là cela m'a paru interminable. Nous étions à La Nouvelle-Orléans pour ses affaires. Un soir, il est sorti et a été abattu dans une rixe de taverne avec des Anglais. Comme votre frère, Andrew aimait le jeu — mais il n'aimait pas perdre. Il ne pouvait le supporter. J'ai mesuré après coup combien je le connaissais peu.

— Et il n'était pas complètement l'homme charmant qu'il semblait être.

— Non. Il était prompt à se mettre en colère — et pas toujours gentil.

De manière inattendue, l'expression de Lucas s'assombrit et il fronça les sourcils, éprouvant une bouffée de ressentiment inexplicable envers Andrew Brody. Il s'arrêta et prit gentiment le bras d'Eve, la forçant à le regarder. Un soupçon lui était venu à l'esprit et la fureur qu'il lui inspirait était si puissante qu'il ne pouvait se calmer avant de le vérifier. Il discerna une terrible anxiété dans les yeux bleu sombre de sa femme.

— Eve, Andrew a-t-il physiquement abusé de vous ?

Elle leva son visage vers lui, dans la lumière crue. C'était comme s'il avait lu en elle et percé les moindres secrets de son esprit.

— Non, il… ne me frappait pas ou quelque chose dans ce genre, mais les abus ne sont pas obligatoirement physiques, répondit-elle posément.

Elle se détourna de lui et continua à marcher lentement, se demandant ce qu'il dirait si elle lui avouait la vérité : que d'après son expérience, la façon laide et humiliante dont les hommes et les femmes s'accouplaient était une agonie.

Lucas jeta un coup d'œil à son profil. A présent, son visage était crispé et fermé, comme si elle avait clos une porte. Visiblement, son bref mariage avait été une terrible épreuve dans sa vie, et il n'était pas sûr que même après cinq ans elle avait réussi à la surmonter. Si c'était le cas, cela expliquait bien des choses sur elle, des choses qui l'intriguaient depuis le début. L'aspect physique du mariage qu'elle avait enduré avec Andrew avait-il été si déplaisant qu'elle avait été réticente à se remarier — avec n'importe qui ? Si oui, il n'était pas étonnant qu'elle ait insisté pour qu'ils fassent chambre à part.

— C'est bon, Eve. Je vois que je vous ai embarrassée.

Sa voix était si gentille. Gentille et ferme, en même temps.

— Mon mariage avec Andrew appartient au passé et doit y rester, mais une bonne chose en est sortie, Estelle. Grâce à elle, cela en valait la peine.

— Je comprends, mais j'aimerais vous demander quelque chose. La question est délicate, toutefois je dois vous la poser si nous voulons avancer dans notre mariage.

— Quelle est-elle ?

— Avez-vous encore des cauchemars — des problèmes, si vous voulez — à propos de ce qui s'est passé avec Andrew ? Parce que s'il en est ainsi…

— Non, coupa-t-elle hâtivement, une rougeur

embarrassée embrasant son visage. Bien sûr que non… Du moins…

De nouveau, Lucas s'arrêta et elle pivota face à lui. Il était grave, son regard fixé sur elle.

— La vérité, s'il vous plaît, Eve. Nous devons aller au cœur du problème. C'est important pour nous deux.

Elle déglutit, se sentant nerveuse de parler de quelque chose qui était resté en sommeil depuis cinq ans.

— Je sais, mais… je ne pense pas, en tout cas je l'espère. Après coup, quand Andrew est mort, comme je n'avais personne à qui me confier — non que j'aurais pu parler à quelqu'un, même très proche, d'un sujet aussi délicat —, j'ai essayé de chercher des explications en moi-même à propos de… vous savez quoi. J'y ai réfléchi de manière à réduire le problème à des proportions que mon esprit de très jeune femme pouvait comprendre et accepter.

— Et quelles conclusions en avez-vous tirées ?

— Que j'étais totalement ignorante sexuellement. Peut-être que si j'avais eu quelqu'un pour me guider, pour me montrer ce que cela signifiait d'être une femme, j'aurais su ce qui devait se passer et cela n'aurait pas été aussi pénible. Mais ma mère est morte quand j'étais très jeune, et même si ma gouvernante était une bonne préceptrice et une femme de qualité, il y avait des choses qu'elle ne pouvait m'enseigner, étant elle-même célibataire.

— Et quand vous m'avez fait votre proposition, en insistant sur le fait qu'il n'y aurait pas de contact physique entre nous si je l'acceptais, pensiez-vous sincèrement que je me plierais docilement à votre suggestion ?

— Oui, répondit-elle simplement, si vous souhaitiez assez désespérément mon argent.

— Et vous ne pensiez pas que je pourrais devenir

frustré sexuellement, à passer le reste de ma vie auprès d'une épouse ravissante sans avoir droit au moindre contact avec elle ?

Eve soupira et s'approcha du bord du lac, contemplant l'eau.

— En vérité, je ne crois pas que j'y aie beaucoup réfléchi.

Lucas vint se placer à côté d'elle. Elle s'obligea à ne pas se tourner vers lui.

— Votre problème, dit-il d'un ton pensif, est que vous ne savez pas ce que vous manquez.

A ce moment-là, elle le regarda, les yeux étincelants.

— Si, je le sais. Andrew s'en est assuré.

— Il me semble que votre mari était une brute qui ne songeait qu'à son propre plaisir. Votre gouvernante porte aussi une part de responsabilité, mais peut-être vaudrait-il mieux que je vous montre ce qui vous a fait défaut.

Avant qu'elle puisse bouger, il l'attira à lui et la plaqua contre lui dans une étreinte fougueuse. Ses seins étaient pressés sur son torse et les hanches de Lucas s'imprimaient durement dans ses jupes.

Paniquée, elle sentit poindre sa virilité sous son pantalon.

— Lucas ! Que faites-vous ? protesta-t-elle.

Il eut un sourire nonchalant.

— Je me prépare à vous donner une leçon.

— De grâce, lâchez-moi, avant que vous fassiez quelque chose que vous regretterez.

— Je ne le regretterai pas, et vous non plus. Je suis un bon maître. Détendez-vous, murmura-t-il alors qu'elle se débattait contre lui.

Il fut satisfait de voir dans ses yeux une expression qui n'était ni tout à fait de la peur, ni tout à fait de la colère.

— Malgré les souvenirs que vous gardez de votre union avec Andrew, le mariage avec moi sera différent. Nous sommes tous deux adultes et savons exactement à quoi ceci conduit. Voulez-vous que je vous l'énonce pour que vous ne vous mépreniez pas sur mes mobiles ?

Une vive rougeur colora les joues lisses d'Eve et il insista délibérément.

— Mes mobiles ne sont pas nobles, Eve, ce sont ceux d'un homme adulte et ils sont parfaitement naturels, et il est clair que je vais vous embrasser, dit-il à mi-voix en courbant la tête, les yeux rivés sur ses lèvres. Ce sera une démonstration préliminaire, pas une initiation complète, je vous le promets.

Et avant qu'elle puisse protester davantage, il réclama sa bouche en un long baiser qui l'ébranla.

Elle se raidit dans ses bras et s'efforça de ne pas s'écarter brutalement de lui, car elle ne souhaitait rien tant que d'être aimée par ce bel homme provocant qui était son mari, d'être aimée comme une femme devait l'être, mais elle voulait donner son amour librement, pas le voir pris de force. Néanmoins, lorsqu'il approfondit son baiser, son cœur se mit à cogner comme un oiseau prisonnier s'agitant dans sa cage.

Timidement, elle fit remonter ses mains sur son torse et les passa autour de son cou, l'attirant à elle et lui rendant son baiser d'une manière hésitante. C'était un baiser troublant, qui faisait naître en elle toute une gamme de sensations incontrôlables. Elle ferma lentement les yeux, qu'elle avait gardés grands ouverts au début. Elle n'avait conscience que de la bouche de Lucas, de son corps pressé contre le sien, de ce qu'il lui faisait, et elle souhaitait que cela dure éternellement. Elle ne pensait pas, se contentait de sentir, et ces sensations l'emplissaient d'un plaisir si langoureux qu'elle avait l'impression de flotter.

Lucas se recommanda d'aller doucement, luttant pour ne pas l'allonger dans l'herbe et se conduire comme le mâle affamé de sexe qu'il était, au lieu de l'amant délicat qu'il avait promis d'être. Mais quand les mains d'Eve se coulèrent dans ses cheveux sur sa nuque, sa bouche délicieuse s'abandonnant avec une suavité torturante à son baiser, il éprouva un plaisir grandissant et une joie étonnée qu'il pouvait à peine supporter.

Il détacha ses lèvres des siennes et sema des baisers sur son visage et le long de sa gorge, là où son pouls palpitait tel un papillon pris au piège, puis il reprit sa bouche, promenant les lèvres sur son suave contour. Il dessina de la langue la ligne tremblante qui séparait ses lèvres et insistant, les pressa de s'ouvrir à lui. Quand elle céda, il plongea sa langue dans la douceur de sa bouche en un long baiser profond.

Plusieurs minutes après, il s'obligea à relever la tête pour la regarder dans les yeux.

— Je pense que nous devons nous arrêter là, ma douce.

Eve fut transportée par le son de sa voix, les mots qu'il prononçait et le contact de ses doigts l'emplissant d'émotions contradictoires. Elle lutta pour se libérer de l'état de transe dans lequel l'avaient plongée son baiser enivrant, la chaleur du soleil et les eaux scintillantes du lac. Elle jeta un coup d'œil autour d'elle, s'avisant tout à coup qu'ils étaient à découvert et que l'on pouvait les voir.

— Je le crois aussi, répondit-elle. Quelqu'un pourrait nous voir.

Il rit doucement.

— Ne craignez rien, votre vertu est en sécurité avec moi. Qui pourrait s'en préoccuper davantage que votre mari ?

Elle lui dédia un sourire timide.

— Qui, en effet ?

— Redoutez-vous encore ce qui se passera quand vous serez dans mon lit, Eve ? lui demanda-t-il d'une voix rauque, observant intensément la myriade d'émotions qui passait sur son visage.

Eve prit lentement conscience que dans ses bras la plupart de ses appréhensions avaient fondu. Bien que l'appréhension de ne pas savoir comment ce serait entre eux persistait, cela ne l'inquiétait plus autant qu'avant et elle espérait que cette barrière tomberait bientôt. Toutefois, la force de ses anciennes peurs la retenait encore.

— Il faudra attendre et voir.

— Quoi ? Vous n'avez plus d'excuse valable pour éviter mon lit. Plus tôt vous vous en rendrez compte, mieux ce sera.

Il continuait à la dévisager, ses yeux exprimant clairement ce qu'il désirait. Ce regard hardi embrasa Eve. Son pouls s'emballa et son cœur s'envola. Elle percevait sa proximité par toutes les fibres de son être, et elle était moins ébranlée par le fait de le voir que par son regard de convoitise.

— Je… je pense que nous devrions rentrer, dit-elle d'une voix hésitante, en se détournant de lui.

Ils retournèrent à l'endroit où ils avaient laissé les chevaux, marchant plus vite qu'à l'aller et en silence. Lucas prit dans ses mains le pied botté d'Eve et la hissa en selle sans effort. Passant son genou autour du pommeau et arrangeant ses jupes autour d'elle, elle essaya d'éviter ses yeux, mais ils attiraient irrésistiblement les siens. Il se tenait près d'elle, le visage levé vers elle, la capturant de ses prunelles bleu clair. Quand il reprit la parole, sa voix était douce mais elle contenait une note déterminée, ce qui, étrangement, effraya Eve et l'irrita.

— Au début, quand nous avons conclu notre arrangement, je vous ai fait confiance. Maintenant j'ai goûté ce que vous avez à offrir, la douce chaleur de vos lèvres, et je suis impatient de découvrir le reste de votre personne. Tout cela m'appartient de droit. Et je l'aurai.

Faisant claquer sa langue, Eve fit volter sa monture et s'éloigna au trot sans attendre que Lucas se mette en selle. Avec un sourire satisfait qui dévoilait ses dents blanches, il la suivit des yeux ; sa jument renâclait contre le contrôle du mors, la queue levée et la crinière volant dans le vent. Quant à Eve, elle était l'image même de la beauté, calme, détendue et conduisant l'animal d'une main ferme, son ample jupe recouvrant en partie le flanc de la jument.

Leur plaisant entretien au bord du lac avait donné beaucoup à réfléchir à Eve, il le savait, et il espérait sincèrement qu'elle résoudrait son dilemme avant son départ.

Ces derniers temps, il avait conscience d'elle en permanence, et quand il était près d'elle il était sensible à tous ses attributs féminins et la désirait ardemment. Son parfum s'attardait à la lisière de son esprit. Elle était comme du feu qui lui embrasait le sang, un feu inextinguible, car la pensée d'autres femmes était flétrie dans son souvenir lorsqu'il les comparait à sa ravissante épouse.

Il était plus que temps qu'il la possède enfin. Bientôt.

10

Durant le reste de la journée, Eve se montra remarquablement silencieuse. Quand Sarah lui demanda son avis sur une question relative aux enfants, elle le lui donna, mais sans véritable intérêt, ce qui fit froncer les sourcils à la jeune nourrice. Il était évident que sa maîtresse avait quelque chose à l'esprit, mais étant donné son récent mariage et ce départ hâtif pour la campagne, ce n'était pas étonnant.

Chaque fois qu'Eve pensait à Lucas et aux sentiments qu'il avait provoqués en elle, elle sentait le sang lui monter aux joues. Irritée, elle porta les mains à son visage échauffé. « C'est ridicule, pensa-t-elle, furieuse contre elle-même. Si je rougis chaque fois que je pense à Lucas, je ne suis pas au bout de mes ennuis. » Depuis qu'ils étaient rentrés de leur promenade, elle n'avait cessé de combattre son bon sens et de rêver à ce qui pourrait être — au fait que leur mariage commençait à prendre racine dans le sol stérile de leurs pénibles débuts. « Pour l'amour du ciel, se fustigea-t-elle encore, il n'a fait que t'embrasser. » Oh, si seulement elle pouvait se confier à quelqu'un. Si seulement elle pouvait parler à Beth, dont le solide bon sens et les conseils avisés étaient toujours les bienvenus.

Espérant se calmer et ramener ses pensées à des considérations plus triviales, sans s'appesantir davantage sur le problème que son mariage lui posait, elle sortit dans le jardin en broussailles pour cueillir des fleurs et remplir les vases vides. Elle était si absorbée par sa tâche et perdue dans ses pensées qu'elle ne vit pas Lucas qui l'observait.

Il se tenait près de la fenêtre ouverte de son cabinet de travail et la contemplait coupant des roses blanches et les plaçant avec soin dans le panier qu'elle portait à son bras. Il parcourut d'un regard admiratif sa gracieuse silhouette. La brise agitait doucement les boucles brillantes qui tombaient sur ses épaules. Elle tendit le bras pour atteindre une rose presque hors de sa portée, et un instant, le corselet de sa robe se tendit sur son dos mince. Il prenait plaisir à la regarder. En dépit de son premier mariage, il émanait d'elle une innocence qui l'intriguait, et il se disait qu'il savourerait grandement le fait de lui apprendre les joies de l'amour.

Eve s'arrêta, soudain consciente qu'on l'observait, et se redressa. Ses yeux furent attirés comme par un aimant vers les fenêtres à petits carreaux du cabinet de travail de Lucas, au rez-de-chaussée, et elle aperçut la haute silhouette en manches de chemise de son mari qui l'étudiait calmement. Elle en éprouva un tel choc que cela lui coupa le souffle.

Le soir, le dîner fut tendu. Quand Eve entra dans la salle à manger, Lucas s'y trouvait déjà. Assis devant la cheminée, ses longues jambes musclées étendues devant lui et croisées aux chevilles, il paraissait outrageusement à l'aise en buvant son verre de vin.

A la table dressée avec élégance, il était trop proche d'elle et son regard ne la quittait pas.

Il était hâlé par le soleil, et dans sa peau mate ses yeux bleu clair étincelaient comme des pierres précieuses. Pourquoi sa présence l'affectait-elle de la sorte ? Pourquoi ne s'en allait-il pas, en la laissant seule pour une fois ? Pourquoi devait-il prolonger son agonie ? Il y avait une longue nuit à traverser, où son contrôle d'elle-même serait durement mis à l'épreuve.

— Vous m'observiez, cet après-midi, Lucas.

— Cela vous ennuie-t-il ?

— Depuis combien de temps étiez-vous là ?

Il sourit avec lenteur.

— Assez longtemps.

Eve n'était pas d'humeur à badiner.

— Assez longtemps pour quoi ?

Il la couvrit d'un regard brûlant.

— Pour en arriver à la conclusion que vous valez beaucoup plus que n'importe quel marché.

Eve le regarda avec surprise, inconsciente de la vision qu'elle offrait dans sa robe mordorée, dont le décolleté révélait ses blanches épaules, et avec ses cheveux libres, comme il les aimait.

Elle haussa les épaules d'un geste désinvolte.

— Oh, je ne sais pas. Une fortune en échange de ma compagnie me semblait un arrangement honnête.

— Je tiens à plus que votre compagnie, Eve. Beaucoup plus.

— Je suspecte que vous êtes habitué à la compagnie des femmes. Vous avez sans nul doute eu le choix parmi de nombreuses dames, dans le temps.

Le sourire de Lucas fut aussi suave que sa voix.

— Je suis un gentleman, ma douce, et un gentleman ne révèle jamais ce genre de choses.

Elle redressa la tête avec arrogance.

— Vous vous surestimez, Lucas.

Son sourire s'élargit.

— Je me suis toujours adapté aux circonstances.

— Ce qui veut dire, je pense, que vous êtes un vaurien, dit-elle avec conviction.

— Si un vaurien est un homme qui aime avoir une femme dans son lit, alors je suis d'accord. Je suis un vaurien.

— Et fier de l'être, qui plus est.

Il eut un rire sourd.

— Pour l'heure, il n'y a qu'une femme qui m'intéresse, une femme que je veux dans mon lit. Après avoir partagé un baiser, je pense que nous devrions passer à l'étape suivante, à quelque chose de plus intime — dans mon lit.

Eve devint cramoisie.

— Lucas, nous sommes en train de dîner. De grâce, conduisez-vous correctement et contrôlez vos aspirations.

— Cela devient impossible, mon cœur. Nous sommes mari et femme. Comment pourrais-je me comporter autrement ?

— Avec retenue. Maintenant, si cela ne vous ennuie pas, je crois que nous devrions porter notre attention sur un sujet moins provocateur.

— Que suggérez-vous ?

— Vous devez partir bientôt. Je pense que durant le temps qui reste, nous devrions discuter de ce qui se passera en votre absence. L'énorme tâche de mener cette maison, d'employer du personnel, de faire ce qui est le mieux pour quatre enfants et de traiter avec des gens que je n'ai jamais rencontrés m'effraie. Aussi, je vous serais reconnaissante de bien vouloir m'instruire sur ces questions avant votre départ.

Lucas y consentit et ils passèrent le reste de la soirée à discuter de sujets moins brûlants, mais quand Eve le laissa à son cognac pour aller se coucher, elle sut qu'il avait toujours ces idées à l'esprit et qu'il n'en avait pas fini avec elle.

Avec ses nouveaux devoirs de maîtresse de Laurel Court, emportée dans un perpétuel tourbillon d'activités, Eve était occupée de l'aube jusqu'au soir. Lucas était dehors la majeure partie du temps, reprenant contact avec ses fermiers et veillant au cours général des choses.

Laurel Court était une très belle maison, meublée avec goût. Une longue galerie exposant des portraits de famille courait le long du premier étage. Des pièces donnaient dans d'autres pièces — des chambres, des salons, des boudoirs et une grande bibliothèque aux murs couverts de livres et aux fauteuils en cuir souple. Des tableaux de valeur — des huiles et des aquarelles, certains peints par des maîtres — ornaient les murs tendus de soie. Quand Eve songeait aux efforts de Lucas pour reconstituer sa fortune, elle se disait qu'en vendant une simple partie du contenu de la maison, il résoudrait ses problèmes du jour au lendemain. Mais elle comprenait pourquoi il était réticent à se séparer des trésors de Laurel Court.

Au bout d'une semaine, la nouvelle s'était répandue que lord Stainton résidait chez lui avec sa nouvelle épouse. Les voisins commencèrent à passer et ils reçurent des invitations pour diverses occasions.

Les enfants étaient divinement heureuses et Eve était

satisfaite qu'Estelle, en petite fille hardie et charmante, se soit adaptée à sa nouvelle vie avec ses demi-sœurs mieux qu'elle ne l'eût espéré. Cependant, elle était soucieuse au sujet de l'éducation d'Estelle et de Sophie, et elle s'en ouvrit à Lucas en rentrant de l'église un dimanche matin.

— Estelle et Sophie grandissent vite. Elles ont cinq ans et sont très éveillées. Il est temps qu'elles aient une gouvernante.

Regardant sa fille aînée qui montait l'escalier en courant derrière une Estelle riant aux éclats, Lucas fronça les sourcils et hocha la tête.

— Je suis d'accord. Nous chercherons quelqu'un de convenable.

— Pouvons-nous nous le permettre ?

Il sourit largement.

— Je vendrai un tableau pour payer ses gages. Ce ne sera pas le premier. Et vous avez raison, je veux leur donner le genre d'éducation que tout enfant devrait avoir. Une gouvernante mettra de l'ordre dans leur vie.

— Je voudrais aussi établir les fondations de notre famille — pour le bien des enfants, afin qu'elles puissent grandir en sécurité dans un environnement solide. Elles sont troublées, voyez-vous. Ni Sophie ni Abigail ne peuvent comprendre ce qui est arrivé à leur mère et cela doit leur être expliqué aussi délicatement que possible — pas en totalité, cela les troublerait plus encore —, de sorte qu'elles ne soient pas blessées par des ragots dans l'avenir.

— Je suis d'accord aussi, répondit Lucas d'un ton amer, mais quand un enfant est-il assez grand pour apprendre que sa mère l'a abandonné au berceau ?

— Comme je le disais, cela devra être fait le plus

délicatement possible. Entre-temps, je vais commencer à chercher une gouvernante — une personne de confiance, aimable et agréable.

— Et qui ne soit pas trop indulgente…

— Comme Sarah, vous voulez dire ?

Eve sourit.

— Elle a tendance à les gâter, certes, mais c'est sa façon d'être et je ne peux le lui reprocher. Elle s'occupe si bien d'elles et les aime tendrement.

Lucas la regarda avec une expression adoucie.

— Et c'est important pour vous, n'est-ce pas, Eve, que les enfants soient aimés ?

— Bien sûr, même si la nouvelle gouvernante devra faire régner la discipline. C'est important aussi.

— Elle devra également être intelligente, ajouta Lucas, heureux de lui laisser cet aspect de l'éducation de ses filles.

— Cela va sans dire. Je vais écrire à Beth pour voir si elle peut nous aider.

Chétive à son arrivée, la petite Alice était maintenant pleine de santé et grâce à une alimentation équilibrée, elle arborait désormais des formes potelées. Ses cheveux étaient un amas de boucles noires. C'était un joli bébé et elle était délicieuse, souriant et riant à tout ce qui bougeait.

Sarah, enchantée de vivre à Laurel Court avec son Mark bien-aimé, considérait Alice comme un vrai trésor. Elle ne donnait jamais de tracas à personne, faisait souvent remarquer la nourrice avec affection. La petite fille montrait une intelligence et une gentillesse qui touchaient tout le monde et attiraient les membres de la maisonnée à elle comme un aimant attire des épingles. Chaque fois que Miriam sortait la promener dans le jardin, il y avait toujours un des jardiniers engagés par Lucas — des hommes du coin, qui avaient déjà travaillé à Laurel Court — pour se pencher sur le landau et lui chatouiller le ventre, ce qui ne manquait jamais de la faire rire.

Alors qu'il rentrait à la maison après avoir visité une ferme, pour voir comment se passaient les foins, Lucas entendit des voix d'enfants et des cris. Son attention fut attirée par un groupe joyeux et coloré assemblé sous un châtaignier géant, près d'un petit ruisseau qui se jetait dans une grande mare, à la lisière des jardins. C'était une journée particulièrement agréable, une de ces douces journées de fin juin qui invitaient à la somnolence. Il conduisit son cheval dans cette direction.

Miriam berçait doucement le landau d'Alice ; en voyant lord Stainton, elle lui adressa une courbette respectueuse. Elle craignait beaucoup son employeur et disparaissait d'ordinaire dans une autre pièce quand il venait à la nurserie — ce qui arrivait souvent depuis qu'ils étaient à Laurel Court. Sarah trouvait étrange que lord Stainton montre soudain de l'intérêt pour les enfants et en était ébahie — mais elle se disait aussi que lady Stainton y était sûrement pour beaucoup, car elle passait une grande partie de son temps à la nurserie. Lord Stainton se montrait d'humeur égale avec ses filles, les prenant sur ses genoux et écoutant patiemment leurs petits problèmes, aussi étaient-elles heureuses d'accueillir leur papa dans leur monde enfantin.

Miriam le regardait timidement. La chaude lumière du soleil ambrait son beau visage et soulignait le bleu perçant de ses yeux. Ses cheveux noirs agités par la brise bouclaient vigoureusement et retombaient sur son front. Lord Stainton était impressionnant de beauté. Lui regardait Eve. Debout sur le bord du ruisseau, elle surveillait d'un air attendri Estelle et Sophie qui pataugeaient dans l'eau. En observant sa femme, ses yeux prirent un éclat ravageur, tandis qu'un sourire révélait ses dents brillantes.

— Est-ce qu'on peut se joindre au pique-nique ? demanda-t-il à la ronde sans quitter Eve des yeux.

Jusqu'alors, elle n'avait pas remarqué sa présence, car elle lui tournait le dos. Au son de sa voix, elle sursauta et se figea. C'était comme si elle redoutait de le regarder. Au bout d'un moment, elle pivota et leva les yeux vers lui, un sourire sur les lèvres et une chaude lueur dans le regard.

— Bien sûr, Lucas, répondit-elle en se rappelant la dernière fois où il avait surpris un de leurs pique-niques, et combien son attitude avait été différente ce jour-là.

Sautant de sa selle avec l'aisance d'un athlète, il négligea d'attacher son cheval, préférant le laisser libre pour brouter l'herbe. Son regard fut attiré par les deux petites filles qui jouaient dans l'eau, les jupes glissées dans leurs culottes. Elles glapissaient de rire en se cramponnant l'une à l'autre pour ne pas glisser sur les galets. Le ruisseau était calme, et des roseaux se reflétaient à sa surface.

— Elles s'amusent visiblement bien, remarqua-t-il. Où est Abigail ?

— Par là.

Eve désigna du doigt la petite fille qui cueillait des pâquerettes et en serrait autant qu'elle pouvait dans son petit poing.

— Elle veut ramasser assez de pâquerettes pour faire

une chaîne autour de l'arbre. Maintenant que vous êtes ici, vous pourriez surveiller Estelle et Sophie le temps que j'aide Sarah à installer le pique-nique.

Lucas n'y voyait pas d'objection et, ôtant sa redingote, il s'assit sous l'arbre, le dos appuyé au tronc, un bras passé autour de son genou. Il était content de faire ce qu'Eve lui demandait, mais il avait beau essayer de se concentrer sur les deux enfants, son regard était constamment attiré par sa femme. Et ses pensées avaient tendance à devenir licencieuses chaque fois qu'il regardait la délicieuse créature qui insistait pour le tenir écarté de son lit.

Distraitement, il perçut le bourdonnement d'une abeille qui s'activait dans une touffe de pissenlits, tandis que derrière ses paupières mi-closes, il admirait Eve dans sa robe d'été en mousseline. La richesse de sa chevelure rejetée dans son dos faisait ressortir la blancheur crémeuse de sa peau et l'éclat de ses yeux bleus. C'était un enchantement. Elle était chaleureuse, aimante et généreuse. Elle était faite pour l'amour, pour avoir des enfants et pour tout ce qu'un mari et une femme pouvaient réussir dans un mariage.

Les contraintes qu'elle avait imposées à sa nature virile étaient sur le point de se rompre, et la force de leur attirance mutuelle était devenue puissante, impatiente. Ce soir serait sa dernière nuit à Laurel Court pour un certain temps. Alors, peut-être qu'avec des bougies et du champagne — et son pouvoir de séduction — il réussirait à l'attirer dans son lit. Il se montrerait sous son jour le plus charmant, décida-t-il, espérant recréer le moment de passion qu'ils avaient partagé lors de leur promenade à cheval.

Tandis qu'elle disposait les assiettes sur la nappe blanche étalée sous la frondaison du châtaignier, Eve sentait presque le regard de son mari lui brûler la nuque. Elle se tourna légèrement. Lucas était assis, souriant et l'air détaché, avec Abigail qui avait grimpé sur ses genoux comme elle le faisait à la moindre occasion. Sa bouche sensuelle était incurvée en un léger sourire et ses yeux bleus étaient méditatifs. Sentant son sang s'échauffer, Eve détourna vivement la tête et l'entendit rire doucement, pleinement conscient de l'effet que sa présence produisait sur elle.

Elle emplit un verre de citronnade et se tourna vers lui pour le lui tendre.

— Tenez. Vous semblez en avoir besoin. Elle est très fraîche ; ce qui devrait…

Il haussa les sourcils, amusé.

— Quoi ? Refroidir…

— Lucas ! chuchota-t-elle vivement, avant qu'il puisse ajouter « mes ardeurs ». Rappelez-vous où vous vous trouvez. Ceci est un pique-nique avec vos enfants, pas un…

— Pas un quoi ? Un…

Devant son froncement de sourcils lui intimant de ne pas prononcer un mot déplacé, il rit plus fort.

— Ne vous inquiétez pas, Eve. J'ai parfaitement conscience de l'endroit où je suis et je sais que les petits cochons ont de grandes oreilles.

Abigail, son intérêt piqué, leva les yeux vers lui.

— Suis-je un petit cochon, papa ?

— Non, mon cœur, tu es un petit ange.

Lucas lui ébouriffa les cheveux d'un geste joueur et rit encore, l'ôtant de ses genoux et se rapprochant d'Eve.

Le repas était servi et Eve appela les enfants. Elles arrivèrent aussitôt et commencèrent à saisir tout ce qu'elles pouvaient attraper, comme de petits monstres affamés. Pour Sophie et Abigail, c'était une nouveauté de voir leur père, d'habitude si autoritaire, assis par terre pour partager leur pique-nique tout en appréciant visiblement l'expérience. Au début, sa présence déconcerta Sarah et Miriam, qui restait le plus loin possible de lui, mais ses manières détendues et l'aisance avec laquelle il se joignit aux rires et aux plaisanteries finirent par les détendre.

Assis à côté d'Eve, les jambes croisées, Lucas observait Sophie qui mordait d'une façon fort peu distinguée dans une cuisse de poulet, pendant qu'Abigail émiettait du pain dans sa serviette pour le donner aux canards de la mare.

— Quelle conduite peu civilisée, remarqua-t-il, étonné de constater qu'en temps normal, il aurait été tenté de réprimander ses filles pour leur manque de tenue.

— Les enfants s'amusent, répliqua Eve. Je ne vois rien de peu civilisé là-dedans.

— Vous les gâtez trop.

Son intonation la fit lever les yeux. Le regardant avec plus d'attention, elle discerna une émotion indéfinissable dans ses yeux, qui brillaient sous ses sourcils bien dessinés.

— Il faut les gâter de temps à autre. Ce sont des enfants pour si peu de temps. Ne vous amusiez-vous jamais quand vous étiez petit garçon, Lucas ?

Ses yeux pétillèrent à ce souvenir.

— Je m'amusais tout le temps — et justement dans ce ruisseau. Et si mes filles étaient des garçons, je pourrais leur montrer quelques arbres à escalader.

— Et pourquoi des filles ne pourraient-elles grimper aux arbres ? releva Eve avec une feinte indignation, du rire dans les yeux. Figurez-vous que quand j'étais petite je grimpais dans les arbres.

— Et vous en tombiez aussi, je parie.

— En effet, avoua-t-elle. Je m'en tirais avec des bleus.

— Cela ne me surprend pas du tout. Dès le début, j'ai vu que vous ne montriez absolument pas la retenue inculquée aux jeunes dames de ma connaissance. Vous n'agissez guère avec prudence malgré votre bon sens évident. Vous êtes plutôt du genre à flirter avec le danger.

Elle le regarda fixement.

— Est-ce ainsi que vous me voyez ?

Il hocha la tête.

— Je vous vois aussi comme une femme courageuse, avec un goût pour l'aventure et la rébellion. Une femme qui se rebiffe contre toutes les chaînes qui menacent de l'entraver. Vous avez dû être un cauchemar pour votre père, en grandissant.

— Oui, souvent, mais il était tellement adorable, comme un vieil ours gentil, et il ne semblait pas accorder beaucoup d'importance à mes bêtises.

Estelle et Sophie retournèrent au ruisseau, et se mirent à s'éclabousser avec des cris et des rires. Lucas alla mettre de l'ordre dans leurs débordements, mais, incapable de tempérer leur exubérance, il se trouva pris dans leur jeu et reçut une giclée d'eau. Riant aux éclats, et indifférent à ses culottes et à sa chemise trempées, il s'agenouilla sur la berge et les éclaboussa à son tour.

Eve l'observait en souriant. C'était la première fois qu'elle voyait son mari s'amuser ainsi et se comporter avec une telle spontanéité avec ses enfants. Une émotion délicieuse lui serra le cœur. Elle pouvait s'arranger d'un

Lucas morose, d'un Lucas colérique et emporté, mais ceci était un nouvel aspect de son époux, qu'elle avait plus de mal à prendre en compte.

« Comme il est séduisant », pensa-t-elle, consciente d'une excitation involontaire. Son corps était tendu, chaque muscle raidi contre l'attraction invisible qui la tirait vers lui. Il ne lui avait pas dit clairement ce qu'il attendait d'elle cette nuit-là, mais c'était dans ses yeux chaque fois qu'il la regardait, et elle devrait être vraiment forte pour lui résister — si elle en avait envie.

Il était tard quand Henry arriva. Eve envisageait d'aller se coucher.

— Je suis désolé d'être en retard. J'ai eu un empêchement, dit-il en serrant la main de Lucas et en s'inclinant courtoisement devant Eve.

Il lui fit un baise-main dans la plus pure tradition, en lui souriant largement.

— C'est un plaisir de vous revoir, Eve, et puis-je dire que vous êtes plus ravissante que jamais.

— Vous le pouvez, répondit-elle avec un sourire gracieux. De fait, vous pouvez me dire tout ce que vous voulez si c'est un compliment, Henry.

— Je suis heureux de voir que vous avez survécu au mariage avec mon bon ami sans cicatrices apparentes.

— Jusqu'ici, mais il est encore tôt. Je regrette que votre visite soit si brève. Vous auriez dû rester quelques jours, au moins.

— La prochaine fois.

Henry les suivit dans le salon, plein d'admiration pour cette femme charmante qui s'était chargée de son ami en une période difficile pour lui. Dommage pour son héritage, cependant. C'était de la malchance de le perdre ainsi. Lucas lui en avait parlé avant de quitter Londres et il s'était inquiété de savoir comment son mariage avec la jeune veuve américaine résisterait à ce coup du sort. Mais maintenant, en les voyant ensemble après quelques semaines, il constatait qu'ils semblaient assez bien s'entendre.

— Votre mari est impatient de se rendre à Newcastle pour inspecter son terrain. N'est-ce pas, Lucas ?

— En effet, répondit ce dernier en lui tendant un cognac. Mais moins le terrain que ce qu'il y a en dessous.

Henry adressa un clin d'œil malicieux à Eve.

— Nous allons faire de lui un propriétaire de houillère. Ce n'est que le début. Il va bientôt reprendre les rênes de son empire, Eve, avec toute sa vieille sagacité — manipulant ses investissements, se frayant un chemin dans la complexité du marché des changes et achetant des parts dans ceci ou cela. Vous verrez.

Lucas jeta un coup d'œil à son ami, une vive lueur d'anticipation dans les yeux. Il était excité par son voyage à Newcastle et avide d'endosser des responsabilités, de prendre par le cou ce qu'il pourrait trouver dans le Nord industriel et de le plier à sa volonté comme il l'avait fait par le passé.

— C'est exactement ce que j'ai l'intention de faire, Henry, et je ne compte pas traîner. Vous avez raison, c'est le début de mon redressement et je ne veux pas le manquer. La machine à vapeur a créé une demande sans précédent de charbon, cela pourrait devenir ma principale source de revenus. Et bientôt, j'aurai des intérêts dans d'autres domaines.

— Par exemple ?

— Les chemins de fer, qui, entendez-moi bien, finiront par détrôner les attelages. Chaque jour, des milles de nouveaux rails couvrent diverses parties du pays, reliant des villes et des ports comme jamais auparavant. Si un boom doit se produire, je veux en être, Henry, comme de toute autre forme de commerce, que ce soit des manufactures de verre ou des fonderies de cuivre — de fait, toutes les industries qui fleurissent dans le Nord, à Manchester, Liverpool ou ailleurs.

Eve regarda son mari avec admiration. Elle aimait l'entendre parler ainsi, le voir vibrer d'énergie, prêt à s'attaquer à tout ce qui croisait son chemin, à briser la coquille qui l'avait contenu depuis qu'il avait perdu sa fortune. Il se redresserait, elle n'en doutait pas. Après tout, n'était-il pas l'homme le plus dominateur et obstiné qu'elle ait jamais rencontré ?

Henry leva son verre.

— Je bois à cela, Lucas. Je vous souhaite tous les succès.

Suspectant que les deux hommes allaient se plonger dans une discussion sur l'extraction de charbon, Eve préféra s'eclipser.

— Si vous voulez bien m'excuser, je vais aller voir les enfants et me coucher. J'espère que cela ne vous fait rien, la journée a été longue. Lucas s'occupera de vous, Henry.

A la porte, elle se retourna. Lucas l'observait, et il y avait dans ses yeux une expression qui lui indiquait qu'il n'en avait pas fini avec elle.

Drapée dans sa robe de chambre pastel, dans l'intimité de sa chambre, Eve se pelotonnait dans un fauteuil devant la cheminée, profondément satisfaite de sa journée. Elle pensait que les choses allaient enfin aller mieux et que leur avenir, à elle et à Lucas, serait assuré.

Puis elle cessa de penser aux mines de charbon, à la concession de Newcastle et aux affaires de son mari. Son visage s'adoucit et devint rêveur tandis qu'elle fixait les braises et se remémorait cet après-midi. Lucas, si beau, riant comme un enfant au bord du ruisseau… Elle noua les bras autour de sa taille fine, comme si elle cherchait à imiter l'étreinte d'un amant, songeant au baiser qu'ils avaient échangé durant la promenade. Elle revivait le tout avec une acuité telle qu'il lui semblait que c'était arrivé le jour même, et non trois semaines auparavant. Inspirant à fond et fermant les yeux, elle revécut la tension de ses seins pressés contre le torse dur de Lucas, la chaleur de son haleine sur ses lèvres, et le désir dans son regard lorsqu'il avait abaissé sa bouche sur la sienne.

Soudain, un bruit derrière la porte s'immisça dans ses pensées, la ramenant à la réalité. Elle rouvrit brusquement les yeux et écouta les pas qui lui étaient familiers, à présent. Elle les avait guettés chaque nuit, mais Lucas n'avait jamais franchi la porte de communication, excepté le lendemain matin de leur arrivée. La chaleur du feu la détendait, et tandis qu'elle continuait à l'écouter bouger dans sa chambre, elle sentit de nouveau le désir s'éveiller au fond d'elle-même. Il était fort et troublant, submergeant son corps d'une chaude excitation qui le faisait palpiter.

Juste ciel, que lui arrivait-il ? Pourquoi était-elle si émue ? Elle avait été la femme d'Andrew et n'avait trouvé nulle douceur dans son lit, mais à présent son esprit se représentait le beau visage sombre de l'homme qui se tenait derrière cette porte. Elle ressentait l'emprise qu'il exerçait sur elle et ne savait plus que penser, et elle repoussa avec horreur l'appel hardi et impossible à ignorer de son corps. Elle savait qu'elle ne se libérerait pas de ce tourment avant de lui avoir donné ce qu'il voulait d'elle.

Ce qu'elle voulait aussi ?

A chaque jour qui passait, il devenait plus audacieux et l'affrontait plus ouvertement à chaque rencontre.

Son mariage avec Lucas n'avait rien de chaste, pas avec le déferlement de passion qui s'était déjà produit entre eux. Le bruit de pas se tut, mais de la lumière brillait encore sous la porte. Son mari l'attendait de l'autre côté telle une grande araignée noire voulant l'attirer dans sa toile, elle n'en doutait pas. Il la défiait, la mettait à l'épreuve, désirait qu'elle aille à lui.

C'était comme si une sorte de présence mystique était incarnée dans cette chambre, car Eve fut saisie un moment d'une aspiration si forte et si physique qu'elle eut du mal à respirer. Incapable de résister plus longtemps, elle se leva et alla pieds nus jusqu'à la porte. Elle la fixa longuement avant de poser la main sur le bouton en laiton et de le tourner lentement.

La porte était-elle verrouillée ?

Son cœur chavira quand elle céda. Un instant, elle eut envie de tourner les talons et de fuir vers son lit, mais quelque part dans son esprit tourmenté, elle savait que Lucas avait raison, que leur mariage ne devrait pas être qu'un mariage de nom. Doucement, elle poussa le panneau qui s'ouvrit sans bruit sur une grande pièce faiblement éclairée.

Eve distingua la masse ombreuse d'un immense lit juché sur une estrade, puis l'occupant de la chambre, très à l'aise dans un grand fauteuil près du feu. L'image même de l'élégance détendue, Lucas l'observait calmement, ayant toute confiance dans l'emprise qu'il exerçait sur elle. Il avait ôté sa redingote, son gilet et son écharpe, et sa chemise blanche, au col ouvert, révélait une gorge ferme et musclée. Ses manches remontées laissaient voir ses avant-bras nerveux. Ses yeux lui souriaient, la caressant partout, et son sourire moqueur était éclatant de blancheur dans sa peau hâlée. En vérité, il émanait de lui une telle santé et une telle vitalité que c'en était presque fascinant.

Avec son déshabillé de gaze drapé autour d'elle comme un nuage diaphane et ses cheveux dénoués dans son dos, Eve restait immobile à le fixer, les yeux sombres et très grands dans son visage pâle, consciente de façon brûlante des raisons qui l'avaient amenée là. Elle sut tout à coup qu'il n'y aurait pas de marche arrière possible, car l'homme qui se levait déjà avec une nonchalance détachée et la saluait d'une profonde courbette railleuse avait réussi à l'attirer dans sa chambre.

— Entrez, Eve. Je vous attendais.

— Je sais.

— Toutefois, je ne vous attendais pas si tôt. Je pensais que votre lutte avec vous-même prendrait plus longtemps.

Il croisa son regard expectatif avec un sourire en coin, gentiment amusé.

— Heureusement, Henry était harassé par son voyage et impatient de se coucher — comme moi, mais pour des raisons différentes. Je suis content que vous ayez décidé d'être raisonnable. La loi ne reconnaît pas les mariages chastes.

— Je comptais prolonger mon état d'abstinence. C'est pour moi le seul moyen d'échapper à...

— Ce qui se passe au lit entre un mari et sa femme, acheva-t-il posément tandis qu'elle hésitait. Et cependant vous voilà, affrontant votre mari dans sa tanière — un homme que vous avez acheté sous de faux prétextes, ajouterai-je.

— Avez-vous besoin de me le rappeler sans cesse ? riposta-t-elle d'un ton coupant, plus soucieuse de sa propre réaction que de son regard appuyé et avide.

Il sourit nonchalamment, d'une façon irritante, sûr de lui.

— Vous souvenez-vous que je vous ai dit qu'il serait intéressant de voir si notre arrangement résisterait à l'épreuve de la chair ?

Elle haussa la tête avec fierté, rejetant en arrière sa superbe chevelure.

— Et alors ?

— Nous ne sommes mariés que depuis trois semaines et vous montrez déjà des signes de faiblesse.

— Et vous pensez sans doute, parce que je vous ai laissé m'embrasser, que vous avez trouvé une faille dans mon armure ?

Il rit doucement.

— Non, ma douce, pas une faille, une énorme brêche.

Délibérément, il tendit la main et défit la ceinture de son déshabillé. Eve ne lui opposa pas de résistance. Elle le regarda droit dans les yeux et son corps se raidit quand il fit lentement glisser le vêtement sur ses épaules et qu'il tomba à ses pieds, révélant une fine chemise de linon. L'étoffe transparente laissait tout deviner de ses formes, et elle vit la passion qui s'allumait dans les yeux de son mari tandis qu'il la contemplait lentement de la tête aux pieds. Dénudée par son regard hardi, elle perdit en un instant le courage qu'elle avait si péniblement rassemblé. Elle était trop près de ce torse musclé, trop près de son parfum, trop près de tout ce qui était viril en lui.

Un moment, elle fut assaillie par le souvenir d'Andrew et de ce qu'il lui avait fait subir. Sa chair se glaça. Puis une peur plus obscure transperça sa terreur. Andrew l'avait-il marquée psychiquement, rendue incapable de réagir aux caresses d'un amant ? Son esprit se rebella, et elle se mit à trembler. Voyant son hésitation, Lucas fronça les sourcils d'un air interrogateur. Tendant de nouveau la main, il caressa sa joue du bout des doigts.

— Vous tremblez. Avez-vous peur de moi ?

Eve attendit qu'un cri de dénégation monte du fond de son esprit — cette fois, elle était déterminée à dominer la nervosité qui s'était emparée d'elle. Lucas ne la forçait pas comme Andrew l'avait fait. Il attendait son consentement, se disait-elle, tout en s'exhortant au calme. Quand elle rencontra ses yeux, elle s'avisa brusquement que le moment qu'elle redoutait approchait rapidement et qu'il était trop tard pour reculer.

— Cela n'a rien à voir avec de la peur.

Il fit descendre son doigt le long de son cou mince, doucement.

— Il n'est plus temps de parler. Il est temps de s'aimer.

— J'ai l'intention d'être votre femme de toutes les façons, mais j'ai eu peu d'expérience et je vous demande de vous montrer patient, Lucas.

Il haussa un sourcil.

— Et vous ne partirez pas en courant, en changeant d'avis ?

Elle secoua la tête, mais il vit l'incertitude qui planait dans ses grands yeux sombres. Son expression s'adoucit, car il comprenait mieux ce qui se passait dans sa tête qu'elle ne le pensait.

— Je ne suis pas comme Andrew. Vous ne trouverez

pas cela déplaisant ou indigne. Je vous le promets. Dans mes bras, vous découvrirez du plaisir, pas de la douleur. Faire l'amour consiste à donner et à partager, pas à prendre. Je ne vous ferai pas de mal. Mais je dois vous avertir que ce qui se passera entre nous — ce que vous expérimenterez dans mon lit — pourra nous lier plus éternellement que quoi que ce soit d'autre dans cette vie.

La passion longtemps contenue de Lucas s'enflamma. La dévêtant et se dévêtant à son tour, il la souleva dans ses bras et la porta sur le lit, son besoin de la posséder plus fort que tout. Il voulait réclamer son corps et la faire sienne dans tous les sens du terme, la séduire avant de s'introduire en elle avec une joie sans limites, s'assurer grâce à ses mains et à sa bouche expérimentées que son extase serait aussi ravageuse que la sienne.

Ses yeux ne cessaient de contempler voracement le corps nu d'Eve, sa beauté parfaite étalée à côté de lui — ses seins ronds et pleins, couronnés de mamelons roses et tentants, sa taille fine, la rondeur séduisante de ses hanches, ses longs membres souples et gracieux. Il avait déjà deviné que sous ses vêtements Eve était tout ce qu'un homme pouvait rêver, mais il n'était pas préparé à cette vision magnifique, incomparable ; à sa peau douce, crémeuse et satinée, qui contrastait avec la sienne plus sombre. Il avait envie de la regarder, d'explorer chaque pouce de son corps, de la goûter et de la sentir, de satisfaire sa curiosité, de caresser ses douces courbes …

Nerveuse et intimidée, Eve se sentait comme une enfant dans un corps de femme. Elle ne pouvait détacher les yeux du corps nu et splendide de son mari. Il était puissant, mince et large aux bons endroits ; l'éclat de sa peau mate était assombri sur son torse par sa toison brune. Elle se sentait dévorée par son regard intense et avait du mal à rester docile sous ses yeux perçants, mais quand ses doigts et ses lèvres commencèrent leur assaut, elle oublia tout le reste.

La façon brutale et dénuée d'attentions dont Andrew l'avait traitée lors de leur nuit de noces et les nuits suivantes l'avait marquée, elle le savait, mais depuis qu'elle avait rencontré Lucas Stainton, depuis qu'elle l'avait fréquenté physiquement, elle savait qu'il y avait plus que ce que son premier mari lui avait fait connaître. Quand Lucas l'avait prise dans ses bras, cela lui avait coupé le souffle et avait éveillé en elle des sentiments surprenants, comme maintenant. Heureusement, elle n'était plus une ingénue. Elle était prudente, à présent, et plus sage.

Elle offrit ses lèvres aux siennes qui, même si elles avaient un goût de cognac, étaient douces et tendres, l'embrasant d'une chaleur intense. Conquise, Eve se sentit tomber lentement dans un abîme vertigineux de sensualité et de passion. Avec un gémissement étouffé, elle glissa les mains sur la taille de Lucas, se cramponnant à lui, consciente de l'ardeur croissante de chacun de ses baisers. Elle frémit quand sa bouche quitta la sienne et sema une trace de feu sur sa joue, son front, quand il taquina les boucles de cheveux derrière son oreille, et toucha celle-ci de la pointe enflammée de sa langue.

A l'entendre gémir doucement et à la façon dont elle respirait, Lucas se sentit satisfait et encouragé. Il resserra délibérément son étreinte, sentant le corps d'Eve frissonner contre le sien, éveillant en lui une bouffée de désir intense. Sous sa réserve et sa modestie affichées, Eve cachait une femme extrêmement passionnée. Il la convoitait, brûlait d'emplir sa bouche de son goût, de sentir ses hanches aguichantes sous lui, d'avoir ses longues jambes fuselées enroulées autour de lui.

Plongée dans un état second, Eve observait son mari derrière ses paupières mi-closes. Ses yeux bleu clair étaient translucides dans la lumière tamisée, ses beaux traits fins fortement dessinés. Une étrange sensation, inconnue d'elle jusqu'à présent, voleta dans sa poitrine, et un flot d'excitation la submergea.

Ecartant ses lourds cheveux auburn, Lucas fit glisser ses lèvres chaudes et entrouvertes le long de son épaule et de sa gorge, parcourant de sa bouche brûlante et moite l'enivrante rondeur de ses seins, mordillant légèrement de ses dents blanches la peau soyeuse de son ventre. Il la sentait trembler sous l'intimité de ses caresses, mais au lieu de s'écarter, comme il s'y attendait, elle se pressait davantage contre lui. Il la tourna vers lui et ils s'emboîtèrent naturellement l'un dans l'autre, comme deux êtres unis par un lien commun. La main de Lucas descendit dans son dos, plaquant ses hanches contre lui, là où son désir faisait rage. Il avait fait preuve de patience, mais à présent celle-ci diminuait sous la force de la passion.

Il savait qu'il devait se montrer doux, néanmoins, sinon la peur d'Eve détruirait ce moment, aussi la tint-il contre lui et la caressa-t-il encore longuement. Et lorsqu'il entra en elle, il était prêt à aller aussi doucement qu'il le faudrait, puisqu'il avait gagné la partie et en éprouvait déjà une joie débordante.

Le corps d'Eve réagit à son intrusion, à cette sensation indescriptible qui la comblait comme jamais et faisait naître des pulsations au fin fond d'elle-même. Son plaisir, entêtant, atteignit une telle intensité qu'elle ne pensait pas pouvoir le supporter. Elle devint anéantie de désir, laissant la volupté l'envahir, voulant appartenir à Lucas avec une férocité primitive. Elle sentait son cœur battre avec violence. Ce que Lucas lui faisait était stupéfiant, la poussant à s'arquer sous lui, transportée. L'extase sauvage qui les emportait vers des sommets, qui les fusionnait, l'enflamma soudain tout entière.

Le ravissement chatoyant qu'elle éprouvait alors s'acheva en une explosion qui lui arracha un cri émerveillé, et ils se retrouvèrent joints dans une langueur suave. Le temps parut toucher à l'éternité avant que tout se remette en place. Lucas leva la tête pour la regarder. Elle était alanguie et repue. Poussé par un désir éperdu de la posséder, il l'avait prise avec une détermination et une faim qui le stupéfiaient et l'excitaient encore. Sa chevelure était étalée en vagues brillantes sur les oreillers et elle le dévisageait avec de grands yeux scrutateurs qui avaient pris une couleur singulière et profonde, l'étonnement peint sur ses traits avivés.

Un léger soupir lui échappa tandis qu'elle levait son visage vers le sien, désireuse de retenir ce moment précieux de communion parfaite, de ne pas en perdre une seule seconde. Elle entrouvrit ses lèvres tremblantes lorsqu'il s'empara de sa bouche avec une douceur qui n'avait rien à voir avec l'ardeur farouche de ses baisers précédents.

— Mon Dieu, murmura-t-il, le regard brûlant. Vous êtes incroyablement passionnée et absolument magnifique, Eve.

Captivée par l'expression intime de ses yeux, par la façon dont les durs aplats de son visage s'étaient adoucis, une mèche de cheveux noirs tombant sur son front, et par la tendresse attirante de sa voix, Eve déglutit.

— Vous aussi, dit-elle enfin.

Elle soutint son regard tandis qu'il lui caressait la joue du bout des doigts, suivant la ligne de sa mâchoire jusqu'à ses lèvres. Dès l'instant où il l'avait prise dans ses bras, il avait su qu'ils formaient une combinaison hautement combustible, et ce qui venait de se passer avait été l'ébat le plus sauvagement érotique, le plus satisfaisant de sa vie. Ce qu'Eve avait ressenti avait été réel et authentique, il en était certain, comme il savait maintenant qu'elle avait été complètement ignorante du plaisir sexuel.

— Aimeriez-vous que je vous dise ce qui me plaît le plus ? demanda-t-il.

— Oui.

— J'aime la façon dont votre corps s'adapte si parfaitement au mien, et est en accord avec ce que je désire. Avez-vous des regrets, ma douce ? s'enquit-il encore, la voix rauque, son souffle chaud caressant la joue d'Eve.

Elle secoua la tête, et curieusement elle ne mentait pas. Tous les doutes qu'elle avait nourris jusque-là, les désillusions auxquelles elle s'était préparée, toutes les appréhensions et la honte qu'elle avait imaginées étaient évanouis. Ce qui la troublait et l'effrayait le plus était cet étrange sentiment de contentement et de justesse qu'elle éprouvait dans ses bras, comme si elle était faite pour être là. Comme si elle était à sa place.

Elle songea combien ce qui venait de lui arriver et sa déplaisante expérience avec son premier mari étaient peu comparables. Simplement, Lucas touchait son cœur tandis qu'Andrew ne signifiait presque rien pour elle. L'homme à qui elle s'était donnée si spontanément, avec qui elle avait partagé la plus intime des expériences était vraiment devenu son amant dans tous les sens du terme. La façon dont Lucas lui avait fait l'amour, à la différence des pénibles étreintes d'Andrew, l'avait fait s'épanouir en une femme comblée.

— Etes-vous satisfait, maintenant que j'ai tenu parole ? demanda-t-elle.

— Non, Eve, loin de là, murmura-t-il en taquinant le creux de son cou où son pouls battait rapidement sous sa peau douce. La nuit n'est pas finie. Je dois partir tôt demain matin et j'ai l'intention de profiter de vous au maximum pendant que je vous ai encore dans mon lit.

Il bougea contre elle, son corps réagissant à la douceur du sien, et il la posséda de nouveau, transporté par sa suavité, la touchant et l'embrassant avec l'habileté d'un virtuose jouant du violon, comme s'il avait tout le temps du monde.

Quand il se détacha enfin d'elle, elle le regarda avec adoration de ses beaux yeux pleins d'amour, et cette expression, jointe à la façon dont ses bras ceignaient sa taille d'un geste possessif, alarmèrent Lucas. Il s'écarta doucement d'elle, sentant son sang s'échauffer quand elle s'étira avec la souplesse d'une chatte et poussa un soupir satisfait. La manière dont elle le contemplair d'un air langoureux l'emplissait de nouveau de désir.

Elle avait un corps créé pour des mains d'homme, et une bouche qui appelait des baisers. Cette femme allongée dans son lit possédait de la fougue et du tempérament, tout en étant également charmante et innocente. Elle lui avait donné un plaisir exquis, et lorsqu'il atteignit le comble de la volupté pour la troisième fois, il n'aurait su dire qui s'accrochait le plus désespérément à l'autre. C'était comme si elle lui arrachait l'essence même de la vie. Il avait fait d'elle une femme passionnée, aimante, une femme faite pour ses bras, pour réchauffer son lit et bannir le vide obscur qu'il avait en lui, une femme pour mettre de l'amour et des rires dans sa vie et l'aider à réaliser ses rêves de jeunesse.

Qu'est-ce qu'un homme pouvait souhaiter de plus ? Quoi d'autre, vraiment ?

Ce qu'il ne voulait pas était ce qu'elle était capable de lui faire, et cette pensée l'arrêta et lui rendit sa raison. Il commençait à tenir à Eve d'une manière qui le mettait mal à l'aise. Il était furieux contre lui-même de la convoiter, se détestait de cette faiblesse, la même que celle qui l'avait presque détruit quand il avait épousé Maxine. Comme il était stupide et incroyablement crédule de se laisser prendre deux fois au même piège, le piège de l'amour.

Percevant un changement en lui et sentant qu'il s'était éloigné d'elle, Eve, soudain anxieuse, se redressa sur un coude, le drap glissant sur son épaule pour révéler des seins aux pointes rosies qui palpitaient encore de ses baisers.

— Lucas ? Qu'y a-t-il ?

— Rien, répondit-il, essayant de ne pas succomber une fois de plus à sa beauté.

Mais il ne put se retenir et, tandis que ses yeux la dévoraient, Eve sentit son visage s'échauffer. Puis cette chaleur s'étendit à tout son corps sous ce regard brûlant d'un désir à nu, qui exprimait un besoin et la certitude qu'il était sûr d'elle, aussi sûr qu'il avait été qu'elle le désirerait quand il réussirait à l'attirer dans son lit.

— Eve, si cela ne vous ennuie pas, je pense que vous devriez retourner dans votre lit. La journée de demain sera longue et, comme vous le savez, je dois partir tôt.

Brusquement, l'amant passionné était devenu un

étranger poli. Le désarroi emplit les yeux bleu foncé d'Eve. Il fut aussitôt remplacé par l'humiliation de se voir rappeler ce qu'il en était entre eux et d'être chassée d'une façon si détachée de cette chambre. La passion et la magie qu'ils avaient tissées dans l'intimité de cette nuit l'avaient enchantée et avaient paru satisfaire Lucas. Mais Eve savait très bien que son mari ne l'aimait pas, elle ne se leurrait pas — elle ne devait pas oublier que leur mariage était un mariage de convenance. Il ne l'avait épousée que pour son argent et il essayait de tirer le meilleur parti de ce qu'ils avaient. Lucas était un homme comme les autres qui avait peut-être besoin de sa femme pour réchauffer son lit de temps en temps, mais qui la tiendrait délibérément et efficacement à distance, en lui fermant son cœur et son esprit comme si elle n'existait pas.

Sans un mot, elle quitta le lit et, embarrassée par sa nudité, enfila en hâte sa chemise de nuit, se demandant comment il pouvait paraître si détaché après ce qu'ils avaient partagé. Elle ramassa son déshabillé et, incapable de cacher la blessure qu'elle éprouvait, elle se tourna pour le regarder.

— Vous verrai-je avant votre départ, ou avez-vous l'intention de partir en douce sans un au revoir ?

Submergé par la culpabilité, Lucas se leva à son tour, alla à elle et la prit dans ses bras, les yeux pétillants de gaieté devant son attitude outragée.

— Oh, Eve, je vous prie de m'excuser si ma requête vous a paru offensante et je ne vous blâme pas d'être furieuse, mais je n'avais pas l'intention de vous blesser. Simplement, vous êtes si attirante, ma douce, que si vous restez je ne pourrai pas dormir — et je serai si épuisé que je devrai repousser mon départ d'un jour.

— Pourquoi ne le faites-vous pas ?

— Parce que vous savez très bien qu'Henry est venu pour que nous nous rendions ensemble dans le Nord.

Peu convaincue par son excuse, Eve se dégagea de son étreinte.

— Bien sûr. Vous avez raison. Je ne voudrais pas vous causer d'inconfort demain matin.

S'écartant de lui, elle regarda son beau visage dur.

— Et vous n'avez pas à vous inquiéter, Lucas. J'ignorais à quoi m'attendre, mais je n'escomptais pas de déclaration d'amour éternelle de votre part.

Lucas lut ses réactions dans ses yeux expressifs et se sentit satisfait d'avoir fait ce qu'il fallait pour étouffer toute illusion romanesque qu'elle aurait pu avoir.

— Je ne suis pas aussi stupide, ni aussi naïve.

— Je suis content de ne pas m'être trompé sur vous, Eve. Il n'y a pas de raison que notre mariage ne puisse pas être heureux. Vous découvrirez que je ne suis pas un mari cruel, et quand j'aurai redressé ma situation vous verrez que je suis généreux.

C'était une étrange déclaration, alors que de telles pensées n'auraient pas dû venir à l'esprit d'une épouse dans un moment pareil. Eve dévisagea cet homme distant, dénué de passion.

— Comme vous faites paraître froid et pratique ce qu'il y a entre nous, Lucas. N'éprouvez-vous rien pour moi ?

Malgré lui, Lucas se crispa et son regard se durcit.

— Bien sûr que si. Je me suis très attaché à vous, Eve. Je vous ai dit au début que l'amour est une notion romantique qui n'a pas de place dans ma vie et que je n'ai pas d'amour à donner — du moins pas le genre d'amour que vous cherchez, à mon avis —, mais il peut existir de l'affection entre nous et qui sait ? A la suite de cette nuit, vous pouvez être enceinte de mon fils, et si c'est le cas vous pourrez faire ce qui vous plaira après la naissance. C'est une partie de notre arrangement que je respecterai.

Eve le regarda fixement. Ses yeux étaient durs et inflexibles et l'étudiaient avec fermeté. Il ne faisait pas de doute qu'il pensait chacune de ses paroles. Soudain, la colère s'empara d'elle. Tout le bonheur qu'elle avait éprouvé à la perspective de leur avenir ensemble et de lui donner un fils fut refroidi par sa fierté outragée. Ce qu'il disait l'offusquait et elle le regarda avec mépris.

— Vous n'avez rien appris du tout sur moi, n'est-ce pas, Lucas ? Comment pouvez-vous parler d'une manière aussi dure, sans émotion ni sentiment, comme si aimer quelqu'un et avoir un enfant pouvait être réglé par la simple logique ? Je vous l'ai dit alors et je vous le répète, je n'abandonnerai jamais mon enfant. Jamais. Aussi, si cela signifie devoir vivre ici avec vous le reste de ma vie, qu'il en soit ainsi.

— J'en suis heureux, car je ne peux songer à quelque chose qui me plaise davantage que de vous avoir dans mon lit chaque fois que nous serons ensemble.

Eve en fut consternée. Etait-ce tout ce qu'il avait à dire ? Elle attendit, commençant à se sentir incertaine et effrayée, car elle s'avisait tout à coup avec une cruelle certitude qu'elle était amoureuse de lui — amoureuse de son mari. Elle en serait transportée si elle pensait qu'il ressentait la même chose, mais sachant que tout l'amour était de son côté, elle ne s'humilierait pas en lui avouant la vérité. Pas question de s'exposer à ses moqueries. Blessée et déçue, elle comprenait que ce qui s'était passé ne changerait rien entre eux et que l'amour qu'ellle escomptait le voir éprouver envers elle, n'existerait jamais.

— Bonne nuit, Lucas. Demain matin, je m'assurerai que les enfants soient debout pour que vous puissiez leur dire au revoir.

Fermant la porte sur lui, elle alla à son lit telle une somnambule. Elle était trop anéantie pour sentir quoi que ce soit, mais elle était emplie de douleur. Pour l'heure, le choc formait autour d'elle un coussin protecteur, mais lorsqu'il se dissiperait il donnerait lieu à une souffrance aiguë, elle le savait.

11

Lucas ne revit pas Eve seule. Le lendemain matin, il prit son petit déjeuner de bonne heure avec Henry. Quand le moment de partir arriva, ainsi qu'elle le lui avait dit, les enfants étaient réunies pour lui dire au revoir. Eve tenait Abigail par la main. Le regard de Lucas fut attiré par elle et il fit un pas dans sa direction comme pour la toucher, mais elle recula, le visage impassible, les yeux vides, un puits bleu foncé inexpressif. Aussitôt, son propre regard se durcit et il se détourna d'elle.

Dans la voiture qui les emportait vers le nord, Henry décocha un regard scrutateur à son ami qui se renfonçait dans un coin d'un air morose, visiblement peu enclin à communiquer. Sentant que tout n'allait peut-être pas bien à Laurel Court et que Lucas n'avait pas encore trouvé la félicité conjugale, il s'enquit d'Eve et demanda à Lucas comment il s'adaptait de nouveau à la vie d'homme marié. Il ne fut pas surpris quand sa question fut gratifiée d'un regard neutre.

— Bien, répondit Lucas d'un ton bref, avant de regarder par la fenêtre.

— Vous êtes un sot, Lucas, lui reprocha Henry avec vigueur, en se sentant désolé pour son épouse. Eve est une jeune femme extraordinaire — ravissante, de surcroît — et il est évident qu'elle adore vos enfants. Vous devriez vous estimer très fortuné de l'avoir. Vous me faites pitié, à ignorer cette perle rare qui pourrait vraiment vous rendre heureux.

Il se tourna et regarda son ami.

— M'écoutez-vous ?

Lucas lui jeta un coup d'œil impatient.

— Je vous écoute, lâcha-t-il d'un ton traînant.

Mais que croyait Henry ? Qu'il n'était pas conscient de sa chance ? Hélas, tout n'est pas si simple. Réprimant un soupir d'amertume, il se remémora le moment où Eve avait quitté son lit et le froid qui l'avait assailli après son départ.

Une sensation proche de celle qu'il éprouvait actuellement ; il se sentait totalement démuni en s'éloignant de Laurel Court.

— Comment faire autrement, quand vous me bombardez les oreilles ? Et si cela peut vous faire plaisir, Henry, je suis d'accord avec vous.

Trois semaines après le départ de Lucas, Eve suspecta qu'elle était enceinte. Cette pensée lui fit plaisir et une douce joie éclaira son visage. Un bébé était la seule bonne chose qui pouvait sortir de la nuit qu'elle avait passée avec son mari, une nuit qui avait été à la fois merveilleuse et consternante. Bien sûr, songea-t-elle avec une ironie désabusée, Lucas serait ravi, surtout s'il s'avérait qu'elle portait son fils tant désiré. Et si elle lui donnait une fille, elle devrait recommencer.

Elle essaya de ne pas trop s'appesantir sur cette nuit et sur le fait qu'il lui manquait cruellement, la douleur de leur séparation la pénétrant jusqu'aux os. Pendant la journée, quand elle était distraite par les enfants et ses tâches dans la maison, elle parvenait à ne pas trop y songer. Mais quand la nuit arrivait, que les enfants étaient couchées et qu'elle se retrouvait seule dans son lit, les souvenirs surgissaient des recoins de son esprit et elle revivait les choses délicieuses que Lucas lui avait fait ressentir, ses rêves la poursuivant jusqu'à son réveil.

Beth répondit rapidement à sa lettre s'informant d'une gouvernante. Elle avait demandé à une certaine miss Fraser, qui travaillait pour une bonne famille de Bath mais qui cherchait une nouvelle place car les enfants allaient désormais à l'école, de prendre contact avec Eve. D'après Beth, cette personne était très appréciée, digne de confiance et extrêmement cultivée.

Cette fois encore Eve mesura combien l'amitié de Beth lui était précieuse. Miss Fraser se révéla être tout ce qu'elle avait dit. La gouvernante était impatiente de s'installer à Laurel Court, désireuse de commencer à instruire Sophie et Estelle — et bientôt Abigail — le plus tôt possible. Plus important encore, les enfants la trouvèrent à leur goût, ce qui comptait beaucoup pour Eve.

Elle recevait des lettres de Lucas l'informant de ses progrès dans le Nord et elle était touchée qu'il trouve le temps de penser à elle et de lui écrire, même si elle était déçue qu'il ne lui écrive pas de mots tendres. Il lui parlait de rouvrir la mine qui, d'après son ingénieur, était riche en réserves de charbon. Quand elle serait de nouveau exploitée, dans un proche avenir, elle promettait d'être florissante.

Il lui apprit qu'il avait réussi à trouver les fonds nécessaires sans difficulté et lui parla d'un nouveau système de pompage qui serait fructueux pour la mine, lui décrivit les ouvriers qu'il devrait employer et lui annonça qu'il avait déjà trouvé un directeur de confiance, un certain M. Christopher Dunlop qui était marié et père de jeunes enfants. M. Dunlop était également ingénieur des mines et doué pour les affaires. Lucas était certain qu'il pourrait le laisser superviser l'exploitation en son absence, car il n'avait pas l'intention de s'installer dans le Nord-Est.

Une autre nouvelle enchanta Eve, apportée par une lettre de M. Barstow au sujet des affaires de son père. Il semblait que certains de ses avoirs n'avaient pas été affectés par la crise économique américaine finalement, et qu'ils constituaient un capital non négligeable. Eve n'était peut-être pas aussi riche qu'elle aurait pu l'être, mais cet argent et les bénéfices de la houillère aideraient certainement Lucas à redresser sa situation.

A part le nuage noir qui planait encore sur sa relation avec Lucas, Eve était heureuse à Laurel Court. Tout semblait si permanent, si sûr et si protégé des changements du monde extérieur, et tellement plus agréable que Londres. Du moins le croyait-elle, jusqu'au jour où une voiture s'engagea à bride abattue dans l'allée et s'arrêta devant la maison.

Eve qui venait de faire un tour dans le jardin illuminé par le doux soleil du matin, regagna la maison en hâte pour recevoir son visiteur. Mais quand elle vit de qui il s'agissait, elle s'arrêta net, en état de choc, toute couleur s'étant retirée de son visage.

Maxine.

Quoi qu'elle soit venue chercher, Eve était sûre qu'elle n'allait pas l'apprécier. Seigneur, elle n'avait jamais eu autant besoin de Lucas qu'en cet instant !

Essayant désespérément de réprimer l'appréhension

qui l'avait saisie, elle lutta pour rester calme et posée, affichant un sourire froid de circonstance.

— Lady Irvine. C'est une surprise, fit-elle en traversant le vestibule à la rencontre de l'intruse.

— Et pas très agréable, je parie. Je suppose que je suis la dernière personne que vous ayez envie de voir. A propos, je suis lady Hutton, maintenant, déclara Maxine d'un air hautain. Alfred et moi nous sommes mariés le mois dernier — à peu près en même temps que Lucas et vous, je crois.

— Alors, des félicitations s'imposent. Venez dans le salon.

Eve adressa un sourire forcé à la soubrette qui attendait.

— Apportez-nous du thé, voulez-vous, Tilly ? Je vous en prie, lady Hutton, par ici.

— Je connais le chemin. J'ai vécu ici assez longtemps, rétorqua Maxine d'un ton sec.

— Oui, je sais.

Quand elles furent seules et assises l'une en face de l'autre, Eve tâcha d'ignorer l'atmosphère d'hostilité, troublante et inexplicable, qui avait envahi la pièce, sereine jusqu'alors. Croisant les mains sur ses genoux, elle regarda sa visiteuse.

— Lucas est absent en ce moment, aussi devrez-vous vous contenter de moi, j'en ai peur.

— Je sais. Il est à Newcastle. C'est vous que je suis venue voir.

— Oh ?

— Je voudrais voir mes filles. J'en ai le droit, ne pensez-vous pas, après avoir été écartée d'elles si longtemps ?

— Je ne pense pas que ce soit exact, lady Hutton,

répondit froidement Eve. Personne ne vous a écartée de vos enfants. Vous avez choisi de ne pas les voir.

— Est-ce qu'elles posent des questions à mon sujet ?

— Sophie, de temps en temps. Abigail… était toute petite quand vous êtes partie, je crois.

— Et Alice ?

— Elle va très bien.

— Bon. Et vous vous êtes attachée à elles ?

— Beaucoup. Ce sont des enfants adorables. J'ai moi-même une fille qui a l'âge de Sophie. Elles sont devenues de bonnes amies.

— Et vous n'aimeriez pas voir mes trois filles enlevées d'ici ?

Un frisson d'alarme, glacé, parcourut l'échine d'Eve. Son cœur manqua un battement tandis qu'elle regardait Maxine bien en face, voyant briller dans ses yeux quelque chose qui ne lui plaisait pas.

— Certainement pas. Il y a eu assez de tristesse et de perturbations dans leur jeune vie. Elles jouissent enfin d'une certaine stabilité et sont heureuses de la situation telle qu'elle est.

Maxine leva la tête avec hauteur.

— Vraiment ? C'est ce que nous verrons. Je voudrais les voir.

Eve pouvait sentir comme un horrible étau se refermer autour d'elle, comme des ombres pénétrant dans la pièce claire et élégante, comme d'obscures forces d'une volonté directement dirigée contre elle.

— Je crains de ne pouvoir le permettre — pas en l'absence de Lucas. En outre, votre arrivée soudaine pourrait les perturber. Si vous voulez les voir, vous devez d'abord prendre contact avec mon mari. Où résidez-vous ?

— A l'auberge de la Tête du Roi, au village, avec mon époux. Mais comment osez-vous refuser de me laisser voir mes propres enfants ? Je suis leur mère. N'essayez pas de m'empêcher de les voir.

Eve se redressa sur le bord de son siège et regarda l'ex-femme de Lucas dans les yeux.

— J'ai bien peur de le devoir. Mais cessons ce jeu, lady Hutton. Je trouve très déplaisant d'utiliser des enfants comme des pions dans un jeu d'adultes. Pourquoi ne me dites-vous pas la vraie raison qui vous a amenée ici ? Lucas est absent. Vous le saviez avant de venir. Vous lui avez demandé de l'argent, récemment, et il a refusé de vous en donner davantage après le règlement du divorce. Peut-être pensiez-vous que je serais plus docile — même si, maintenant que vous êtes mariée, c'est sûrement à votre mari de vous entretenir.

Maxine trahit son exaspération par un son dégoûté.

— J'ai besoin d'argent, en effet. Malheureusement, Alfred a… des difficultés financières, en ce moment, expliqua-t-elle maladroitement.

Obtenir de l'argent de cette Américaine allait être plus difficile qu'elle ne l'avait imaginé.

— Comme vous le dites, c'est malheureux, lady Hutton, mais ce n'est pas mon problème.

Le ton d'Eve était glacial. Les cheveux blonds de Maxine étaient délicieusement coiffés et son corps voluptueux était vêtu d'une robe coûteuse, ce qui démentait l'état de pauvreté qu'elle alléguait constamment.

— Vous attendez-vous vraiment à ce que je vous donne de l'argent ?

— Bien sûr.

— Et si je ne le fais pas ?

— Alors, je n'aurai d'autre choix que d'emmener mes filles.

Eve pâlit et se raidit.

— Si vous comptez me faire chanter, je vous conseille d'y repenser à deux fois. Quand j'ai épousé Lucas, ma fortune lui a été remise — ce qui est l'usage en Angleterre. Vous devez le savoir.

— Ne me dites pas que vous ne pouvez pas y toucher si vous le voulez. Votre père passait pour être très riche. Repoussez-vous ma requête ?

— Vous semblez avoir compris. Vous n'obtiendrez pas un penny de moi. Menacez-moi autant que vous voulez, cela ne changera rien. Je ne peux vous permettre de voir les enfants et je ne vous laisserai certainement pas les emmener. Lucas les a confiées à mes soins, et elles y resteront. Quand il reviendra, vous pourrez discuter tous les deux de manière civilisée de ce qui doit être fait pour vos filles, mais en son absence, elles sont sous ma responsabilité, et je prends cette responsabilité très au sérieux, lady Hutton.

Sentant le poinçon de la défaite tarauder sa chair, Maxine rougit de colère et pinça les lèvres avec mépris.

— Vraiment ? Eh bien, nous verrons. Manifestement, Lucas se sent redevable envers vous pour l'avoir tiré d'un mauvais pas, mais quel effet cela fait-il de savoir que l'on tient un homme de cette façon ?

Eve fit face avec assurance à la rage frémissante de sa visiteuse. Elle se leva.

— Je n'ai pas à discuter de mes sentiments avec vous, lady Hutton. Je ne crois pas que nous ayons autre chose à nous dire, et je pense que vous feriez mieux de partir.

La soubrette arriva avec le thé.

— Je suis désolée, Tilly. Rapportez ce plateau dans la cuisine. Lady Hutton s'en va.

Le visage de Maxine se durcit d'une malveillance effrayante, et ses yeux se plissèrent de haine.

— Vous le regretterez, je vous le promets, dit-elle d'une voix sifflante, la tête haute et l'expression dédaigneuse.

— Je ne crois pas. Bonne journée, lady Hutton.

Sans un mot de plus, Maxine sortit en trombe de la pièce et de la maison. Eve se rendit compte qu'elle retenait son souffle quand elle entendit la voiture s'éloigner. Elle était très ébranlée par ce qui s'était passé et espérait sincèrement qu'elle n'aurait plus à revoir cette femme — du moins pas avant le retour de Lucas. Mais au fond, elle savait que Maxine n'en avait pas fini avec elle.

Le lendemain en milieu d'après-midi, on découvrit qu'Abigail n'était pas là. Les trois petites filles étaient allées dans le jardin avec Miriam, pour promener Alice. Après leur partie favorite de cache-cache, Abigail fut introuvable.

Miriam se rendit à la nurserie pour voir si elle était retournée auprès de Sarah, mais ce n'était pas le cas. Très inquiète, Sarah demanda à tout le monde s'ils avaient vu l'enfant, mais les réponses furent négatives. Ordonnant à tous les domestiques de fouiller la maison et les jardins, elle alla chercher Eve et la trouva allongée dans sa chambre à cause de ses nausées, un des inconvénients de sa grossesse.

— On ne trouve pas Abigail ! annonça Sarah, hors d'haleine après avoir monté l'escalier en courant. Je pensais qu'elle s'était glissée ici pour un câlin, sachant combien elle est attachée à vous.

Eve la regarda fixement, abasourdie.

— Non, je ne l'ai pas vue, Sarah, répondit-elle, partageant l'inquiétude de la jeune femme. Qui l'a vue en dernier lieu ?

— Sophie et Estelle. Elles jouaient à cache-cache dans le jardin. Oh, lady Stainton ! s'exclama-t-elle en se tordant les mains. J'ai si peur que quelque chose de terrible lui soit arrivé ! J'ai demandé à tout le monde de la chercher — dans tous les endroits où elle aime à aller.

Eve sentit un nœud d'appréhension se former dans son estomac. Elle alla aussitôt interroger Sophie et Estelle, et quand elle eut fini, Sophie sanglotait de détresse.

— Elle… elle a pu tomber ou se tordre la cheville, ou quelque chose comme ça, s'écria-t-elle. Vous allez la retrouver, n'est-ce pas ? Elle ne peut pas être perdue !

Eve attira la petite fille à elle et s'efforça de se montrer patiente, parlant aussi doucement qu'elle le put.

— Nous la retrouverons, Sophie. Comme tu le disais, elle a peut-être eu un petit accident. Etait-elle bouleversée ou autre chose quand tu l'as vue pour la dernière fois ?

— Non, elle était impatiente d'aller voir les chatons dans les écuries à la fin de notre partie.

— Je vois. Alors, nous allons commencer par la chercher là. Maintenant, Estelle et toi restez avec Miriam pendant que Sarah et moi nous mettons à sa recherche. Je suis sûre qu'elle n'est pas loin.

Le vide qui habitait Eve s'accrut quand elle quitta la nurserie. Elle devinait avec une quasi-certitude où Abigail était allée — ou plutôt, où elle avait été emmenée. La crainte, le doute et la colère flambèrent dans ses yeux, et soudain elle passa à l'action. Le visage sévère, elle se tourna vers Sarah et donna des ordres d'une voix ferme.

— Nous devons rester calmes, Sarah. Que les domestiques continuent à fouiller la maison et l'extérieur, partout où une petite fille peut se cacher — en commençant par les écuries. Abigail est peut-être allée voir les chatons toute seule. Pendant ce temps, je demanderai à Mark de me conduire à l'auberge de la Tête du Roi, au village.

Sarah la dévisagea comme si elle avait perdu l'esprit.

— L'auberge de la Tête du Roi ? Mais pourquoi voulez-vous aller là-bas ?

— La mère d'Abigail est venue me trouver hier sous le prétexte de voir les enfants. Je pense que vous savez la vraie raison de sa visite, Sarah. Quand j'ai refusé de lui donner ce qu'elle voulait, elle a menacé d'emmener ses filles. Le fait qu'Abigail ait disparu aujourd'hui me semble être une coïncidence trop évidente. Je pense que lady Hutton l'a prise dans l'espoir que je lui paierais une belle somme pour la récupérer.

Sarah fut horrifiée.

— Vous voulez dire qu'elle a enlevé sa propre fille ?

— Je l'en crois capable, pas vous ?

Sarah secoua la tête, ne sachant plus que penser.

— Elle séjourne à l'auberge de la Tête du Roi avec son mari, aussi le plus tôt je m'y rendrai, le plus tôt je découvrirai ce qu'elle trame et pourrai ramener Abigail à la maison. La pauvre petite doit être terrifiée. Mais pour le cas où je me tromperais, faites fouiller chaque recoin.

Il fallut une demi-heure à Eve pour faire préparer la

voiture et se rendre à la Tête du Roi. C'était un grand relais de poste, très animé, avec un mur ceignant une vaste cour. Descendant de voiture, Eve s'empressa d'entrer, indifférente aux regards qu'elle s'attirait. Son cœur sombra dans sa poitrine quand l'aubergiste lui dit que lord et lady Hutton étaient partis pour Londres une heure auparavant.

— Et l'enfant ? Avaient-ils une enfant avec eux ?

L'homme hocha la tête.

— Oui, et cela m'a paru bizarre, car ils n'en avaient pas en arrivant.

Eve le remercia et retourna à la voiture, ordonnant à Mark de la ramener à Laurel Court et de lui seller sa jument. Elle se changea rapidement, revêtant sa tenue d'amazone et une cape de drap, tout en expliquant à Sarah que ses craintes étaient confirmées, que lady Hutton avait enlevé Abigail et qu'elle partait après elle.

Sarah essaya de dissuader sa maîtresse. C'était de la folie pour une femme, enceinte de surcroît, de se lancer dans une telle aventure alors qu'il faisait presque nuit et qu'un orage menaçait. Le vent se levait déjà et de lourds nuages noirs s'amassaient dans le ciel.

— Je le dois, Sarah, déclara Eve en enfilant ses gants et en descendant vivement l'escalier.

— Alors, prenez au moins la voiture !

— J'irai plus vite à cheval. Ils ont pris la route de Londres, je sais au moins quelle direction suivre. Ils vont probablement s'arrêter quelque part pour la nuit, et je visiterai toutes les auberges que je rencontrerai.

— Mais il peut vous arriver du mal ! se récria Sarah en se précipitant derrière elle dans le vestibule.

Eve pirouetta, le visage pâle et le corps tremblant.

— Il faut que je le fasse, Sarah. Je ne me le pardonnerais jamais si quelque chose arrivait à Abigail. Mon mari a laissé ses enfants à ma garde et c'est à moi de la ramener.

Sarah la regarda partir au galop avec une terrible appréhension. Désespérée, elle prit ses jupes à deux mains et courut aux écuries pour alerter son mari.

— Mark, tu dois la suivre ! s'écria-t-elle d'une voix frénétique.

Elle fut soulagée de voir qu'il sellait déjà un cheval et s'apprêtait à le faire.

L'obscurité enveloppait la campagne et le vent soufflait fortement tandis qu'Eve galopait derrière lord et lady Hutton. Au fur et à mesure que les milles défilaient, elle écoutait, par-dessus le bruit du vent, le claquement des sabots de sa jument et les battements sourds de son cœur qui tambourinait dans sa poitrine. Elle s'arrêta dans chaque auberge qu'elle rencontra pour demander si lord et lady Hutton étaient là. En vain.

La peur s'immisçait dans le cœur d'Eve, la peur et le désespoir. S'ils avaient pris une autre route et ne se rendaient pas à Londres, finalement ? Ils avaient aussi pu s'arrêter chez des amis. Juste comme elle pensait qu'elle devrait faire demi-tour et rentrer bredouille, elle eut enfin de la chance.

Au moment même où Eve, talonnée par un Mark inquiet, galopait à la recherche d'Abigail, Lucas arriva à Laurel Court avec toute la turbulence de l'orage qui menaçait. Heureux du succès de son voyage à Newcastle et impatient de voir Eve, il s'était refusé à passer la nuit à Oxford et avait loué un cheval pour couvrir la distance jusqu'à la maison.

Il était chez lui ! songea-t-il, savourant ce moment. Il n'avait pas pensé à Laurel Court comme à son foyer depuis le temps de sa jeunesse, mais maintenant il le faisait, et il le devait à la ravissante jeune femme qui l'attendait entre ces murs. Juste ciel, comme elle lui avait manqué ! Quand il se remémorait la façon impardonnable dont il l'avait traitée la nuit avant son départ, la honte et le dégoût pour lui-même le submergeaient. Comment avait-il pu agir ainsi ? Elle était la femme la plus aimable, la plus douce et la plus magnifique qu'il eût jamais connue… Et il l'aimait. Oui, il l'aimait tant que cela lui faisait mal, et il avait l'intention de le lui dire ce soir.

Depuis combien de temps l'aimait-il ? se demanda-t-il avec curiosité en entrant dans la maison. La vérité était qu'il n'en savait rien. Dès le premier instant où il l'avait vue, probablement. Et il désirait désespérément son amour. Il le désirait avidement. Rien d'autre n'avait de sens quand il pensait à elle — à Eve avec toute son audace, Eve courageuse et pleine de défi, les yeux étincelants quand elle se préparait à l'affronter, et ces mêmes yeux dociles et satisfaits après l'amour.

Heureux de fermer la porte sur le temps épouvantable qui régnait dehors, il pénétra d'un pas vif dans le vestibule. Surpris de voir tout le monde réuni là, il s'arrêta, regardant de l'un à l'autre. Sarah, le visage figé, vint à sa rencontre.

— Bonsoir, Sarah, dit-il avec un grand sourire. Où est ma femme ?

Il regarda autour de lui, s'attendant à la voir apparaître.

— Lord Stainton, quelque chose de grave est arrivé.

Lucas fixa la jeune femme. Quelque chose n'allait pas. Le suspense plana lourdement.

— Dites-moi.

Son sourire s'évanouissait à mesure que Sarah lui relatait les événements. Il était aussi calme que si on lui parlait du temps. Quand elle eut fini, il jeta un coup d'œil à un valet par-dessus son épaule.

— Faites seller mon cheval.

Sa voix était déterminée. Il comptait être obéi sur-le-champ.

— Par où est-elle partie ?

— La route de Londres, répondit Sarah.

Pas plus de deux minutes plus tard, alors que le tonnerre grondait et que des éclairs déchiraient le ciel, Lucas s'élançait derrière Eve et Mark. La pensée que quelque chose de terrible était arrivé à Eve et à sa fille le torturait. Cela le consumait et l'emplissait d'un tourment pire que ce qu'une âme pouvait supporter.

Eve fut introduite dans la salle à manger privée que lord et lady Hutton avaient demandée. Tous deux regardèrent vers la porte lorsqu'elle entra. Maxine sourit lentement, pas du tout surprise de la voir, et son mari — toujours aussi silencieux et nerveux — se leva en se tamponnant la bouche de sa serviette.

— Lady Stainton ! Quel plaisir de vous voir.

— Je crois que vous m'attendiez, dit Eve, les yeux fixés sur Maxine.

Elle nota qu'elle semblait en alerte, un éclat intéressé dans le regard.

Lord Hutton rit avec embarras.

— Nous vous attendions ? Pourquoi donc ?

Troublé, il regarda sa femme, et son attitude passa de la confusion à la suspicion.

— Maxine ?

Maxine leva la tête d'un air impérieux.

— Oui, je savais que vous nous suivriez quand vous ne trouveriez pas l'enfant, dit-elle d'un ton impassible en continuant tranquillement à manger — comme si Eve était une étrangère qui avait réussi à esquiver l'aubergiste pour envahir leur intimité.

Eve lui décocha un regard accusateur.

— J'espère que vous êtes fière de vous. Où est-elle ? demanda-t-elle, à peine capable de dominer sa fureur.

— Là où un enfant doit se trouver à cette heure. Au lit.

Eve la considéra, choquée et incrédule.

— Au lit ? Me dites-vous que vous l'avez couchée et laissée seule ?

Maxine haussa les épaules.

— Qu'y a-t-il de mal à cela ?

Eve était hors d'elle.

— Je voudrais la voir. Mon premier souci est pour Abigail et je veux m'assurer qu'elle va bien.

— Elle doit dormir, répondit froidement Maxine. Je ne veux pas qu'on la dérange.

Lord Hutton les regardait tour à tour, fronçant sombrement les sourcils.

— Maxine, que se passe-t-il ? Lady Stainton est visiblement bouleversée. J'avais cru comprendre qu'elle vous avait laissée emmener l'enfant.

Eve se redressa, le visage pâle et crispé.

— Je n'ai rien fait de tel. Mon mari a confié les enfants à ma garde. Comment avez-vous osé vous introduire chez nous et enlever l'une d'elles ?

— Enlever ? Je n'emploierais pas ce terme pour une mère réclamant sa fille, déclara froidement Maxine.

— Quand quelqu'un emmène un enfant et exige de l'argent pour le rendre, je pense que ce mot convient, lui lança Eve, si furieuse qu'elle devait serrer les mains pour ne pas gifler le visage dédaigneux de cette femme déraisonnable et égoïste.

— Maxine ? intervint lord Hutton d'un ton âpre. Est-ce vrai ? Qu'avez-vous fait ?

Elle fusilla son mari du regard, soudain courroucée.

— Alfred, je vous saurais gré de ne pas vous mêler de ce qui ne vous regarde pas.

— Ne me regarde pas ?

Son visage se crispa de colère tandis qu'il s'apprêtait à prendre position, ce qui, pour un homme qui ne souhaitait qu'une vie tranquille et sans histoire, était une rareté.

— Vous le croyez vraiment ? Ecoutez-moi bien, femme. Vous êtes mon épouse à présent. Vous vivez chez moi et j'ai mon mot à dire sur ce qui s'y passe.

— Je n'ai besoin de l'autorisation de personne pour prendre ma propre fille, fulmina Maxine, qui jeta sa serviette sur la table et se leva brusquement.

— Quoi qu'il en soit, rétorqua Eve outragée, vous avez renoncé à tous droits sur vos enfants quand vous les avez abandonnées. Vous avez abandonné Abigail au berceau. Vous n'êtes pas une mère, ajouta-t-elle en frémissant, incapable de cacher son dégoût. N'avez-vous aucune honte, aucun sens des responsabilités, aucune idée de ce qu'Abigail traverse en ce moment ? Seigneur Dieu, ce que vous avez fait est de la pire cruauté. Je suis profondément inquiète pour Abigail, qui va souffrir de votre cupidité. Allez-vous me dire où elle est, ou devrai-je le demander à l'aubergiste ?

Lord Hutton s'avança, jetant un regard noir à sa femme.

— C'est inutile. Je vais vous conduire moi-même à l'enfant.

— Faites ce que vous voulez, Alfred, dit Maxine d'une voix sifflante, mais je ne permettrai pas que lady Stainton l'emmène.

— Nous verrons bien, lança Eve qui bouillait, en lui tournant le dos et en suivant lord Hutton hors de la pièce et dans l'escalier.

L'auberge était pleine, bruyante et si enfumée que les yeux d'Eve la piquaient.

Lord Hutton poussa une porte qui donnait dans une pièce faiblement éclairée. Elle était très petite. Les couvertures du lit étaient froissées, comme si quelqu'un s'était allongé dessus, mais le lit et la chambre étaient vides. Quelque chose se brisa en Eve et elle secoua lentement la tête, ne voulant pas y croire.

— Elle devait être si effrayée, si troublée ! Où a-t-elle pu aller ? Je dois la retrouver ! s'écria-t-elle frénétiquement.

— Je vais faire fouiller l'auberge.

Quand on ne trouva nulle trace d'Abigail, Eve courut dehors pour inspecter la cour et les écuries, questionnant les domestiques et tous les gens qu'elle rencontrait, mais personne n'avait vu la petite fille. La panique et la fureur enflaient en elle tandis qu'elle s'éloignait en courant de l'auberge. Il faisait nuit et il pleuvait, la lune apparaissant de temps en temps entre les nuages. Le vent décoiffait ses cheveux. Elle regardait autour d'elle, désespérée, se demandant où une petite fille bouleversée avait pu aller.

Apercevant un sentier qui partait de l'auberge, elle courut dans cette direction en criant le nom d'Abigail.

Continuant à courir, elle pénétra dans les bois qui bordaient le sentier, s'enfonçant de plus en plus, appelant toujours la petite fille tandis qu'elle zigzaguait entre les arbres, des branches et des ronces lui éraflant le visage et déchirant ses habits. Il faisait très noir. La peur laissa la place à une terreur sans fond quand Eve entendit par-dessus le bruit du vent celui d'une rivière grossie par l'orage, qui semblait toute proche.

— Oh, non, gémit-elle. Mon Dieu, faites qu'elle ne soit pas venue par là.

Elle courut encore, perdant tout sens de l'orientation, et alors, miraculeusement, elle aperçut un petit visage pâle et effrayé qui la regardait. Le cœur d'Eve faillit éclater de soulagement. Tombant à genoux près de la petite fille perdue, qui sanglotait, elle la serra sur sa poitrine, écarta ses cheveux mouillés de sa figure, la berça et la consola. Abigail était dans un tel état qu'elle pouvait à peine respirer.

— Chut, mon chou. Je suis là. Tu ne risques plus rien. Calme-toi…

Eve souffrait devant la terreur de cette enfant qui avait été arrachée à son monde sûr et protégé pour être emmenée dans un endroit inconnu et terrifiant par des étrangers. Serrant le petit corps tremblant d'Abigail dans les plis de sa cape, elle l'entoura de ses bras. Au bout d'un moment, les sanglots se changèrent en hoquet. Comme la rivière était toute proche et qu'Eve craignait de regagner l'auberge dans l'obscurité, de peur de tomber dans l'eau, elle décida de rester où elles étaient — toute la nuit si nécessaire. Ses habits étaient humides, mais elles étaient relativement à l'abri sous les arbres et il ne faisait pas froid.

Elle courba la tête, incapable de retenir ses larmes. Elle était épuisée et elle voulait… quoi ? Lucas. En cet instant, elle avait besoin de son mari et désirait sa présence plus qu'elle n'avait jamais désiré quoi que ce soit dans sa vie. Elle voulait qu'il chasse sa peur, qu'il lui dise que faire, elle voulait sentir la force de ses bras autour d'elle et entendre sa voix lui assurer que tout irait bien.

Le bruit du vent et de l'eau était si fort qu'elle n'entendit pas son nom crié dans la noirceur de la nuit.

Quand Lucas atteignit l'auberge, il y retrouva Mark. Le jeune homme faisait les cent pas, comme s'il ne savait pas que faire. En voyant son maître, son soulagement fut immense.

— Grâce au ciel, vous êtes là, lord Stainton.

— Où est ma femme ?

— Je voudrais bien le savoir, sir. D'après ce que j'ai pu comprendre, elle est partie chercher miss Abigail, qui s'est enfuie Dieu sait où.

Lucas se figea, horrifié, tandis qu'un autre coup de tonnerre ébranlait le sol.

— Sous cet orage ?

— Oui, sir. Lord Hutton est dans tous ses états. Je suis sorti avec d'autres, avec des lanternes de l'auberge pour les chercher, mais nous n'avons rien trouvé.

A ce moment-là, un lord Hutton éperdu fit son entrée.

— Je ne puis vous dire à quel point je suis désolé,

lord Stainton. Je n'avais aucune idée de ce que Maxine tramait. Absolument aucune. Vous devez me croire.

— Oh, je vous crois, grommela Lucas.

Ses yeux se portèrent sur son ex-femme qui se tenait sur le seuil. A sa vue, il sentit une fureur glacée s'installer dans sa poitrine et s'étendre à tout son corps, et en même temps il avait l'impression que ses pensées étaient si rageuses qu'elles pouvaient lui embraser l'esprit. D'un pas vif, il alla à elle et la regarda, et elle recula devant son expression. Ses yeux étaient aussi durs que du granit. Il plissait les paupières, du venin dans ses prunelles, et sa bouche avait un pli cruel.

— Espèce de garce sans cœur, égoïste et stupide, lâcha-t-il d'une voix sifflante.

Il ne pouvait cacher la terrible émotion qu'il ressentait. L'anxiété le rendait presque fou et il tenait à peine debout, les images d'Eve et d'Abigail errant dans la nuit noire le poursuivant implacablement.

— Après tout ce qui s'est passé, vous ne pouvez me laisser tranquille, n'est-ce pas, Maxine ? Non contente de m'avoir saigné à blanc, vous avez essayé avec Eve, qui est plus une mère pour Sophie, Abigail et Alice que vous ne l'avez jamais été. Et quand elle a refusé d'accéder à vos demandes, vous avez enlevé une de vos propres filles pour la faire chanter. Eh bien, j'espère que vous êtes satisfaite. Dieu seul sait où elles sont.

— Elles… elles n'ont pas dû aller très loin. La rivière…

— Il y a une rivière ?

Lucas la fixa avec horreur. Ecartant ses cheveux mouillés de son front, les doigts tremblants, il s'écarta d'elle en la maudissant.

— Eve est la femme la plus courageuse et la plus

généreuse que je connaisse, et par Dieu, Maxine, si quelque chose lui arrive ou arrive à Abigail, je jure que je…

— Assez ! tonna lord Hutton. Lord Stainton, lancer des insultes à ma femme — même si elle les mérite amplement — ne vous aidera pas à retrouver votre épouse et votre enfant.

Lucas le regarda, essayant de dominer sa fureur et sa terreur.

— Non, vous avez raison. Elle n'en vaut pas la peine. Je dois aller les chercher moi-même.

Lord Hutton l'observa tandis qu'il se détournait, et aperçut ses yeux perçants foudroyer Maxine une dernière fois. Elle recula, alarmée. Quelle sorte de femme était Eve Stainton, se demanda-t-il, pour emplir un homme d'une telle passion, d'une telle conviction ? Pourvu qu'elle soit vivante quelque part avec sa fille, et qu'on les retrouve…

Lucas sortit dans la nuit noire, se tournant d'un côté et de l'autre, désespérant de retrouver sa femme et son enfant. Il alla à la lisière du bois et cria le nom d'Eve, les mots étaient comme arrachés de sa bouche et emportés par le vent. Il chercha la majeure partie de la nuit, avant de revenir à l'auberge. Le bruit de la rivière le hantait, mais il refusait d'envisager qu'Eve ou Abigail aient pu tomber dedans et être emportées.

Il appuya son front au tronc d'un arbre, les muscles de sa gorge se contractant convulsivement tandis qu'il criait son nom une fois de plus. Cette fois, son cri se mua en un murmure rauque, tandis que des vagues d'une terrible souffrance le ravageaient tout entier. Ce que la perte d'Eve représenterait pour lui était trop atroce pour l'envisager. Il ne pourrait supporter de la perdre. Elle touchait son cœur, son corps et son sang en l'emplissant de passion, d'un amour qu'il n'aurait pu imaginer, et qu'il souhaitait éternel.

Il ne pourrait affronter un monde sans elle, sans ce mélange spécial d'humour et d'esprit, de courage intrépide et de défi coléreux, de cette passion qu'il avait expérimentée dans son lit, ses lèvres lui souriant, ses yeux d'un bleu profond le provoquant, sans la compassion et la compréhension qu'elle montrait pour ses enfants. Toutes ces choses-là constituaient Eve, sa femme.

L'aube pointait et Lucas était assis près du feu dans la salle commune, les coudes sur ses genoux, la tête dans ses mains. Lord Hutton, qui avait sombré dans une somnolence pleine de malaise, était assis en face de lui. Ils allaient tous deux reprendre leurs recherches.

Debout sur le seuil, tenant Abigail par la main, Eve ne put en croire ses yeux quand elle vit son mari. Comme dans une transe, elle s'avança lentement vers lui.

— Lucas ? Lucas ? répéta-t-elle, sa voix savourant le son de son nom.

Elle s'arrêta net. Tout parut se passer au ralenti quand elle vit son corps se raidir. Lentement, il releva la tête et la tourna pour la regarder, le visage tel un masque tourmenté, le regard hanté. Eve fut saisie à ce spectacle. Sa bouche avait perdu son pli cynique, sa tête son port arrogant. Il la fixait comme si elle était une apparition. Elle se tenait là, ses cheveux emmêlés tombant jusqu'à la taille. Elle était presque méconnaissable, sauf pour lui.

— Eve ? articula-t-il, ses yeux allant d'elle à sa fille et revenant à elle. Eve, Abigail ?

Il avait prononcé leurs noms plus fort, cette fois, et dépliant son long corps mince, il se leva, traversa la pièce à grands pas. Eve se retrouva dans ses bras. Il l'écrasait contre lui, son angoisse si grande, si déchirante qu'elle l'étreignait au-delà de toutes limites. Si bien qu'Eve ne put retenir des larmes de soulagement et de bonheur.

— J'étais fou d'inquiétude. Je croyais que vous étiez morte et je ne pouvais le supporter. Je vous aime. Oh, Dieu, je vous aime tant. Je ne puis vous dire ce que j'ai pensé. Je vous ai cherchée partout et je ne vous ai pas trouvée. Et la rivière… Juste ciel, la rivière…

— Je sais, je sais, Lucas, mais je vais bien, vraiment.

La joue appuyée sur son torse, Eve sourit. Toute cette souffrance qu'elle avait vécue valait la peine rien que pour vivre cet instant où elle se retrouvait dans ses bras, sentant son cœur battre fortement sous sa joue, sa poitrine se soulever à chaque souffle, et l'entendre lui dire des choses si merveilleuses — des choses qu'elle avait désespéré d'entendre un jour. Son cœur se mit à battre d'une telle joie que cela l'alarma, et qu'elle se demanda comment elle pouvait se sentir si transportée après cette terrible épreuve. C'était incroyable. Elle était en sûreté et plus rien ne pouvait lui arriver.

Levant la tête, elle le regarda, l'aimant de tout son être.

— J'ai trouvé Abigail et, comme j'ignorais où nous étions, j'ai eu peur de bouger. Il faisait noir et j'étais terrifiée que nous puissions tomber dans la rivière, qui paraissait toute proche. Alors j'ai attendu qu'il fasse assez clair pour sortir du bois.

Lucas continuait à la serrer contre lui, essayant d'absorber son corps dans le sien. Puis il prit son visage dans ses mains et l'embrassa avec une ardeur affamée. Un frisson le traversa quand elle se pressa contre lui et lui rendit son baiser. Ce fut seulement quand on tira sur sa jupe qu'elle se rappela Abigail. Lucas s'en souvint aussi et, lâchant Eve, il souleva sa fille dans ses bras et l'embrassa sur la joue en lui murmurant de tendres paroles de réconfort.

— Le ciel soit loué, le ciel soit loué, dit-il d'une voix rauque, submergé par l'émotion. Tout ira bien maintenant, ma chérie.

— Et on ne m'emmènera plus ? Il faisait très noir, j'avais peur et cela me faisait pleurer, marmonna Abigail, sa douce joue pressée contre celle de son père.

— Je sais, mon cœur, et je suis désolé de ne pas avoir été là, mais plus personne ne t'emmènera jamais, je te le promets.

— Je veux rentrer à la maison, chuchota la petite fille fatiguée.

— On y va.

Lord Hutton prit le bras d'Eve.

— Venez, lady Stainton, asseyez-vous près du feu. Je vais appeler l'aubergiste et lui demander de vous préparer une collation. Vous paraissez harassée. Cela a dû être une terrible épreuve.

Eve hocha la tête et s'assit avec lassitude dans le fauteuil que Lucas avait quitté.

— Une épreuve que je ne voudrais pas revivre.

Elle regarda autour d'elle.

— Où est lady Hutton ?

— Au lit. Mais je dois dire qu'elle a mesuré son erreur et qu'elle en éprouve du remords.

— Je vous demande pardon, lord Hutton, mais après

ce qu'Abigail a subi par sa faute et ma propre expérience, je doute qu'elle connaisse le sens de ce mot.

Abigail épuisée vint se percher sur ses genoux et Eve posa un baiser sur sa tête, l'entourant de ses bras d'un geste protecteur, maternel.

— Au moins, elle ne semble pas avoir trop souffert de ce qui lui est arrivé, ajouta-t-elle. Un bain chaud et un somme lui feront du bien, mais je ne veux pas la laisser seule.

Lucas baissa les yeux sur elles, incapable de croire qu'elles étaient rentrées sans encombre.

— Une boisson chaude pour toutes les deux, Eve, puis nous vous ramènerons à la maison. Mark devrait arriver à tout moment avec la voiture.

— Mark ?

— Il vous a suivie hier soir et a passé la nuit à vous chercher. Je l'ai renvoyé à Laurel Court pour qu'il ramène le coupé.

— Et vous, Lucas ? Pourquoi ne m'avez-vous pas prévenue de votre retour ?

Il eut un grand sourire.

— Je voulais vous faire la surprise. En réalité, c'est moi qui ai été surpris quand je suis arrivé et ne vous ai pas trouvée. Sarah m'a dit ce qui s'était passé et je me suis lancé à votre poursuite.

Lucas se tourna et se raidit quand il vit Maxine debout sur le seuil. Elégamment vêtue, haussant le menton avec sa fierté habituelle, elle entra lentement dans la salle. Il y avait quelque chose de nouveau dans ses yeux, une trace de supplication et… Oui, de remords. Mais l'ex-femme de Lucas n'était pas du genre à plier aisément, et elle croisa son regard avec une pointe de défi.

Resserrant ses bras autour d'Abigail, qui avait le

visage enfoui dans sa cape, Eve la regarda avec quelque incertitude. Elle était pâle et le manque de couleur faisait ressortir les petites veines sur ses joues, la faisant paraître plus âgée que ses trente ans. Eve n'avait pas revu Maxine depuis qu'elle avait quitté l'auberge la veille et n'avait guère envie de la revoir, mais cette affaire devait être réglée avant qu'ils s'en aillent.

— Maxine, la salua Lucas d'un ton froid et sarcastique. Je suppose que vous avez bien dormi.

— De fait, je n'ai pas dormi du tout. Je sais que j'ai fait une chose terrible et je remercie le ciel qu'on ait retrouvé Abigail saine et sauve. Je reconnais que je n'ai pas toujours pensé ainsi, mais il y avait des raisons à cela.

— Pardonnez-moi si j'ai du mal à vous croire, maugréa Lucas. La raison pour laquelle vous avez abandonné vos enfants était que vous ne pouviez supporter de les avoir près de vous.

— Je sais que j'ai eu tort. Je ne songeais qu'à moi. Vous aviez raison, Lucas. Je ne suis pas une bonne mère. Je n'ai jamais voulu d'enfants.

Elle haussa les épaules.

— Malheureusement, quand on se marie, on ne peut éviter ce genre de choses.

— En effet, riposta Lucas d'un ton mordant, mais quand ces choses-là arrivent on les traite raisonnablement et on ne fuit pas ses responsabilités. Il ne m'a pas fallu longtemps pour comprendre que vous m'aviez épousé pour mon argent, et rien d'autre.

— L'argent ! s'écria lord Hutton, le visage rouge de colère. Pourquoi cette obsession de l'argent ?

— C'est quelque chose de très pratique, Alfred, déclara froidement Maxine.

— Et j'en ai fort peu, alors vous devrez vous y habituer, comme vous devrez vous habituer à vivre dans le Devon, Maxine. J'ai perdu tout intérêt pour les plaisirs de Londres, et pour être honnête, ils me rendent malade. Nous partirons dans la semaine.

Maxine lui jeta un regard alarmé.

— Non, non, Alfred, vous ne pouvez parler sérieusement. Je n'aime pas la campagne — j'y étoufferai et vous le savez.

— Madame, après ce que vous avez fait, vous ferez ce que l'on vous dit.

C'était dit d'un ton calme, mais on ne pouvait ignorer la fermeté de ces paroles. Lord Hutton était un homme terre à terre qui avait du mal à montrer ses émotions, mais il était atterré par l'énormité de ce que sa femme avait fait.

— Vous avez emmené une enfant contre la volonté de sa tutrice — et qu'il s'agisse de votre propre fille importe peu, puisque vous n'aviez pas posé les yeux sur elle depuis Dieu sait combien de temps. A mon avis, c'est une offense criminelle qui a causé un désarroi aussi immense qu'inutile à toutes les personnes concernées.

Maxine pâlit et parut étrangement faible et humble quand elle tendit les mains vers lui en un geste implorant.

— Cessez, Alfred, je vous en prie. Ne me parlez pas ainsi.

— Si vous dites un mot de plus, Maxine, je vous réduirai à l'inconscience. Vous êtes une femme cupide, vindicative…

Il prit une inspiration tremblante, luttant pour se dominer.

— Juste ciel, si j'en avais les moyens, je jure que je divorcerais de vous moi aussi.

Maxine blêmit, horrifiée à la pensée qu'elle subirait cette humiliation par deux fois.

— Alfred... vous ne feriez pas une chose pareille.

— Si, madame, je le ferais, mais la situation étant ce qu'elle est, je suis lié à vous, aussi devrons-nous tirer le meilleur parti de ce que nous avons.

— Arrêtez, tous les deux, intervint Lucas. Il est trop tard pour tout ceci et je ne veux pas de querelle devant Abigail. Ce qui est fait ne peut être défait, et pour ma part j'en ai assez. Maxine, je n'ai pas l'intention de vous revoir à l'avenir. Vu ce que vous ressentez pour vos enfants, il n'y a rien à attendre de vous. Mais si jamais vous recommencez une chose pareille, je jure que c'est moi qui vous réduirai à l'inconscience.

Il regarda lord Hutton.

— Emmenez-la dans le Devon, lord Hutton, et gardez-la là-bas. Et assurez-vous d'enfermer votre argenterie de famille, sinon en un clin d'œil elle trouvera le moyen de vous en dépouiller.

Lord Hutton hocha la tête.

— Oh, je le ferai certainement, lord Stainton. J'ai pris la pleine mesure de ma femme, et vous pouvez être sûr que c'est la dernière fois qu'elle viendra vous harceler pour de l'argent.

12

Quand ils arrivèrent à Laurel Court, Mme Coombs et Sarah prirent les choses en main, mais lorsqu'elles essayèrent d'envoyer Eve dans sa chambre pour se reposer, elle refusa et resta au chevet d'Abigail, veillant à ce qu'on lui donne une boisson apaisante et la mette au lit. La petite fille dormit d'abord d'un sommeil agité, puis se calma, sans doute apaisée à l'idée qu'Eve serait là pour la réconforter.

Eve attendit qu'Abigail se réveille et soit entourée des soins attentifs de Sophie, d'Estelle et de Sarah pour regagner sa chambre et prendre un bain dont elle avait grand besoin.

La brise de début de soirée agitait les rideaux et dans le silence de la maison, Eve pouvait entendre Lucas se déplacer dans sa chambre. Elle se plongea dans l'eau chaude et parfumée préparée par Tilly et se détendit en savourant ce moment.

Lucas pénétra dans la chambre de sa femme et la balaya du regard ; en entendant un bruit d'eau qui venait de son cabinet de toilette, il eut un sourire lascif. Il traversa la pièce et se retrouva enveloppé d'une vapeur à la senteur de roses. Il venait de prendre un bain lui-même et était torse nu. Il s'appuya au montant de la porte, les yeux brûlants. Tout ce qu'il voulait était se repaître de la vue d'Eve.

Elle était assise dans une grande baignoire en cuivre, le dos tourné à la porte, la tête reposant sur le rebord. Ses cheveux fraîchement lavés étaient rassemblés sur le haut de sa tête, et des mèches humides bouclaient dans son cou. Soudain, une jambe mince sortit de l'eau et se tendit vers le plafond, luisante de gouttes. Eve entreprit de la savonner de bas en haut.

Un sourire amusé se peignit sur les lèvres de Lucas. Son désir le plus fervent était de rejoindre sa femme dans la baignoire, mais il était fort probable que sa soubrette revienne d'une minute à l'autre et son embarras serait vif si elle trouvait son maître et sa maîtresse s'adonnant à de tels jeux.

Croyant avoir entendu revenir Tilly, Eve demanda :

— Donnez-moi la serviette, voulez-vous, Tilly ?

Lucas aperçut le linge sur une chaise. Il s'écarta de la porte, l'attrapa et le lui tendit. Sans se retourner, Eve se leva et sortit de l'eau. Elle pivota en tendant la main — et découvrit son mari.

— Lucas !

Il la caressait de son regard brûlant et durant un instant elle eut envie de fuir, puis ses yeux s'adoucirent et elle lui décocha un sourire de bienvenue.

— Comme vous êtes arrivé silencieusement. Etes-vous ici pour partager mon bain, ou pour me tenter de votre nudité ? murmura-t-elle, promenant un doigt audacieux le long de son torse nu. Il est évident que vous n'avez pas d'excuse pour m'espionner ainsi.

Elle le laissa l'enrouler dans la serviette et, lui tournant le dos, elle se rendit dans la chambre.

Lucas la suivit, regardant d'un œil appréciateur ses

hanches qui ondulaient gracieusement sous la serviette. Il la dévora du regard quand elle laissa tomber le linge pour attraper son déshabillé, exposant son corps nu — ses seins ronds et pleins, la courbe voluptueuse de ses hanches et ses longues jambes fuselées.

Sachant parfaitement l'effet que sa nudité produisait sur lui, et comme elle éveillait ses sens, Eve ne s'empressa pas de se couvrir. En souriant, elle glissa lentement les bras dans les manches flottantes et noua sa ceinture autour de sa taille fine, mais pas avant d'avoir vu le dur éclat de la passion étinceler dans les yeux bleu clair de son époux.

Il s'avança vers elle, ses pieds nus glissant sur le tapis, et elle incurva les lèvres en un sourire totalement aguicheur. Avec un rire de gorge, elle posa ses mains à plat sur son ventre, les faisant remonter sur son torse, sentant les battements sourds de son cœur sous ses paumes.

— Quand allez-vous me dire ce que vous voulez ? ronronna-t-elle tandis qu'il posait les mains sur sa taille.

Lentement, délibérément, elle se pencha vers lui, les pointes de ses seins se pressant contre son torse, lui faisant bouillir le sang sous la chaleur de ce contact.

— Bonté divine, Eve, vous savez très bien ce que je veux sans me le faire dire, fit-il d'une voix rauque, sa passion longtemps contenue s'embrasant quand il la prit dans ses bras, l'écrasa contre lui et couvrit sa douce bouche de la sienne.

Eve passa les bras autour du cou de Lucas et lui rendit son baiser avec toute l'ardeur et le désir qui s'étaient accumulés en elle depuis son départ. Plaçant une main sous ses genoux, il la souleva dans ses bras et la porta jusqu'au lit, fermant la porte de communication d'un coup de pied. La déposant sur la courtepointe, il se pencha sur elle, défit la ceinture de son déshabillé et le lui ôta, avant de se dévêtir lui-même en révélant la beauté virile de son corps — et l'arrogance de son désir.

Eve l'attendit, tremblant d'une impatience brûlante.

Lucas se pencha de nouveau sur elle, guidant ses caresses, sûr de ce qu'il savait d'elle, mais doux par égard pour elle. Il émanait d'Eve un rayonnement qu'il n'avait jamais remarqué auparavant, quelque chose de différent, mais il ne parvenait pas à le définir.

— Comme vous êtes délicieuse, murmura-t-il. Vous êtes devenue encore plus belle en mon absence. Pratiquez-vous quelque sorcellerie, mon amour ?

Elle rit doucement.

— Ce n'est pas de la sorcellerie, Lucas. Vos yeux ne vous trompent pas. Vous êtes resté absent trop longtemps, c'est tout, répondit-elle à voix basse, en attirant son visage vers ses lèvres.

Il se produisit entre eux un déferlement de passion qui avait de quoi les assourdir autant que le grondement du tonnerre. Chaque baiser et chaque caresse étaient aussi brûlants qu'une flamme, chaque mot une caresse, chaque geste les unissant une rhapsodie d'amour qui jouait sur les cordes de leur cœur et joignait leurs deux âmes. Le tout se combina en un crescendo grandiose qui les laissa rassasiés, pleins d'une douce chaleur et d'un plaisir palpitant.

Eve était allongée dans les bras de son mari, épuisée et somnolente, son souffle frôlant la toison de son torse. Comme elle l'aimait, et comme elle était heureuse de pouvoir se trouver dans son lit.

Lucas, son rêve exaucé après la longue torture de semaines passées sans elle, tourna la tête et enfouit son visage dans ses cheveux défaits, en savourant le parfum suave.

Une brise tiède entra par les fenêtres ouvertes et rafraîchit leurs corps échauffés.

Un peu plus tard, Eve roula à plat ventre et, s'appuyant sur son torse, leva son visage vers lui, ses mèches mordorées se déployant en un rideau soyeux sur sa peau nue, ses yeux bleu foncé obscurs et sensuels.

— Le pensiez-vous ? demanda-t-elle doucement.

La bouche de Lucas se releva aux coins.

— Penser quoi ?

— Ce matin, vous m'avez dit que vous m'aimiez. Et ne vous avisez pas de m'insulter en disant que vous ne vous en souvenez pas, parce que je ne vous croirai pas. L'avez-vous dit pour me calmer, dans la fièvre du moment, ou…

Il soutint son regard sans ciller.

— La réponse est que je le pensais. Je vous aime, Eve, par-dessus tout. Je vous aime tant que c'en est douloureux.

Le soulagement qu'elle en éprouva fut si exquis et si fort qu'elle pensa pouvoir en mourir.

— Quoi ? Je dois me demander si c'est bien l'homme qui m'a dit que l'amour était une idée sotte et romantique qui n'avait pas de place dans sa vie, qui ne voulait pas être aimé et n'avait pas d'amour à donner… Que s'est-il passé pour vous faire changer d'avis, Lucas ?

— Vous, Eve. Vous m'avez changé. J'étais un parfait imbécile. Pouvez-vous me pardonner de vous avoir dit ces choses-là ?

— Il n'y a rien à pardonner, Lucas. Je sais pourquoi

vous les avez dites et pourquoi vous ne pouviez accepter mon amour. Jusqu'à ce que vous me fassiez l'amour, je n'avais pas mesuré à quel point votre mariage avec Maxine vous avait marqué émotionnellement. Maintenant, je comprends. Mais les choses changent, les gens changent — et je crois que Maxine a changé comme vous avez changé, Lucas. De fait, je vous trouve assez merveilleux et très intelligent.

— Non, rétorqua-t-il d'un air solennel. Si j'avais la moindre intelligence, j'aurais couché avec vous lors de notre nuit de noces — ou même avant.

— Quand en avez-vous eu envie pour la première fois ?

— Le jour où vous êtes arrivée chez moi et m'avez sévèrement réprimandé de crier, jurer et faire tout ce que fait un gentleman colérique quand les choses ne vont pas comme il veut, admit-il, en souriant à ce souvenir. Personne n'avait osé s'en prendre à moi depuis mon enfance. Je crois que je suis tombé amoureux de vous à ce moment-là — quand vous teniez Estelle d'une main et essayiez de contenir un chiot frétillant de l'autre. Mais c'est quand je suis allé à Newcastle que la profondeur de mes sentiments s'est imposée à moi. Vous m'avez manqué — grand Dieu, comme vous m'avez manqué. Vous n'en avez pas idée. Mais qu'en est-il de vous, Eve ? Que ressentez-vous ?

— Je me sens comme votre femme — votre femme qui vous aime énormément, répondit-elle, les yeux brillants d'amour. Vous et vos enfants. Et un jour, je vous donnerai un fils.

— Cela ne semble plus aussi important. Vous voyez, j'en suis venu à me rendre compte que même si je désire un fils, je vous veux encore plus. Aussi, mon amour, murmura-t-il en la remettant sur le dos et en l'embrassant avec passion, sentez-vous libre de remplir la nurserie d'autant de filles que vous voudrez, à condition qu'elles vous ressemblent.

Rien ne pouvait toucher davantage Eve. C'était la preuve d'amour dont elle avait besoin.

— Vous avez manqué aux enfants, chuchota-t-elle entre deux baisers. Elles sont ravies que vous soyez de retour.

Cessant de lui taquiner le lobe de l'oreille, il la regarda, les paupières mi-closes.

— Et la nouvelle gouvernante ? Est-elle convenable ?

— Miss Fraser ? Elle vaut son pesant d'or. Elle vous plaira, et les enfants l'adorent.

Elle sourit d'un air espiègle.

— Avez-vous décidé quel tableau vous allez vendre pour payer ses gages ?

Lucas la serra contre lui et la couvrit de baisers brûlants tandis qu'il persistait dans son entreprise de séduction.

— Nous n'aurons pas à en venir là, mon amour. Très bientôt, nous aurons assez d'argent pour employer cent gouvernantes.

Eve rit doucement, sentant de nouveau la force pressante de son désir. Elle le repoussa et il baissa les yeux sur elle, interrogateur.

— Vous devez apprendre à être plus doux, Lucas.

— Pourquoi ? demanda-t-il en écartant ses cheveux et en semant des baisers sur ses épaules, ses seins, son ventre, les lèvres chaudes et dévorantes, frémissant d'amour et de passion. Risquez-vous de vous briser, mon amour ?

— Non, Lucas. Je suis assez forte pour résister à nos étreintes. C'est juste que…

— Que quoi ?

Ses baisers se firent plus hardis encore.

— Vous pouvez faire mal au bébé.

Il s'arrêta et releva lentement les yeux vers elle. Le silence s'étira. Plus lentement encore, il se redressa pour se pencher sur elle.

— Qu'avez-vous dit ?

— Que vous pourriez faire mal au bébé.

Il sourit.

— Ainsi, c'est ce qui est différent en vous. Je savais qu'il y avait quelque chose, mais je n'arrivais pas à mettre le doigt dessus.

— Cela vous ennuie-t-il ? demanda-t-elle dans un souffle, en le dévisageant.

— Si cela m'ennuie ? Grand Dieu, non. Je suis ravi. Je vous aime. Nous nous aimons. Tout est comme il se doit.

Lucas se tenait sur la terrasse et contemplait les magnifiques jardins de Laurel Court, qui avaient été rendus à leur ancienne splendeur par une armée de jardiniers. Les choses allaient bien pour lui. Grâce à sa détermination et à son travail, ses affaires prospéraient et il commençait à en tirer des profits importants. Pour l'heure, l'argent légué à Eve par son père restait intouché, à la banque. Ils avaient discuté longuement de ce qu'il fallait en faire et décidé qu'il pourrait être mis de côté pour les enfants, en particulier pour Alice qui ne recevrait rien de sa mère.

Vêtue d'une simple robe de soie lavande bordée de

dentelle, Eve vint se placer à côté de lui et passa son bras sous le sien.

James Stephen Stainton avait un an. C'était son anniversaire, un événement, et Eve ne voulait pas le laisser passer sans une fête. Non que son fils en ait conscience, mais il appréciait toute l'attention qu'on lui accordait.

— Un penny pour vos pensées ? murmura-t-elle, suivant le regard de son mari.

Posant sa main sur la sienne, il lui sourit.

— J'étais en train de penser quel homme fortuné je suis — de vous avoir, d'avoir les enfants et tout ceci. Ne forment-ils pas un tableau charmant ?

Regardant à son tour les enfants gambader sur la pelouse avec les garçons de Beth et de William — qui étaient venus passer un long séjour à Laurel Court — Eve acquiesça.

Les jardins semblaient emplis d'enfants qui couraient partout par cette belle journée de printemps et miss Fraser, une expression harassée sur le visage, était encline à en blâmer Miriam. La jeune nourrice paraissait enchantée de les encourager, se joignant même à leur partie de cache-cache, entrecoupée de rires et de bousculades.

James était assis dans l'herbe, le visage rose et souriant, puis il se mit à quatre pattes et commença à crapahuter derrière Alice, qui trottinait elle-même derrière Abigail. James était un bel enfant qui ressemblait très peu à Eve. Malgré son jeune âge, il avait déjà le même petit menton arrogant que son père, le même froncement de sourcils, les mêmes yeux bleu clair et un air de garçon farouche.

Repoussant sa décision d'aller retrouver les enfants et jouer avec eux, Lucas glissa une main sur la taille d'Eve et l'attira à lui d'un geste possessif. Il sourit et toucha les boucles cuivrées de sa nuque, puis il courba la tête et posa un baiser sur ses lèvres.

— Quel joli spectacle. Ne vous rendent-ils pas fière ? Etes-vous heureuse, mon amour ?

Le bonheur qu'il évoquait envahit Eve jusqu'à en être douloureux.

— Très, avoua-t-elle au bout d'un moment.

— Vous en êtes certaine ?

— Absolument.

— Pour la première fois de ma vie, je sais enfin ce que c'est que d'avoir un foyer et une famille. C'est vous que je dois en remercier. Le marché que nous avions passé s'est avéré un bon marché. Vous êtes une femme bien, Eve Stainton — une femme exceptionnelle.

Elle leva son visage vers le sien et rit.

— Vous n'êtes pas mal non plus, Lucas, et je vous aime.

A paraître le 1er avril 2010

LA CAPTIVE DU CAPITAINE, ***de Margaret McPhee - n°471***

Portugal, 1810. Depuis que les hommes du capitaine français Pierre Dammartin ont tué son père et l'ont faite prisonnière, Josie prépare sa vengeance. Mais voilà qu'au premier regard, elle est subjuguée par le charme irrésistible de Dammartin, dont le charisme inné et la prestance ébranlent toutes ses défenses. Elle devrait pourtant le haïr, lui qui a fait d'elle une orpheline ! Désemparée, Josie vacille dans sa détermination...

OFFENSE À UNE LADY, ***de Juliet Landon - n°472***

Canterbury, 1359. Canterbury, 1359. Veuve et sans attaches, Mérielle St Martin savoure son indépendance. Hélas, le décès tragique de sa sœur Laurel vient bouleverser cette existence insouciante et Mérielle n'a alors plus qu'une idée en tête : partir s'occuper de sa nièce orpheline. Mais, pour se rendre jusqu'à Winchester, où se trouve l'enfant, elle ne peut se passer d'une escorte armée. Dans l'urgence, elle n'a d'autre choix que de recourir au chevalier Rhyan Lombard. Un homme qui la traite sans égards et dont elle n'apprécie ni les manières rudes ni la compagnie austère...

LA PROMESSE D'ISEULT, ***de Michelle Willingham - n°473***

Irlande, 1102. Anéantie par la disparition de son fils, Iseult Mac Fergus a perdu goût à la vie. Rien ne semble pouvoir la distraire de son chagrin, pas même la perspective de son mariage avec un prince irlandais. Jusqu'au jour où son futur mari décide de faire réaliser son portrait par l'esclave Kieran, célèbre pour ses talents de sculpteur. Un esclave certes, mais aussi fier qu'ombrageux, et doté d'une mâle beauté qui frappe Iseult en plein cœur...

MADEMOISELLE SAUVAGE, ***de Kate Kingsley - n°474***

Louisiane, 1831. Orpheline depuis peu, Claire Fortier a choisi d'aller vivre avec son oncle, à La Nouvelle Orléans. Hélas, dès son arrivée, la bonne société ironise sur ses origines indiennes. Notamment Philippe Girard, riche parieur et débauché notoire, qui la poursuit de ses assiduités bien qu'il ait déjà une maîtresse officielle ! Face à lui, Claire se sent irrésistiblement attirée. Une fascination qui, elle le sait, risque de compromettre davantage encore sa réputation de sauvageonne...

LES NOCES ÉCOSSAISES, ***de Sophia James - n°475***

Ecosse, 1360. En arrivant à Belridden, Grâce nourrit l'espoir que son mari, Lachlan Kerr, le séduisant maître des lieux, saura l'apprécier pour ses qualités, et pas seulement pour la fortune qu'elle apporte dans la corbeille de mariage. Comme elle se trompe ! Sitôt installée, elle constate non seulement que Lachlan se défie d'elle et ne voit en elle qu'une indésirable Anglaise, mais, pis encore, qu'il a une amante. D'abord anéantie, Grâce relève bientôt la tête : pour conquérir sa place dans le lit et dans le cœur de son époux, elle est désormais prête à tenter l'impossible...

POUR L'AMOUR D'UN GENTLEMAN, ***d'Elizabeth Lane - n°476***

San Francisco, 1906. Dix ans qu'Annie Gustavson n'a pas revu Quint Seavers, l'homme qu'elle aime depuis toujours sans avoir jamais osé le lui avouer. Et pour cause, puisqu'il était fiancé à sa sœur Hannah... Or, en dix ans, tout a changé : Hannah en a épousé un autre et maintenant, plus rien ne s'oppose à ce qu'Annie ouvre son cœur à Quint. Mais après tout ce temps, n'est-il pas déjà trop tard ? Annie veut croire que non et décide d'aller le retrouver...

Best-Sellers n°416 • thriller

Le secret des marais - Amanda Stevens

Le travail est devenu un refuge pour Evangeline Theroux, jeune inspectrice de police à la Nouvelle-Orléans. Terrassée par la mort soudaine de son mari, effrayée de ne pas être à la hauteur avec son bébé de cinq mois, elle se jette à corps perdu dans une enquête de premier plan sur le meurtre d'un célèbre avocat. Pourtant, les jours passant, ses recherches piétinent et elle accepte l'aide de Declan Nash, agent du FBI. Mais lorsqu'un terrifiant coup de théâtre place soudain son petit garçon au centre de l'affaire, tout change. Désormais prête à tout pour protéger son enfant, Evangeline décide de tout risquer, y compris sa carrière, pour découvrir la vérité, sans imaginer que celle-ci la touche de près et va bientôt remettre en question sa propre identité.

Best-Sellers n°417 • roman

Un parfum de Lilas - Sherryl Woods

Bouleversée par l'échec de sa dernière pièce, qui précède de peu la fin de sa relation amoureuse avec son mentor, la dramaturge Bree O'Brien quitte Chicago et le théâtre où elle a commencé à se faire un nom pour regagner Chesapeake Shores, sa ville natale. Dans ces lieux qu'elle aime tant, elle est persuadée qu'un nouveau départ l'attend. Mais ce retour, en plein cœur de l'été, n'est pas aussi serein que Bree l'espérait. Car il fait aussitôt ressurgir des fantômes de ce passé qu'elle a en vain tenté de fuir. Des fantômes au premier rang desquels se trouve Jake Collins, qu'elle n'a jamais réussi à oublier.

Best-Sellers n°418 • roman

Un printemps à Blossom Street - Debbie Macomber

Blossom Street, c'est une petite rue de Seattle, encore préservée et pleine de charme. Un endroit où il fait bon vivre, et où le quotidien a un parfum de bien-être. Debbie Macomber nous y fait partager la vie de quatre femmes que tout sépare et oppose, mais qui vont se retrouver indissolublement liées les unes aux autres. De cette alchimie, que soulignent des scènes dramatiques et cocasses, intenses et émouvantes, douces-amères et drôles, ironiques et chaleureuses, naissent ces petits riens de la vie qui se transforment en un récit extraordinairement attachant.

Best-Sellers n°419 • historique

L'héritière des Romanov - Susan Wiggs

Russie et Angleterre, 1533

Issue d'une famille princière de Russie, Juliana Romanov a vu les siens se faire massacrer par des traîtres boyards qui se sont emparés du pouvoir. Sauvée par des Gitans, elle se réfugie avec eux en Angleterre, où ils vivent de charité et de larcins. Or un jour, au cours d'une partie de chasse royale, elle est prise en flagrant délit de vol par le roi Henri VIII en personne ! Certaine de sa condamnation prochaine, Juliana est abasourdie lorsqu'on lui propose, à la place, d'épouser Stephen de Lacey, baron de Wimberleigh. Mais elle ignore encore que son futur époux est un rival du roi auquel ce dernier a voulu imposer une union dégradante…

Composé et édité par les
éditions Harlequin
Achevé d'imprimer en janvier 2010

CPI
Bussière

à Saint-Amand-Montrond (Cher)
Dépôt légal : février 2010
N° d'imprimeur : 91562 — N° d'éditeur : 14739

Imprimé en France